风暴之心

主编 姚海军 刘慈欣

海峡出版发行集团 | 福建少年儿童出版社

图书在版编目（CIP）数据

风暴之心 / 姚海军, 刘慈欣主编 . — 福州 : 福建少年儿童出版社, 2024.5

（中国科幻经典大系）

ISBN 978-7-5395-7662-6

Ⅰ.①风… Ⅱ.①姚… ②刘… Ⅲ.①幻想小说—小说集—中国—当代 Ⅳ.① I247.7

中国版本图书馆 CIP 数据核字（2021）第 212645 号

"中国科幻经典大系"入选"福建省优秀出版项目"

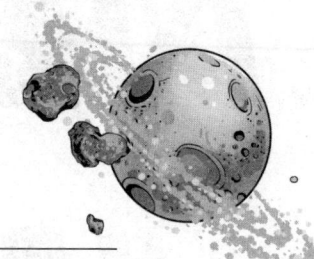

中国科幻经典大系
FENGBAO ZHI XIN

风暴之心

主编： 姚海军　刘慈欣
出版发行： 福建少年儿童出版社
社址： 福州市东水路 76 号 17 层（邮编：350001）
经销： 福建新华发行（集团）有限责任公司
印刷： 福州印团网印刷有限公司
地址： 福州市仓山区建新镇十字亭路 4 号
开本： 700 毫米 ×1000 毫米　1/16
字数： 193 千字
印张： 14.5
版次： 2024 年 5 月第 1 版
印次： 2024 年 5 月第 1 次印刷
ISBN 978-7-5395-7662-6
定价： 38.00 元

如有印、装质量问题，影响阅读，请直接与承印者联系调换。
联系电话： 0591-87881810

前 言

在时光列车即将驶入 21 世纪之际，我国著名科幻作家叶永烈先生在福建少年儿童出版社的支持下，主编了洋洋大观的六卷本"中国科幻小说世纪回眸丛书"，用精心遴选的 300 万字作品，勾勒出 20 世纪科幻文学发展的基本样貌。叶永烈先生不仅是一位影响深远、对科幻文学有着独到观察的科幻小说家，他在科幻史料的发掘和研究方面，也做了许多开创性工作。因此，"中国科幻小说世纪回眸丛书"在今天仍然是回望 20 世纪科幻文学的上佳读本。

叶永烈先生对科幻文学的未来抱有很高的期望，他在该丛书序言中甚至提议："以后在每个世纪末，都出版一套'中国科幻小说世纪回眸丛书'。"但令人痛心的是，2020 年，叶永烈先生过早地离开了我们。出版界的朋友始终铭记他生前的愿望，曾在福建少年儿童出版社工作多年、曾任福建人民出版社社长的房向东先生和福建少年儿童出版社现任社长陈远先生多次相约，希望我能与刘慈欣一起续编"中国科幻小说世纪回眸丛书"。

21 世纪不是才刚刚开始吗？当我抛出这样的疑问时，两位出版人不约而同给出了一个相同的理由：虽然 21 世纪只过去了 20 年，但这 20 年是中国科幻迄今为止最为光彩夺目的 20 年，我们有理由提前实施叶永烈先生的计划。

我深以为然。

自进入 21 世纪，我国科幻便进入了高速发展的快车道——

以吴岩、韩松、柳文扬、何夕、星河、潘海天、凌晨、杨平、赵海虹等为代表的新生代作家，进一步壮大了他们在 20 世纪最后 10 年悄然发起的新科幻运动，为科幻文学带来青春的律动和类型的大幅拓展。

1993 年偶然闯入科幻世界的王晋康，迅速在世纪之交成为中国科幻重要期刊《科幻世界》的台柱子作家，他的一系列短篇《生命之歌》《七重外壳》《终极爆炸》，以及后来的长篇《十字》《与吾同在》《蚁生》《逃出母宇宙》，为 21 世纪的中国科幻增加了文化上的厚重和哲学层面的思辨。

1999 年，中国科幻界另一位明星作家刘慈欣闪亮登场，并在其后的 10

003

年里密集发表了《流浪地球》《乡村教师》《中国太阳》等一系列高水准的中短篇佳作。2006年，刘慈欣的《三体》开始在《科幻世界》连载，一时洛阳纸贵。紧接着，2008年和2010年刘慈欣又相继出版了《三体2·黑暗森林》和《三体3·死神永生》，将《三体》三部曲发展成一个无与伦比的恢宏宇宙。2015年8月23日，刘慈欣的《三体》（英文版）获第73届世界科幻大会颁发的雨果奖最佳长篇小说奖，这是亚洲作家首次获得雨果奖，为中国科幻以及中国科幻与世界科幻的对话交流开创了全新局面。

《三体》引发了前所未有的科幻热潮，这一热潮甚至波及海外。《三体》在北美、欧洲以及日本都创造了中国科幻小说的销售纪录，并赢得了良好的口碑。《三体》在今天仍然备受关注，因此，最近10年也被很多评论家称为"后三体时代"。

"后三体时代"几乎无处不闪耀着《三体》的辉光，但就在这辉光中，新星的力量在悄然执着地生长。郝景芳、陈楸帆、江波、宝树、张冉、七月、拉拉、迟卉、长铗、谢云宁、夏笳、程婧波、顾适、阿缺、杨晚晴、梁清散、钛艺、廖舒波……新一代的科幻作家（亦称更新代作家）以更为敏锐的眼光审视并界定科幻的意义，试图在文化传统和国际潮流、现实和未来、科技和伦理的交织中找到立足的锚点。更让人惊喜的是，当下科幻舞台的中心，不仅有新生代、更新代，王诺诺、索何夫、陈梓钧、昼温、念语等90后作家也已经崭露头角。美国著名科幻作家大卫·布林预言，世界科幻的未来在中国。我想，有才华的年轻人不断涌现，应该是这预言最坚实的支撑吧。

科幻的繁荣，意味着我们无法仅以《三体》为轴心对这20年进行评说。中国科幻之所以丰富多彩，根本原因在于它的包容性。21世纪以来，以"何慈康"（指何夕、刘慈欣、王晋康）为代表的"核心科幻"取得了令人瞩目的成就，拥趸众多；韩松式"边缘科幻"也一直特立独行，绽放异彩。可以说正是由于有韩松式作家的存在，中国科幻才成为一个完美的大宇宙。韩松被认为是被严重低估的科幻作家，他的小说既有对当下至为深刻的洞察，也有对未来最为大胆的寓言式狂想，对飞氘、糖匪、陈楸帆等更新代科幻作家产生了深刻影响。

科幻的繁荣，还意味着针对不同年龄层读者创作分工的完成。在原本被认为属于儿童文学的科幻小说日益成人化的同时，在科幻的内部，少儿科幻分支开始重新被认识,并迅速发展。一方面,专门为儿童写作的科幻作家异军突起,包括杨鹏、赵华、马传思、王林柏、陆杨、彭柳蓉、超侠等,其中赵华、马传思、王林柏凭借自己的科幻创作获得了全国优秀儿童文学奖;另一方面,成人科幻作家进入少儿科幻领域也渐成趋势,王晋康、刘慈欣、吴岩、星河、江波、宝树等均创作了少儿科幻作品,吴岩的《中国轨道》也获得了全国优秀儿童文学奖。

这套"中国科幻经典大系"虽然未直接沿袭叶永烈先生"中国科幻小说世纪回眸丛书"的书名,但基本遵照了后者的编辑体例,将21世纪第一个20年科幻小说的主要创作成果分为12册呈献给广大读者,其中很多作品都获得了中国科幻银河奖、华语科幻星云奖等重要奖项,亦有不少作品被译成英、日、法、意等语言在国外发表。其中,《北京折叠》甚至获得了世界科幻大奖雨果奖,作者郝景芳也因此成为第二位捧得雨果奖奖杯的中国科幻作家。

佳作纷呈,但篇幅有限。因此,关于本丛书的选编,有几点需要说明:

一、因便利性等原因,本丛书未包含中国港澳台地区的科幻作品,将来有机会另补一编。

二、21世纪第一个20年科幻创作繁盛,为尽量多收录中短篇佳作,本丛书未收录长中篇及长篇作品。

三、同样因为篇幅有限,无法收录很多作家的全部代表作,我们只能优中选优。

四、个别作品因为版权原因,故未收录。

五、本丛书的编选由我和慈欣共同完成。我初选后,交由慈欣审定。慈欣阅读量惊人,很高兴和他一起完成这项有意义的工作。

六、感谢所有入选作者对主编工作的支持,感谢福建少年儿童出版社对本丛书选编工作的大力支持。福建少年儿童出版社是一家有科幻出版传统的出版社,20世纪90年代推出的"世界科幻小说精品丛书"、六卷本的"科幻之路"和六卷本的"中国科幻小说世纪回眸丛书"均影响深远。希望福建少年儿童出版社每隔20年,都能出一套"中国科幻经典大系",直到22世纪,汇编成蔚为大观的第二套"中国科幻小说世纪回眸丛书"。

目 录

阿房宫
郝景芳
009

梦醒黄昏
江 波
051

人人都爱查尔斯
宝 树
079

风暴之心
索何夫
135

北京折叠	大漠寻星人	2065：冰棺时代
郝景芳	**赵 华**	**张 冉**
151	185	225

阿房宫

郝景芳

1

父母死后，阿达依照遗愿，打算将父母的骨灰撒到大海里。

"爹啊，妈啊，你们忍心抛下我孤零零的一个人吗？"

他对着怀里的骨灰袋念念叨叨。天还没亮，夜空的金星很亮。远方出现了鱼肚白。他是在山东海边租的渔船，配了一台小型发动机，拉一根线就"轰轰"开动。船舱上盘着厚厚的渔网，还能闻到鱼腥味。他念叨的时候抹着泪——其实他并没有流出眼泪，只是抹着脸，但觉得抹泪显得情真意切一些。他的眼泪在父母咽气的时候流过，现在已经没有了。

爹啊，妈啊，你们还嫌我的人生不够倒霉吗？

他抹了一阵泪，天开始亮了。不管人是死是活，海还是那片海，数千年如一日。他坐在船上看日出。天空变成橙红色，小半个太阳是淡金色，一点儿都不耀眼，这让他的内心静了下来。天亮之后，白云轻雾，天蓝如洗。海水是墨色的，夹杂着泥沙。他觉得很舒服，也倦了，只想这样静静地航行，不管航行到哪儿。

他慢慢睡着了。

再醒来的时候，他赫然发现前方有一座小岛。

小岛离得远，他看不清大小。他在全球定位系统上寻找，想知道小岛的名称，但没有找到，就查了一下岛的坐标，记在脑子里，准备回去查。

他驾船向小岛驶去。岛的四周被雾气遮掩，他看不清全貌，但可以看出岛很小，小得在地图上无法标注。他减了速，熄了引擎，靠惯性朝岛漂去。

离得足够近了，他抛下锚，然后跳进水里，又顺着浅滩走到岛上。

岛上除了沙滩、一座小山和一些树，一无所有。树木郁郁葱葱，很迷人，但似乎也没有太出奇的地方。他沿着小山绕岛半周，突然发现一侧的树丛里似乎隐藏着一块竖立的石头。他扒开树丛过去看，发现那是一块无字碑，碑下有一条小路。

他很惊奇，沿着小路一步一步小心翼翼地走过去，心里产生了一种莫名的紧张。

路的尽头是一个山洞，洞口圆整。洞口有一道小门，小门是铜质的，门上有圆钉。

他尝试了一下，小门能推动。他轻轻推开门进去，洞里黑黢黢的，什么都看不见。门口透进的光只能照到几米的范围，能看出洞内地面较平整，似乎是石材铺就，刻有文字一般的纹理。他用手向四周探索，不知道洞内宽度。

"谁？"

突然，黑暗中响起一个声音。

他吓坏了，打了一个哆嗦，本能地反问道："谁？"

有片刻没有回应。他几乎以为是自己出现了幻听。

但是接下来，声音又响起来了："向。"只是一声之后又没有了。好一阵之后才有下一个声音："里。"然后又是好一阵间歇："走。"

他很紧张，有几分恐惧。在这样的地方待一会儿已经令他恐惧，更不用说听到这样奇怪的声音了。但他不想逃走。他的好奇心催促他向里走。他觉得自己的人生已经没什么可以失去，即使遇到危险也无所谓了。

他触摸到石壁，摸索着向深处走去。转过一个弯道，又一个弯道，他的眼前豁然开朗。

"哎哟，妈呀！"他后退着惊呼起来。

这是一个非常大的石洞，或许已经处在山的腹地。洞的穹顶高耸，顶端的一个圆洞透入天光。在光束的照亮下，他吃惊地见到形态各异的人像，质地很像兵马俑，但是姿态、样貌都不同。正对着他的是一个穿古代帝王袍服的男人像，端坐在巨石上。在他身边，有相互依偎的一对男女，有长须的老人，也有年轻的书生……每座塑像都栩栩如生。

他情不自禁地凑上前，在塑像前挥手。太像真人了。

"刚才是谁？"他向空洞处喊。

"是，"很长的间隔，"我。"

"你是谁？"

声音的主人一字一顿地回答了他。他开始与这个好半天才说出一个字的声音对话。起初很不适应，后来习惯了，就觉得与一般对话无异，连他自己也以很慢的速度说话了。

那个声音的主人告诉他，他看到的所有的人像都是不老之人，他们都是历史之人，来此处求长生。他们的躯体一部分化为木石，另一部分变得无比稀薄，飘荡在高空，和木石本体只有微弱的联系，生命流逝速度变成从前的几十分之一。因此，一个人的生命也可以延长几十倍，可以拥有数千年时光。这些人很久很久以前就在这里了。

声音的主人又一一指示他看。这里有很多人，有寻找桃花源的武陵人，有驾乘黄鹤的修仙人，有七步成诗、赋里结缘的曹植和洛神，有才高八斗的江南才子唐伯虎，也有嬴政——就是那个坐着的穿古代帝王袍服的人。

"秦始皇？"阿达叫起来，"他不是死了吗？"

"没人见到他死。他出海了，带着三千童子。"

"出海的不是徐福吗？"

"那是告诉世人的故事。嬴政是第一个不老之人。他准备了很久，做了太多实验。"

这段话让阿达惊讶得无法形容。他站起身,来到嬴政的人像面前,仔仔细细观察。这个人像与兵马俑一般颜色,但有着生命体才有的细微光泽;剑眉细眼,宽阔的下巴,栩栩如生;沉静安稳的面容,与一般书中的描述大不相同。嬴政没有戴冠,但身上陶土制的袍子有着层层叠叠的厚度,显得华贵。嬴政的眼睛向远方看去。

阿达又抬头问声音的主人:"那你们在这里做什么?"

"看。"声音的主人说,"看人世间。"

"就这样?"

"就这样。"

声音的主人接下来和阿达慢慢纵论天下大事,他们的对话在宽阔的洞里产生幽幽的回声。声音的主人讲到了从古至今,他们坐在这里,看到了什么——他们经历了许多朝代,见到许多人的悲苦与哀愁。声音的主人告诉阿达,看得越久,悲苦与哀愁就越淡,淡薄得像他们的身体一样。

阿达很喜欢听这些,就像听说书。他说着说着感觉饿了。声音的主人指示他去一侧的一棵树上摘下很多像木瓜般的果子,非常果腹;渴了就去喝墙壁上滴下的水。然后他们接着谈,就这样过了很久。声音的主人最后说,如果阿达愿意,也可以像他们一样吞下不老丹,将自己的躯体转化为木石,从此活在稀薄的空气中。

"行啊。"阿达想了想说。

他权衡利弊,觉得自己已经一无所有了,回去也是一片愁云惨淡,不如跟秦始皇一块儿坐这儿,坐上几千年,想想也不错。他按照指示在墙边找到了一个构造精巧的铁盒,不老丹就在里面。

"你等一下,我去把我父母的骨灰撒在海里。我必须把这事办了。"他对声音的主人说。

他攥着一颗不老丹,仔细地想着人生的前景。无尽的时光里,他无忧无虑，看尽世事更迭，餐风饮露，毫不操心。他对未来千年时间的流逝做好了准备。

只等他撒了骨灰，完成心愿。

2

"下去！"

两个海盗往海里扔了一只充了气的橡皮艇，把阿达扔回海上。

他万万没想到，这年代竟然还有海盗。

当时，他开着船正准备在海上撒骨灰，根本没注意到一条海盗船伪装成渔船，靠了过来……

海盗们突然动手，将他劫上他们的船，搜光了他身上的财物，然后将他扔进一只橡皮艇，又把他的船拖走了。

令人哭笑不得的是，海盗们抢劫时只注意钞票，根本没理会那颗其貌不扬的不老丹。结果，这无价之宝现在还在阿达手上。

阿达揣着不老丹，却不知道怎么做。

大海在他眼前展开。广袤、重复、平静、无边。

他越来越累。阳光的金色和海水的蓝色让他头晕。

他想，永生是不是就是这种感觉——永远是重复，没个尽头？

他又睡着了。

3

再醒来的时候,他在一艘渔船上,已经到了靠近陆地的海面。原来是这条渔船上的人看见他躺在橡皮艇里在海上载沉载浮,就把他救起来,送到岸上。

阿达打听了一下才知道,这儿已经是浙江了,距离北京数千里。他身上没有钱,没有手机,也没有证件,所以他买不了任何车票或机票,也没有吃的,还不能去旅店住宿。

他借了电话,却发现记不起任何朋友的手机号码。他只记得父母的号码,可是他们已经死了。他突然感到失去父母的悲痛。他把手机还给大婶,一个人坐在街头哭了起来。这次他流出了眼泪。

他去网吧上网,没有身份证;去长途汽车站想偷偷蹭车坐,跟着人群挤上车,半路查票又被扔了下来;想去找个小旅馆借宿一晚上——"我们这边不留叫花子啦,走啦走啦……"被扫出门外。最后,他找到一间餐馆讨了些剩饭剩菜吃,一天一夜就只吃了这么一顿。浙江人吃得清淡,对饿殍般的阿达来说显得油水不够,但有吃的就不错了。他坐在路边狼吞虎咽地嚼着,用手抓着往嘴里塞。吃到最后一口,美好的感觉随着掏空的塑料袋消散在空中,他又不觉悲从中来。

晚上他找了个公园睡觉,还好是夏天。椅子的木头硌得骨头生疼,他睡不着,望着天空。

我这是倒了哪辈子霉?好好的日子不好好过,跑这儿受这活死人的罪!

他怨天怨地,怨自己为啥要进那个破洞,再想到明明已经拿到不老丹,马上就能颐养天年了,却横生枝节又跑到海上,他在心里把海盗船上的恶棍挨个骂了一遍。他把让父母出事的列车诅咒了一番。父母当时重伤，只获得少量赔款，刚够交医药费。结果钱花完了，最后人却没保住，还把家当都搭上了。

现在他是彻底孑然一身了，最后一点儿存款都丢在租来的渔船上了。

他的衣服尚完好，但是鞋泡了海水，他又走了一天，鞋已经破了。头发和身体变得油腻，浑身发痒，他觉得自己已经臭了。他仰望星空，思考人生哲理。只有星星不嫌弃他。

他悟出了一个道理，有钱才是真的。

早上起来，他决定找个活儿干。他路过一个废品回收站，跑进去问。"报纸和杂志九角钱一斤啦，纸箱子七角钱啦，塑料瓶一角钱一个啦，易拉罐也一样啦。"他燃起了生活的希望。他开始跑各个小区，在公园的草坪里捡塑料瓶，从卖电脑的商厦背后抢着收购丢弃的纸箱。过了几天，他发现也能吃一顿饱饭了。

"三十五元啦。"他开始跟收废品的人讨价还价、胡说八道，"你会不会算算术啦？十五元加七元，是二十四元。这边的纸夹子是二十一公斤，就是十三元，七角钱一公斤就是十一元，加起来刚好三十五元啦。你别看我小就欺负人啊。我实打实天天干，下次还来找你啦。"

天气日渐寒冷，在公园睡已经有点儿凉了，他琢磨着找点儿更赚钱的事儿，好歹攒两个钱，能租个房子过冬。这天，在废品站旁的小马路上围观打麻将时，他突然听到了机会。

"人咧，就在命。"一个收废品的对另一个收废品的说，"张柱子上礼拜捡了个瓶子，就瓶口破了点儿，瓶身子还行，找人一验，你猜怎么着咧，清朝的，卖了两千多元钱咧！"

阿达偷偷凑过去，问："你们知道哪儿有验古董的？"

说话的人转过头来看看他："知道咧。都找陈胖子。他是家传手艺，你懂的咧。"

"那你们知不知道,"他压低声音问,"唐代的东西能卖多少钱?"

"哎哟,那可值钱咧。几万元总有吧。"

"那秦代的呢?"

说话的人撇撇嘴,摇摇头:"哎哟哟,这可不知道咧。有人弄到个汉朝的罐子,发大财咧。"

他于是央求那个人带他去找陈胖子。

"怎么着?你有货?"那个人上下打量他,"淘沙的?"

他连忙摇头,讪笑道:"我要有那本事,还会干这个吗?就是家里有点儿不知道年代的破烂,想找人看看。"

他于是做出了人生最重大的哲学选择。秦始皇爷爷,他心里想,对不住您嘞……

4

再出海的时候,阿达坐上了一艘高档小游艇。

他已经很久没有过这种待遇了,心里乐开了花,拉开了一罐啤酒,坐在舷窗边上看大海。大海柔情婉转,波涛激情洋溢地围绕在他身边。他跷着二郎腿开始嘚瑟,头发被吹着向后飘,感觉像20世纪80年代的电影明星,意气风发。

陈胖子名叫陈旺,干这一行十来年了,三十七八岁,正是当家之年。胖子一般面貌和善,陈胖子眼角下垂,笑起来就眯得眼都没了,看起来更显和善。只是他的小眼睛看东西时又精光四射,透着一股电钻般的精明。他祖籍在北方,身材不高,剃了个光头。

陈胖子在驾驶室找航向,阿达一个人在休息舱逍遥。好一会儿,陈胖子才过来找他。

"你确定坐标没错？"

"我的记性应该没问题，就是不知道当时是不是在做梦。"

"啥……啥意思？"陈胖子一听这话，有点儿急了，"你到了这会儿说这话啥意思？"

"哈哈，没啥意思，逗个乐。"阿达说。其实他自己不怀疑经历的真实性，他的口袋里仍然揣着那颗不老丹。这药丸他从来没和陈胖子提过，这是他和那段回忆唯一的关联。

他也没提过长生不老的事，只说徐福当年出海带走的宝贝，被他在一个小岛上发现了。他说得有板有眼，把洞窟构造和洞里的物件挑挑拣拣形容了一番，还说看见了"徐"字。

"此话当真？"陈胖子一听来劲了，"这可是大事，不能瞎说的。"

"我带你去看。"他说。

陈胖子跟他东拉西扯地聊天，大海的反光透过玻璃打在他的眉梢上。陈胖子问他家世经历，他挑挑拣拣说了些：小时候上的学还不错，也曾经读过大学，没找着工作是赶上年景不好，落魄如此更是造化弄人。父母过世得委屈，等将来飞黄腾达了，定要……

陈胖子也说了点儿自家背景：祖上是淘沙的，到父辈还有一两人做。但是太辛苦又危险，他这一辈基本上是不干了。他专做倒卖，离家远些也是为了安全。

忽然，阿达从舷窗里看见了小岛的影子。他惊叫了一声，跳起来指着窗外。

小岛出现在眼前。

岛和上一次没有什么分别，沙滩、树、山石，郁郁葱葱的，从远处看上去是一座普通的无人岛。他顺着上次的路找山洞。无字碑比他记忆中要隐蔽得多，他来来回回走了好几次，几乎都要错过了，最后又是无意中被他撞到，似乎馅饼又一次从天上掉下来。

推开小门，他很担心声音又响起来，思忖着该如何解释。所幸一片寂静。黑暗中，他们穿过狭长的甬道，摸着石壁，他总觉得有人在暗中看着他。

"就是这儿了。"到了豁亮的大洞，他指着周围给陈胖子看。

陈胖子眼睛都瞪出来了。他是见过古墓的人。从他的神情看，四周的布置、地面的纹路和基座的设计都是富含深意的，他看一处低声惊叹一次。阿达的目光紧紧跟着他。陈胖子在人像面前上上下下地盯了好一阵子，眼睛几乎粘在了人像上，很久之后才转到一旁的器物上。大物件没有动，小东西拿起又放下。

"九成是古物。"陈胖子最后说。

"那还等什么？搬啊。"阿达说。

5

当阿达再回到北京的家里，他觉得已经过了两辈子。

他推开门，看到久违的蒙着厚厚尘土的沙发和厅柜，骨子里的亲切感伴随着对父母亡灵的回忆在心底纠缠。墙上的合影向他扑来。立在厕所边上的墩布还保持着母亲临走时摆放的角度。自从父母住院需要看护，他就没在家里住过，也没打扫。现在他看抹布都亲切极了。

他叫抬箱子的人把箱子放在客厅中央。老楼没有电梯，抬箱子的人累了个半死，他连忙递水递烟。这是陈胖子亲自帮他找的货车司机和送货人，从浙江一路风尘仆仆开回北京。他连声称谢，给司机又塞了些钱，挥手送下楼。

见他们走远了，四周也没人，他才关上门，用刀子划开纸箱，从层层叠叠的海绵碎屑中，将秦始皇人像搬出来，把电视挪到地上，让秦始皇端端正正地坐在厅柜中央。他端详着人像，人像的肤质已经不像初次见到时那样润泽，开始变得粗糙，仿佛经过了风吹雨淋。

他从背包里拿出路上买的一罐可乐，打开拉环，靠在厅柜上秦始皇旁边，半站半坐。他喝了几大口，打了个嗝，感觉内心畅快了。

"皇帝老兄，"他转头对人像说，"真是对不住您老人家了。我不是故意要把您弄来的，可我不也没办法吗？"

当时陈胖子非要带走秦始皇不可，他一眼就看出秦始皇的价值是那洞里最顶尖的。阿达不同意，陈胖子问理由，他又说不出所以然。最后拗不过，他就以自己带路有功为由，坚持要秦始皇，把一男一女让给陈胖子。陈胖子不知道那是曹植和洛神，只见男子风姿绰约，女子顾盼生辉，想了想觉得满意，就答应了。其他小物件两人各挑了些许，匣子和鼎只搬了两件。毕竟小游艇承载有限，太重了怕遇上风浪，鸡飞蛋打。上船的时候，陈胖子还恋恋不舍地不断回头。

他"咕咚咕咚"把剩下的可乐都灌下去，长叹了一口气说："皇帝老兄，你说这人世间的造化也真是难说，对不？你逍遥快活两千年，就被我这么卷走了。很讽刺吧？我知道是我错了，我太贪了。那洞里的宝贝，本来就没一件是我的。可你明白我当时的感觉吗？你是皇帝，从小要吃的有吃的，要喝的有喝的。你肯定不明白，我当时一天跑好几个公园，腿都快断了，捡一天瓶子，最后只换了八元钱，一盒盖饭的钱都不够啊，想死的心都有了。你说你要是我，会怎么着？你是英雄，英雄都是会把握机会的，你说是不？我知道，说到底还是我自己贪。不过小贪一下也无妨！"

他从洞里挑的几样物件卖了二十几万，都是陈胖子经手。阿达知道也许还能卖得更高，但他没门没路，都靠着陈胖子，也就没有争执。这些钱可以解燃眉之急，能让他回家，还能去还欠下的房贷。

他说了好一阵子。没有声音回答。

"喂，你听见了吗？你生气了？"他又等了一阵子。

他开始有点儿心慌。

"皇帝老兄,你不是死了吧?"

还是没有声音。

完蛋了,他想,我把秦始皇给弄死了。

他脸色变白,觉得长生两千年的玩意儿就这么一下子死了,实在太脆弱了。他有点儿内疚,端详秦始皇的脸,在人像面前又蹦又跳,说各种好话,秦始皇就是没有一点儿反应。他想起在山洞里山壁上一直有滴水,担心是缺水的问题,就把家里鱼缸的水引出来浇在人像身上,还是没有反应。

他折腾了一阵子,突然想明白了。难道是假的?他琢磨着。在山洞里就听见一个不知道哪儿来的声音,根本不知道是谁,秦始皇也没说话,他怎么就信了呢?长生不老怎么可能呢?嘿,被骗了。真是太弱智了。

他的火气一下子冒起来。他本来还希望跟秦始皇打听一下不老丹的用法,等享受完人生再吃下去。这一下他只想着把不老丹摔在地上,再踩个稀巴烂。他把易拉罐在手里捏瘪,易拉罐发出"嘎啦嘎啦"的声音。他觉得实在郁闷,就下楼遛弯儿。

小区里的老人正在下象棋,一个个杀得不亦乐乎,似乎谁也不为死亡和不能长生不老担忧。他看了生气,就跑到外面。去了趟银行,他查了一下,房贷还差六十万元没还,把那二十万元还上,再加利息,还有四十多万元的缺口。他更加生气了,站在街心叉着腰,心浮气躁。

晚上回到家,他再跟秦始皇说话,还是没反应。

6

"这儿就是西安了。"

阿达伸手向前一指，转过头，对后座坐着的秦始皇说。

塑像的表情一如往昔，眼睛看着远方，没有发出任何声音。

他已经习惯了和秦始皇塑像说话，反正平时也没有别的人跟他说话。秦始皇端坐在租来的小货车驾驶舱的后座，将窄窄的空间填充得满满当当，头顶几乎能碰到车顶。秦始皇面色端庄凝重，但身旁是用球星海报封上的窗户，回头看过去，好生滑稽。阿达看着笑出了声。他觉得自己的人生真是太酷了，竟然能用小货车拉着秦始皇回老家。

"你看，广告牌上是阿房宫，你当年的宫殿哟……"他已经不着恼了，甚至吹起了口哨。

他将车子开下公路，开上农村边的一条土路，停车，找了个没人的地方，把秦始皇搬下车，挖了些土，胡乱抹在塑像身上，抹得深浅不均，遮住塑像的脸，一边抹，一边接着吹口哨。

接着，他驶回市区，来到约定的地点，给约定的人打电话。"我要现金。"他说。

7

从羊肉泡馍馆出来，他打着饱嗝，一边走一边哼歌："死了都要爱，嗯嗯嗯嗯嗯嗯嗯嗯……"

他美美吃了一顿，又喝了两杯小酒，脸色泛红，脚踩浮云，沉浸在人生得意须尽欢的境界中，摇摇晃晃回了旅馆。下午交了货收了钱，他心里一片祥云。他没坐电梯，一步一顿走上楼梯。到了三楼，刚转过楼梯口，他就看见秦始皇端坐在自己房间外面。

他顿时酒醒了一半。

他怀疑自己看错了，闭上眼睛晃晃脑袋想再看。结果还没睁眼，小腿上就被踹了一脚。他一个趔趄摔到地上，然后背上又挨了一脚。他睁眼想抬头看，什么都看不清，只见得一阵拳头像雨点似的砸到自己身上，胸和肚子上各挨了几拳，他用手去护，脑袋上又被砸了，脑袋磕到地板，双眼直冒金星。等拳头停了，他觉得自己已经晕了，站不起来了。

他被人拎起来。两个年轻的小伙儿从两边抓着他的胳膊说："开门，拿钱！"

他从口袋里掏出门卡打开门，两人二话不说，将他扔在地上，进门就搜。他们看到钱箱还在桌上原封不动，察看了一番便夹在胳膊底下，表情很满意。

"小子，敢骗人！"一个带头的又蹲下来，用手指戳着他，"电话里说得有鼻子有眼，还说找行家验过。呸！这么个新货就出来招摇，你就是造假也得敬业点儿啊。我们老大最讨厌被忽悠，以前都是我们直接带回去验货，看行货才给钱，这次给你钱，是卖你个天大的人情，你小子胆大包天啊，来跟我们玩心眼。你以为你跑了就找不着你？做梦吧！我们早就用全球定位系统了！我告诉你，我们现在用的是高科技！我老大验过这脑袋，根本不是陶土，谁知道是什么新材料？你还敢说是从阿房宫那儿挖的，跑我们这儿现眼来了？这叫关老爷庙前耍大刀！"

两个人拍拍他的脸，又把秦始皇推倒在地，听见"咣当"一声，才心满意足下楼去了。

阿达疼了好一会儿，才从地上爬起来，揉哪儿都疼。他嘴里骂骂咧咧，骂那两个小子不得好死，又怨自己倒霉，最后把一腔怒火都撒在秦始皇身上。他站起身踢塑像，踢了一脚，脚尖生疼，更生气了，恨不得把塑像砸了。最后他犹豫了一下，终于还是没舍得，就把塑像拖回屋里。他找纸巾擦眉毛上的血，仍对着镜子骂街。

他突然听见一个声音，吓得一激灵。"什么？"他转过身。

好一阵子没有回应。他刚小心翼翼地转回头擦伤口,声音又响了。

"水。"

他手里的纸巾一哆嗦掉了。"我的妈啊!"他转过身看着秦始皇,"是你说话?是你吗?可别吓我,我胆儿小。你没死吗?死了没有?"

"水。"声音又重复道。

他连忙将秦始皇搬到厕所里,摆在很久没人用过的脏兮兮的浴缸里,打开水龙头,"哗哗"地放了一阵子,又不敢淹得太多,看水没过底座一小层就停了下来。

"好。"声音说。

"皇帝爷爷,给您跪了。"他坐在马桶上,绝望地看着秦始皇,"您说到底还是没死啊。那您在北京纯属逗我玩儿呢,是吧?这安的是什么心啊?您心里有气,就恨不得看我倒霉是吧?可这一趟您也没少受罪啊。您知道自己要被卖了,怎么就不吱一声呢?还让我给您弄了一身泥,您也没落着好啊,不是吗?皇帝老爷子,求求您别再逗我了,行吗?"

"好。"声音又说。

"那您这到底是怎么回事啊?您能跟我说道说道吗?"

秦始皇开始用好半天说一个字的超慢速语言和阿达对话,就像山洞里那个声音。秦始皇的声音更沉厚悠远,说话更言简意赅。秦始皇说现代语言,这一点阿达倒不奇怪,洞中的声音的主人说的就是现代语言。按洞中声音的主人的解释,他们能看到世间极广阔的范围,又经过无数岁月,自然早已听过一切演变的语言。

秦始皇又扼要地解释了他们的存在形态——像树一样,依水而活。如世界上最稀疏的树,有最细小的叶子,太细小以至于肉眼无法看清。这是什么状态,阿达还是无法想象。一部分躯体极为稀薄,稀薄得几乎像空气一样,可以飘飞极远,却不消散、不解体,和本体保持着气若游丝的联系,靠本体提供能量来源。本体外层是石化表层,如同无生命的岩石;内层是植物般的韧皮组织，赖水生长，可以离开水，但是不能太久，一般以半月为限。阿达掐指一算，从他们离开小岛至今，差不多十五天。

"哦，"阿达听完哈哈地笑了，"合着你这是实在绷不住了，才开口低头，是吧？我当你是有多深谋远虑呢……你早说啊，早说我不就给你浇水了吗？你说你拿什么架子啊？在北京我怎么逗你你都不说话，千里迢迢跑这儿来了，一顿折腾，最后还不是得开口？"

"无妨。"秦始皇说。

"还嘴硬。"他接着笑道，"得嘞，你省省吧。以后你都得求着我了，所以你最好趁早低头服个软，给我赔个不是。要不然，嘿，我就偏不给你浇水。"

"三日一次即可。"秦始皇说。

"哎哟喂，还这么拽。"他从马桶上站起来，居高临下地走到坐着的秦始皇面前笑道，"有性格，我喜欢。"他弯腰瞪着秦始皇，"你以为你是秦始皇就牛啊？你以为还是当皇上的时候吗？这么大言不惭的……有本事你现在就站起来！真是认不清形势！到这份儿上就该低个头。要不然我凭什么给你浇水？我有什么好处？"

"我助你。"

"助我？助我干什么？"

"你想要什么？"

"我想要钱，你有吗？"

"如今阿房宫复建，征集方案，我可助你。"

"征集方案？这是什么事？"

他忙打开电脑，上网一查。果然，最近阿房宫遗址公园建设立项，遗址保护和新博物馆建设都在向全世界征集方案。一等奖奖金一百万元，二等奖五十万元，三等奖二十万元。

哎哟，这个不错！他心想，秦始皇的方案，那可是原汁原味、正宗的好方案，还能不获奖？

"行，那你可得给我说清楚了。"他对秦始皇说，"包括那些忽悠人的寓意什么的。"

"容易。"

"行。那就这么说定了。"

"此后每三日浇水。"秦始皇说。

"获奖就给你浇。"他说。

晚上，阿达躺在床上，琢磨着这一天的跌宕起伏。琢磨到最后，只觉得人间世事无常。以秦始皇的雄才伟略和长生不老的技术，能想到自己有一天会沦为一个小人物的阶下囚，仰仗别人的喜怒哀乐浇水过活吗？他料想秦始皇的嘴硬也硬不了几天。他又想着征集方案的事。秦始皇竟然知道这件事，让他颇感意外，但是想了想也自然。按秦始皇说的，一个人飘荡在空中，美国都能看见，还能看不见眼皮子底下发生的一点儿事吗？想到这里，他又觉得讽刺，一个人能够尽览天下事，却只能靠别人浇水活着，这种长生不老到底值不值⋯⋯

8

他的方案在距征集截止日还有五天的时候交了上去。据说一个月后就出结果，他计划留下来等着，省得拿了奖还要从北京再跑过来，反正西安自己从没来过，正好旅游一番。

秦始皇的方案果然不错，庄重堂皇不说，而且处处和天文地理相合。长度、宽度、位置的南北东西、立柱的设置和次序，都大有讲究。堂中设置水渠，以玻璃覆盖，形状既合银河，又与渭河相仿，取天地呼应之意。

正堂和侧堂并非完全对称，而是与天上星宿相应。阿达完全搞不懂，只是秦始皇帝说一句，他就记一句，什么奎宿、参宿、毕月乌，照猫画虎写下来就是。最后的图他也画不出来，就记了个大概，在网上找了个建筑系大学生帮忙画了。学生也不多问，平时接这种活儿多了去了，如数结账就行。

他在西安巡游的日子逍遥快活。以前弄的二十万元并没有都还房贷，留在手里花也宽裕。他想着反正马上要有一百万元到手，前面的钱花了也罢。他去观赏大雁塔，又去瞻仰华清池，闲了就跑省博物馆，去找文物局的人问，征集的结果什么时候出来。他在路边印了假名片，称自己来自某外资小事务所。他有所期盼，心情就好，回来给秦始皇浇水就殷勤得多。

"哎，我问你啊。"他一边浇水一边聊天，"我这两天听说你在位时的好多技术特别牛，很神奇，都是谁帮你发明的啊？"

"世有异人，不可常理相待。"

"谁啊？"

"我即异人。"

"嗨，受不了你了。"他说，"我只问你，是不是外星人来过地球？"

"何出此言？"

"这些天和搞文物的人闲扯多了，听到了好些有趣的说法……他们说，在阿房宫附近出土的瓦当，直径快一米，我们小时候家里房上的瓦当，不过十厘米，你弄这么大瓦当是给谁的啊？还有人说当初你造十二金人，是因为'长人'来过咸阳，你是仿造他们。而且你的城市规划都是按天文做的，咸阳宫、阿房宫和渭河，正好组成星宿图，从咸阳宫到山东琅琊行宫，是一条正东直线分毫不差，这都是怎么弄的？还有，你们铸剑的技术，我听说有些镀膜的方法，现在人们都搞不清是怎么镀的……难道这些都没外人帮你？谁信啊？就说你这长生不老术吧，这么牛的技术，难道是你自己研究出来的？"

秦始皇沉默了片刻。"世有异族人。"他说。

"什么族？"阿达来了兴致，"外星人吧？"

"不可说。"

"为什么？"

"我有诺。"

"嘿……"阿达连忙说，"这都多少年过去了，哪辈子的老皇历了？当初那些人早不在了吧？谁知道你说给谁听了……你放心，你就告诉我一个人，我保证对谁也不说出去。我孤家寡人一个，能告诉谁呢？你就当是给晚辈讲历史总可以吧？"

"有诺即有诺。"

"没事，你怕什么？"他不甘心，"这两千年都过去了，有诺也早废了。"

秦始皇哼了一声，表示不屑："诺言岂可因时而废？"

"老顽固！"他不满地嘟囔了一句。

阿达想着早晚有一天能把话套出来，可他没想到，这件事秦始皇硬是死活不说一个字。他从没料到这世上真有千年之诺。

对这件事他是心上痒痒的，可总没结果，有点儿腻烦。有时候，他听到了其他消息，也问点儿别的。

"他们说你的阿房宫当时压根儿就没建，是吗？"

"建了台基。"

"对，博物馆的人是这么说的。"他想了想问道，"那《史记》里怎么说你建的阿房宫大得没边，项羽烧了三个月烧不完？"

"那书杜撰甚多。"

"那你为什么不建了呢？"

"末世之征已现。"

"哦，什么末世之征？"

秦始皇沉默了一阵才说："为时有所成，抑商市而重建工。建工太快,耗资过巨,资费无可回收,劳工起怨意,流散。失金银,失人心。"

"嘿,你还挺明白啊⋯⋯"他乐了,"我以为只有后世这么说呢。"

"庶子何知?"秦始皇不屑一顾,"你无帝王之心。"

"嘿,你这人。"他生气了,辩白道,"你自以为了不起吧,有什么资格在这儿鄙视我?你要是有本事,别让你家王朝二世而亡啊!帝王之心?帝你个大头鬼。总共就折腾了二十来年,再没有更短命的王朝了吧?你也不看看自己现在在哪儿,在厕所里,不是王座上!"

终于,一个月过去了。征集结果出来了,阿达的设计只拿了三等奖。他大失所望,原本以为的一百万元变成了二十万元,缩水了一大半。但打听一下,一等奖空缺,他也就稍感安慰。他计划领了奖就回家,但秦始皇让他再等等。他问为什么,秦始皇也不答。于是,他又住了一些天,拿着钱在无聊中度过。

9

又过了几天,阿房宫博物馆的建设方案正式出台了。他跑去一看,吃了一惊。一清二楚,方案和自己提交的草图一致,可是最终的设计图纸上,写的是别人的名字。

他有点儿傻了。他连忙揪住周围的人,打听那个人是谁。问了两三个人都跟他打哈哈,似乎不知道那人是一件非常可笑的事情。直到第四个人,一个头发稀疏的憨厚老头,才把他拉到一边,跟他小声说了其中的机关。

"嘿,看你是个小年轻,估计第一回参加,我就跟你实话实说吧。"老头把手摇了摇,"这类活动以后少参加吧。大奖肯定是空缺的,二等奖和三等奖的方案就被组委会拿来用了。你说你不知道那名字是谁？按理说不应该啊，学古建的能不知道他？咱们当地的头号人物，他的名字在古建界也是响当当的。省里头为了树牌子，能写自己人就写自己人。这事儿你也没辙。你们的方案都是概念图，人家可以说工程图是全新的创造。打起官司来，你们占不到什么便宜。"

"那就这么算了？"他觉得不忿，"新阿房宫博物馆上好歹应该写个我的名字吧？"

老头笑了："你不是吃奶的孩子了，怎么这么不省事？你看现在哪个楼上写设计师名字？不全都写捐钱人的名字？你就算捐个门槛、捐个座儿，都能刻个名字，捐个 idea（创意）可没戏。"

老头实诚地拍拍他的肩膀，对他的幼稚表示充分包容和鼓励。

阿达在原地愣了好久。

回到宾馆，他把遭遇跟秦始皇说了，希望得到愤慨的支持。不想，秦始皇一点儿都不觉得惊讶，仿佛早就预料到了，更没表示同情。

阿达不满了："喂，你怎么说话呢？这么些天，我好歹还算仗义吧？每天多辛苦啊。你不站在我这头说话，倒向着别人。"

"你？"秦始皇却说，"有何功劳？"

"我每天给你浇水不算功劳？"

"为善以求名，为恶以逐利。如此而已。"

"嘿，你这是怎么说话的？你有没有点儿良心啊？！"

他气得一阵乱发牢骚，但说完，底气又不足了。他确实是为了名利才留下秦始皇的，此番不满也是因为名利未得。可是不知为什么，他总觉得秦始皇这样说实在不像样。他很讨厌秦始皇这样说，想来想去却无可辩驳。越是觉得无话可辩，他心底的火气越大。秦始皇见他生气，却也没有一句宽慰的话。他便更生气。

"好吧。好。"他最后说，"既然你这么不领情，那就算了，白费了我这么多工夫。我就一不做二不休……这么干总还能捞着点儿名，好过费了半天劲不讨好。"

他将秦始皇捐给了新阿房宫博物馆。

10

送秦始皇去阿房宫的那一天，阿达目送着工作人员将秦始皇从车里搬下来，用一辆小车推进遗址保护区的临时办公楼，他突然觉得有点儿失落。他坐在车里好一会儿，直到所有人的身影都消失在视线中。他回头看看车后座，空空如也，球星海报还像他刚来西安那天一样招摇。

晚上，他回到旅馆，第一次觉得无事可做：没有浇水的任务，也没有人可以聊天。他把电视打开，百无聊赖地换着台，旅馆电视只有中央台和寥寥几个播的全是电视购物的地方台。他把窗户打开，想透透气，却停不下胡思乱想。去厕所的时候，他总觉得浴缸里空得要命。

第二天，阿达开始有点儿后悔。秦始皇这个人说话确实傲慢，令人讨厌，但除此之外也没有大过。把他捐出去倒没什么，只是以后若没人给他浇水，半个月之后就该死了。为了一句话，至于把他就这么弄死吗？阿达内疚起来。毕竟答应过他会按时浇水的，现在钱有了，锦旗也拿到了，却把他丢一边，似乎有点儿……

阿达想到这里，又开车回到阿房宫遗址。

白天人来人往，他好不容易等到晚上。他从保护区一边的矮金属栅栏翻进去，找到临时小楼的窗户。一个窗户一个窗户看进去，看到第六个，终于看到秦始皇坐在里面。这是一间杂物堆放室，工具和临时物件摆得很整齐。他敲窗户，跟秦始皇打招呼，又试着拨了拨窗户，窗户并没有锁死。这是遗址保护区建的临时办公楼，地点偏僻，又没什么值钱物什，因而防盗的措施并不严密。他用小棍把窗户拨开。

"嘿嘿，想念我没有？"他从窗户爬进屋，对秦始皇故意嬉笑着说，"昨天没有人给你浇水吧？难受了吧？你何苦呢？别那么嘴硬，就什么都有了。"

秦始皇却没有欢迎之情。

"你来做什么？"秦始皇冷冰冰地问他。

"我怕你渴死，再来给你浇两次水啊。"他说，"说好了，这两次算你欠我的。"

秦始皇说："绝境中有害人之心，顺境中却有不忍人之心。可以。"

"你说什么？"他听得清楚，却不甚明白。

秦始皇反问他："你来，是因为可怜我？"

不知为什么，他的脸有点儿红："也不全是。也是因为我答应过你啊。现在三等奖也是奖，我还是得按约定做才对。"

秦始皇又点评似的说："懂诺。可以。"

他有点儿恼了："你今天怎么回事？神神道道的。你到底要不要我浇水？不要就算了，我走了啊。"

秦始皇这时说了一句让他很惊讶的话。

"你可以帮我了。"

他打了个激灵："你说什么？"

秦始皇像是知道一切："你想一想，这些天你做了什么？"

"我做了什么？"

他有点儿紧张，不明白秦始皇的话。但他想了一会儿，突然隐约觉得有些东西不对。起初只是模模糊糊有点困惑，但偶尔有一句话闪入他的大脑，突然就变成他满脑子的担忧之处。那句话很普通，但让他觉得很怪。

他送秦始皇进入了阿房宫。

他在心里不断重复这句话,总觉得有些看不清的东西砸到心里。他吓了一跳。

"难道,这一切都是你故意的?"他问秦始皇。

秦始皇似乎微笑着看着他:"你觉得呢?"

"你一步一步计划,让我千里迢迢把你从小岛上带到北京,再带到西安,最终带到这里。是吗?你的目的就是回到阿房宫!对不对?"

"都是你自己的决定。"

"可这太奇怪了。这是怎么一回事?你怎么做到的?是阴谋吗?"

"不是阴谋。"秦始皇说,"我只是略可预言。"

他警觉起来:"怎么预言?"

"凭常识预言。"秦始皇似乎很了解他的心思,"比如说现在,我知道你想去秦陵。"

"秦陵?"

他心里一惊。这并不是他此刻内心所想,这预言是错的,他却莫名紧张。

"你带我去秦陵。我给你看宝物。"秦始皇说。

他又是一惊。宝物?秦陵的宝物?是的,此话说完,他确实想去秦陵了,念头压都压不住。

"但你要答应,永不可告知他人。"秦始皇说。

"这个好说。"他承诺道。

11

次日夜里,他按照约定来到阿房宫。他找来一辆小平板车,将秦始皇从窗口搬出，在粗糙颠簸的土地上推行。他不知道这是要去哪里。秦始皇没有说明。他在地图上查过，从阿房宫到秦陵要穿过一个西安城，有六十多千米，秦始皇却说不必开车。

半夜在荒凉的遗址前行，他有一种肃然之感。他们所在的区域是阿房宫遗址，只留一座巨大的夯土台基，一千米长，半千米宽，六七米高，杂草丛生，荒凉空寂。遗址博物馆就是围绕这唯一存留的真实证据修建的。

这是他第一次在这遗址区域中行走。他逛过新建的阿房宫公园，就在这座遗址外，一墙之隔，崭新整齐，白天总是游人如织，吵闹喧嚷。在那座阿房宫逛，他并未感到任何触动，感觉帝国不过是一场宏阔的大戏。然而此时，在这座巨大的遗址之畔，他突然有了一种震撼的感觉，觉得帝国是真的，那种粗糙却坚实的东西，覆盖着实实在在的千年风沙。

秦始皇指挥他向南走，来到遗址南侧。他看到一座小高台，在台基西南角，大约十几米高。小高台很像是卫士，俯瞰着广阔的台基。他们来到台基正南，一侧是台基，另一侧能看见开阔的空地，像是一个广场。

"居中有土梁，将土梁挖开，向内一米。"秦始皇说。

于是，他拿起备好的铁锹，向台基正中一道不太显眼的土梁挖去，挖断土梁，继续向内。不一会儿，铁锹触到了挖不动的硬面。硬面似乎有磁力，铁锹一触过去，就被吸引，需要费力拔下。他把硬面外的土都挖到一边，露出一片竖直的平整的墙，依然是黄土色泽，质地上和周围看不出差别。他又仔细清了清，面上似乎有人工雕刻的痕迹。

"过来。取下我腕上之物。"秦始皇又说。

他回到小车边上，弯腰看过去，这才发现，秦始皇手腕上的袖口里隐藏有一块玉佩式的物件，紧贴肌肤，颜色、材质都与人像无异，不仔细看完全不会注意。他伸手过去试了试，发现这物件是靠简单的小机栝连在身上的，轻轻挪动几下，就取了下来。

"将水符嵌于门上。"秦始皇说。

阿达看了看手里的物件，水波绕成如意造型。他回到黄土墙边，发现黄土墙面上有凹槽，乍看上去像是平常的坑洞，但他将水符扣过去，水符还没碰到坑洞，他就感受到强烈的吸引，最后他的手几乎是被拉着贴了上去。水符扣进坑洞，严丝合缝。

接着，就像是他在很多电影中看到的一样，一条向下的通道显露出来。不仅墙面塌陷，连地面也有一部分塌陷。阿达心中略称奇，但未多想。他取下水符，背上秦始皇，打开手电，进入通道。通道一直向北，往台基里延伸，斜插入台基地下。这是一条相当长的阶梯，笔直向下几百米长，大致通到台基的正下方。

阶梯尽头是一个小平台，平台有光，显然通往另一条通道。到了平台上，他看到前方是一条隧道，隧道里有一辆铜车，铜车停在木质轨道上。

他将秦始皇放在铜车的后座上，发现竟然惊人合适，秦始皇的人像恰到好处地嵌入铜车，就像是活人舒舒服服地坐在沙发里。他自己坐上赶车人的位置。铜车有轼，可以做扶手，却没有辕，套不得马。铜车车轮嵌在木轨凹槽内，如同火车。

"然后呢？"他问秦始皇。

"以水符扣车头。"

他低头看，果然车头最前方有一个同样形状的凹槽，将水符扣进去，发出"咔嗒"一声，如同解锁。接着，缓慢地，车轮开始翻滚。车向前移动，速度不快，却平稳而不停息，随着木轨的拼接有规律地轻微颠簸。隧道两侧的墙壁上每隔几米就有一盏发出苍白灯光的小油灯。

"哇，"他说，"你这水符也太先进了，没有引擎也能开车啊。"

秦始皇轻蔑地哼了一声，说："这是下坡。"

"哦。"他讪讪地笑道，"难道一路都是？"

"平地与下坡交替。"

"哈，原来如此。"他笑了，但想了想又问，"不过，那一会儿回来怎么办啊?"

秦始皇陷入短暂的沉默。

片刻之后,秦始皇说:"轮与轨皆有磁性,回程时轨道磁性会交替变化,前引后斥,推轮前行。"

"哇,这么高级!"他惊叹道,"这些都是异人传授?"

"是。"

"我前几天听说南阳那边发现了一段秦代木轨铁路,千年不腐,也是这样的吧?他们说你建的驰道实际上是马车的铁路网,有这么回事吗?"

"轨道未曾铺完。"

"那就是有啦?太厉害了。"他啧啧叹道,"真了不起。"他心底的痒又被勾了起来,"哎,异人到底是什么人啊?事到如今你也应该信任我了吧?"

秦始皇终于开口了。但是这一次,他的口气不同以往,异常郑重其事。

"我年少登基,年轻时遇异人,讲天下之事,带我见很多奇物。"秦始皇说,"那时起,我便知道我须做非同常人之事。"他顿了顿,"皇考本非名异人,因遇异人,更名异人。"

"嗯。然后呢?"

"然后我建立了自己的帝国。"

"然后呢?"

"没有然后了。"

"啊,完了?"他诧异了,"你这讲故事的也太不敬业了吧。好不容易赶上你愿意讲,我这正洗耳恭听呢,就讲完啦?你这等于什么也没说啊。你建立了帝国,然后怎么样了?异人哪儿去了?你后来又为什么跑到那个小破岛上?你倒是讲讲啊。"

"我去东海,"秦始皇说,"因为我需要长生。"

"哦,对,这点早就想问了。"阿达说,"你放着好好的皇帝不当,非要求什么长生呢?既没有好吃的,又没有女人,连动都不能动。你图什么呢?"

"你不懂。你无帝王之心。"

"哈哈,又来了。"他坐在车头感觉很爽,谈话也轻佻,"帝王之心?那你倒是说说看,有帝王之心的人又图什么?"

秦始皇却很严肃:"我要守望帝国。"

他"扑哧"一声笑了:"真伟大啊!果然有帝王之心。可是你想没想过,你搞长生不老搞得惊天动地,把基业都毁了。你一走,大秦江山都丢了。又如何?"

"我非大秦族人,为何在意他家江山?"

阿达一凛,秦始皇这话吓了他一跳。"什么意思?"他脱口而出,但转念就明白过来,"你是说,吕……"他猜想秦始皇说的是相父吕不韦的事。他很想继续问下去,问问吕不韦、太后到底是怎么回事,可是秦始皇严肃的口气让他不大敢问,于是说:"那好吧。就算你不是嬴家人,可那也是你开创的帝国啊。你不好好守着,跑到岛上干什么?你说你守望,可是帝国毁了还守望什么?"

"帝国何尝有毁?"

他一愣:"什么意思?秦二世而亡,子孙尽灭,难道不是毁了?"

"帝王无子孙,只有子民。"秦始皇说,他回答得很平静,"你难道不知道,为何帝王要称自己孤或寡人?"

他怔了怔:"不是因为唯我独尊吗?"

"孤就是孤。帝王只知其一人,所以称孤。在其下万人皆同,子孙亦不例外。"

"这是什么意思?"

"对帝王而言,唯帝国重要。继承帝国的,无论是否子孙,都无所谓。"

"难道……"他有点儿明白了,"难道你觉得后世……也都是你的帝国?"

"是。"

阿达张了张嘴,愣了一会儿没发出声音。这答案超出他的常识范围。"这……这大梦也做得太美了吧。"

"有何不对?"

阿达一时说不出哪里不对,只觉得奇异。他想了想说:"你要说汉唐这些汉人王朝也罢,可是元啊,清啊,这都是外族人统治的啊,怎么能说是你的帝国?"

"帝国所在,何分种族?"

"那分什么?不分子孙,也不分种族,凭什么说是你的帝国?"

"千年秦制,一脉相承。"

"哈,得了吧。"阿达说,"虽然我历史不好,但好歹中学也学过。秦朝施暴政,不得人心,后世都要反秦政,怎么说是一脉相承?"

秦始皇反问他:"你可知帝国最忌什么?"

"不知道啊……是内乱?"

"帝国所忌有几件事:夺富人之财、夺穷人之命、夺书生之口、夺邻人之信。我徙贵族、苦劳工、坑儒生,令邻里妻子相互告发。结果我国力虽强,四海寰宇无可匹敌,但四忌皆犯,只可维持十年。如果你是后世帝王,你会如何?"

"呃……尽量避免吧。"

"是。此乃帝王头上唯一高悬之剑。若无此威胁,帝王即可为所欲为。"

"你说你的暴政是故意做给后世看的?"

"我非为世人,只为自身帝国千秋万载。"

阿达心里一震,不知道应该说些什么。"但……但代价太大了吧。你杀了多少人啊!"

"死死生生,世间皆然,有何稀奇?"

"你自己不死，却让别人去死。"

"我亦会死。时刻到了，我自然会死。"

阿达沉默了好一会儿，一时间思绪有点儿乱。"其实，"他说，"原来上课时我们老师总说，如果当时你没传位给胡亥，而是传给扶苏，也许秦朝倒不至于崩溃。扶苏还是很好的人的。"

"没有用的。"秦始皇说，"大势如此，无力回天。扶苏亦不能应对。我让他在长城脚下躬耕终老，也算尽我所能了。"

秦始皇的声音在隧洞里显得幽深沉厚，隐隐有回声。阿达听得有点儿发愣。秦始皇说了太多话，有太多他没想过的问题。他试图思考那些有关历史的往事，但思绪就像前方隧道，黑黢黢的看不到边界。他回想秦始皇最初的话，一些话似乎有了不一样的意味。

铜车还在有条不紊地行驶着。苍白小灯照亮脚下轨道，向远处延伸成黑暗里的两条珠串。阿达隐隐听到水流的声音，不是岩壁的"滴答"声，而是宏伟却低沉的河流的声音。

"这是哪里？"他问秦始皇。

"渭河之下。"

原来如此。这样的设置很明智。入口在阿房宫台基之下，确保无人偶然发现；隧道一路深入地下，又沿渭河延伸，确保不会被人无意截断。只是不知道出口在哪里。

他们又沉默地行驶了好一会儿，车子似乎转了弯，水声渐渐收敛了。

阿达向前方看去，看到了轨道尽头，是一座小平台，和上车时的平台相仿。最震撼的是小平台后面有一座巨大的水车。水车被一条瀑布冲击，有一半浸入瀑布，另一半露在外面。离得近了，能看得清楚，水车至少有三十米高，在瀑布的水流下旋转。周围环境似乎是山岩内部，隐约可见有泥土、野草和岩石在水流两侧。瀑布水量充足，速度不快，但很稳定。水车上有一个地方不是扇叶，而是可以载人的小露台。随着水车的旋转，小露台缓缓上升。高处是另一个小平台。

　　阿达下了车，将秦始皇从车上背下来，站到平台上，待水车的小露台转到眼前，就登上去，到高处的平台就走下来。平台连接着另一条非常长的台阶，台阶缓缓向上，看不见尽头。

　　他背着秦始皇沿台阶走上去，用手电照着脚下。他不知道走了多久，也许只有几十米，也许有几百米。他和秦始皇都没有再说话，或许是都被即将到来的命运所震慑，直觉让他们保持沉默。他不再有任何说笑的冲动，内心升腾起的紧张感压制了一切其他感觉。

　　脚下台阶漫长，秦始皇在背上也很重，但有那么一瞬，他似乎希望台阶更漫长一些。他觉得他能猜到尽头是什么地方，但不愿去想。

12

　　尽头的门是头顶的一块石板。他放入水符，石板缓缓转开。

　　他走上去，爬出头顶的洞口。

　　他站定了，环视四周。一片漆黑，看不清什么。他用手电照射刚才爬出来的洞口，赫然发现那是一口巨大的石棺。石棺顶盖向一侧滑开，可以看见顶盖上雕刻的龙和祥云。顶盖上同样有一个水符形状的凹槽，大概是出入的开关。

　　这下他明白了，他们走出的地方是秦始皇的石棺。没有人知道秦始皇未死，因而没有人知道石棺内是一条通道。这是最安全的通道。他将秦始皇放在身旁地上。

　　"这就是你的陵寝了？"他问秦始皇。

　　"是。"秦始皇已经沉默了好一会儿，声音有点儿僵硬。

"我看书里写的机关、山石、车马、水银河流，都在周围吗？"

"那些在外室。所有机关都是为了防人进入，如果你看到，你就要死了。"

他略感失望。他本来期待能看到许多精妙器物。

于是他问接下来应该做些什么。秦始皇没有回答他，却发出一声叹息。

"你怎么了？"他问。

秦始皇没说话。

"喂，到底怎么了？"他有点儿紧张，拍拍秦始皇。

"人行千里，终于一归。"秦始皇低沉地说。

"哟，你还怀旧了啊。"他笑道，"伤感什么？你这是衣锦还乡啊，都长生不老了。"

"魂归故里而已。"秦始皇说。

"什么意思？"他被秦始皇的语气吓了一跳，"正想问你呢，你这次为什么回来啊？"

秦始皇恢复了平素的语气："秦陵恐将开启。"

"你是说挖掘？变成旅游景点？应该没那么快吧……我听说目前也只是在研究。"

"迟早之事，需早做准备。"

"做什么准备？"

"帝国已逝，需备将来。"

"帝国……什么？"

"帝国逝去已久，至今已百年。"秦始皇说。阿达觉得秦始皇的话越来越悲凉，也越来越令他费解了。

"自秦至清，两千余载，万事皆有覆亡之理。当今之人，谁也不懂帝国根底。需另起炉灶，将治国之事传于他人。"秦始皇顿了顿，阿达还没来得及说话，秦始皇又说，"我问你，你知道我为何焚书坑儒？"

风暴之心　　041

阿达愣了一下。"你不是说你想给后世做反面典型吗？"他试探着问。

"不是。"秦始皇说，"是他们说的一些话，误导帝王。他们希望帝国建立在善人之上，可帝国需建立在常人之上。"

"……常人？"

"像你这样的人。"

"我？"他大吃一惊，"和我有什么关系？"

"你可知我如何能使你带我来秦陵？"秦始皇又不正面回答，反问他，"事若欲有所成，必顺常人之性。此乃成事之理。"秦始皇的声音出奇平静，"我能一路至此，帝国之可以长久存在，原因都在于此。"

"这是什么意思？"

"这意思你终究会懂。"秦始皇不再解释了，他顿了顿，说话更慢了，"那些书生，虽然误国，却也不是毫无用处。终究是故人，虽逝不远。至魂飞魄散之时，倒也有点儿怀念他们。现在，你将我置于棺盖之上。"

阿达不知道秦始皇为什么突然冒出这样几句奇怪的话。他等着秦始皇继续说，可是秦始皇没有。他看了看，石棺盖中央，果然有一块空着的区域，由细线围成，像是卡槽。他把水符放在石棺的凹槽内，石棺合上，他又把秦始皇小心翼翼地放在石棺顶盖中央，底座和石棺中央的凹陷嵌合得很完美。

摆完之后，他问秦始皇还要干什么。秦始皇没有回答。有一瞬间，石室陷入完全的黑暗与寂静。

接着，石棺顶盖上的细缝忽然开始发光，光芒顺着细缝延伸，一路走下去，在地板上向四个方向分别绕了一个很美的花形，又一路向下。他这才发觉自己站立在一个小高台上，往四个方向都有向下的台阶。光芒的细线很快爬到底端，向四面八方铺展，迅速扩大面积，变成密密匝匝的毯子一般的光的海洋。他被这"海洋"广阔的面积惊住了，那是看不到边的宽阔大堂，而他所站立的高台是大堂中央极小的四角锥形岛屿。

柱子突然亮了，接着是屋顶。他看到黑色的立柱上雕刻着盘旋的金龙，肃杀而峥嵘。秦朝尚黑，这颜色给人的感觉和后世喜爱的红色完全不同。接着亮起的是近处的两侧墙壁。让阿达震惊的是，墙壁两侧树立着十几尊巨大的人像，每一尊都有十几米高，动作、面容皆生动狰狞，五官小而不突出，但表情丰富。雕塑是暗金色的，衣饰镌刻细致。随着光线亮起，雕塑的四周开始有幻影生成，都是雕塑本身的模样，仿佛灵魂飘出体外。

这时，他身后响起秦始皇低沉的声音："我本常人，因遇异人而成非常之事。这本非异事，换作他人亦可做到。遇异人非寻常之境遇，你有此经历乃需把握，能懂多少需看你自身。你送我至此，我亦只能送你至此。再久远的路，也终有尽头。"

秦始皇的声音越来越低，后面几句话几乎有点儿模糊。阿达屏住呼吸，竖起耳朵。他看到，从石室高昂的穹顶下慢慢出现一道身影，身影从高处飘飘悠悠下落，逐渐凝聚、成形。身影开始有轮廓和色泽出现，越来越小，从庞然如一座庙堂大小的稀薄气体逐渐凝为可见的人形，但仍然很庞大，辨识不出面目与肢体。但阿达看出，那就是他一路护送的人像的样子。人形在飘，忽隐忽现，和墙壁两侧雕塑前的幻影遥相呼应。

大厅的屋顶突然亮起，金光四射，让已经习惯了黑暗的阿达一下子适应不了，他挡住了眼睛。屋顶似乎有光锥投下，在大厅中央的空气中照射出平原与高山的幻影。

"江山常易，唯势永存！"

秦始皇最后的话，厚重如雨夜沉雷。四周雕像的幻影像是离墙而出，飘到了山岳上方，秦始皇的影子也以迅雷之势向前飘去，只是到了一处又退回。阿达在明亮的灯光中赫然发现，雕塑幻影的衣着竟然是衣裤，而不是秦时长袍，面孔五官的比例也异常怪异。幻影最终没有相遇，只像一阵呼啸的风吹过。中央的平原与高山开始变化，有人迹和城市像蝼蚁般涌出，接着，有商旅和军队在平原上翻滚流动。阿达听到一个声音，不是秦始皇的声音，而是某种平稳而丝毫不带感情色彩的声音，诵读着某些典籍似的文字。文字用词极简，虽然是古体，但阿达竟也听懂了大半。声音先讲述了民之势如水之就下，然后开始讲治理的道理。许多意思简明扼要，却和阿达熟悉的说法大有不同。阿达惊异地听着，呆在当场。忽然，一阵气流从他身后涌出，他一个趔趄摔倒，再爬起来的时候，所站之处有金冠与宝剑的幻影。他不由得伸手去拿，手在空气里什么也没抓住。

这时，大厅地面的灯也亮了，空中的山川平原消失了，出现了让他震撼的画面：大堂前侧，竖立着极多书生模样的彩色陶俑。他吓了一跳，不知道兵马俑竟还可以做成书生模样。两侧立柱打出斜斜的凝聚的光，打在书生俑身上，人影突然开始浮动。他再次被惊得目瞪口呆。每一个书生俑身上都浮动出一个人影，鲜活清晰。人影袍袖宽大，在空气中浮动，俯仰天地，慷慨陈词，似乎在廷议激战辩论中。四周响起了更多声音，不知是从哪个角落发出来的，高低错落轰鸣，说着一些他能听见却听不清楚的话。

"……收天下财……危难，豪族不救……"

"横征暴敛，发民于役……百姓不堪其苦……"

"……所禁言论甚多，使忠臣不敢进言……"

大堂继续不断亮起，整个空间笼罩在明亮的金色中，立柱一对接着一对射出光芒，照亮一排又一排衣着色彩斑斓的兵马俑。他猜想影像就来自于那些色彩。他完全被震慑了，好长时间忘了言语。

光亮还在延伸，大堂一点一点展露全部面积。文人模样的兵马俑后面是武官，昂扬的他们身着战服，头戴战盔，手握刀剑，人物的影像在空间里相互展露拳脚。而再到后排，是大片普通士兵的兵马俑，和出土的墓坑里见到的一样，不过是彩色的。空中人物的影像集体跪拜，发出如山的呼喝。

"万岁，万岁，万万岁！"

他俯瞰这一切，满怀惊吓，第一次感觉到帝王的威仪。

他听着，记着，书生像逐渐黯淡下去。

最终，当书生的人影消失，光亮逐渐暗淡，只剩下两侧立柱还亮着，他才缓缓回过神来。

"天啊，太牛了。"阿达还沉浸在影像中无法自拔，喃喃地对秦始皇说，"我算是知道你说的帝王是怎么回事了。"

秦始皇没有回答。

"你从小岛上回来，就是为了再享受一次吗？"他问。

没有回答。

"你是把你坑掉的书生都做成影像了吗？"

没有回答。

他又等了好一会儿，还是没有任何声音。

他心里想到了什么，开始害怕了。他又说又问，可是无论说什么，秦始皇都寂静无言。他慌了，使尽浑身解数，就像他第一天把秦始皇搬到家里时一样，甚至比那次还慌张和急迫。他隐约明白了结果，却不愿意去想。他希望就像是第一次上当一样，自己只不过是再一次被秦始皇所哄骗。可是他又说了很久，无论怎样真诚和坦率，都没有得到任何回答。

他坐倒在黑暗里，最终逼自己承认：秦始皇死了，他在自己的陵墓里死去了。

他惊叫起来。

13

当走出阿房宫台基上的小门，他发现天空是亮的，泛着红色。刚才的荣耀和震撼全都不见了，他心里充满悲伤和惊恐的情绪。临走时他扣水符的手在颤抖，生怕棺盖再也打不开。

他有点儿糊涂，看了一下表。凌晨四点五十分。他们是午夜下去的，差不多两个小时到那边，他又花了两个小时回来。手表应该没错。这个季节，无论如何这时都不应该天亮。他又抬眼仔细看看，才发现天并没有亮，亮光来自两侧的地面，来自台基上和广场上，是地面的亮光将天空映红了。

他连忙跑到一旁的小高台前，沿西北角的坡道拾级而上。俯瞰整个台基和广场，他赫然看清了一切。正是小高台上发出了光束，在台基上和广场上分别照射出壮阔的影像，真切而清楚，是宫殿和楼阁，台基上有一座宏阔的殿堂，形状和他所画的图纸非常像，只是尺度比他画的大许多。那并不是寻常人所处的殿堂，它的存在本身，就是为了某种高远的生命。在他背后的广场上则是一片高低错落的楼阁，两道连廊沿广场两侧对称延伸，小楼和亭台沿连廊交错布置，中央是花园，树影婆娑，掩映着连廊的飞檐翘角。群山峻岭般绵延的建筑群，层层叠叠，繁复而诱人，让人忘我。这一面完全适合人类居住的尺度，与另一面巨大的前殿在夜空下遥遥相对。放眼看去，两片楼阁中依稀有着活动的人影，身材相差十倍的身影分别在两侧宫殿穿梭。他们有时候遥相呼应，有时候又并肩而立。

图像逐渐模糊，直至消失。宫殿图像被千军万马的战场取代，喊杀与哀号的景象无声地穿过旷野，帝王的身影出现又消失。然后是躬耕的人群早出晚归，在循规蹈矩的生活中出生、逝去。之后又是奔腾的战事，繁华的宅邸，贫穷的陋巷。那是因贪欲而丢失的世界。他站着看，忘了时间。岁月像是进入了永生的通道。

他终于看到了阿房宫真正的样子，那是一座幻影的宫殿。

天亮了。影像消失了。那是帝国最后的余晖。

尾声一

阿达回到北京，继续着自己卑微倒霉的人生。他找到一个快递员的工作，每天起早贪黑，骑电动车去各个小区派件。房贷还差二十万没有还。

有一天，他突然在街上看到了陈胖子。陈胖子穿着打扮非常华贵，一看就是老板的模样。陈胖子从一辆奔驰上下来，头上抹着发油，跟旁边的人互相让着，走进一家餐厅。阿达一看就追上去，转进旋转门，被两旁的服务员拦住了。

"先生，您有预定吗？"服务员问。

他指着正在向电梯走的陈胖子说："我找陈旺。"

"您找陈总啊。"服务员说。

"我不找陈总，我找陈旺！"

"是，陈总在牡丹厅。"

他跑到牡丹厅，抓住陈胖子的衣袖，没等陈胖子反应过来就激动地问出一系列问题："你怎么来北京了？你怎么发家致富了？这才一两年怎么就成老总了？你是不是又去山洞了？是不是把所有东西都偷出来卖了？其他那些人像你弄到哪儿去了？说啊，你说啊……"

陈胖子尴尬地把他拉到楼道，赌咒发誓说自己再也没拿过山洞里的东西。

"我还想问你呢。"陈胖子说，"我确实又去过那个小岛，可是再也找不见那个洞了。怎么回事啊？你还能找见吗？"

阿达说自己也没去过，又问陈胖子是如何发达起来的。

"我也不知道，"陈胖子笑着说，"不过还是托你的福。当时把那一对雕塑拿我家之后，我的运气就出奇好，不知道是什么神仙。"

阿达后来去过陈胖子家一次，发现他把曹植和洛神依墙而置，放在电视墙一侧的大理石水池中。水池本身庸俗粗糙，还顶了一个滚动的大理石球，但是将雕塑放入就雅致多了。

尾声二

阿达后来攒了点儿钱，又去过两次小岛。小岛还能找到，只是那个洞再也找不到了。电视里能看到阿房宫博物馆兴建的新闻，那建筑的构型就是秦始皇最初的设计。

他有时独自躺在床上回想这一切，越来越觉得一切都是命中注定。从他第一次登上小岛，山洞就是故意敞开等他进去的，平时山洞则隐藏起来。这才解释得通，否则如此容易发现的山洞，怎么可能两千年没有被世人发现？这么一想，他突然觉得之前的一切变得滑稽了。

为什么选了我呢？他想。

他仔细琢磨着那句话：顺常人之性。

他琢磨这话，又琢磨自己。渐渐地，更多话浮上心头，似乎有意义，又似乎乱七八糟。

为善以求名，为恶以逐利。绝境中有害人之心，顺境中却有不忍人之心。在非常特殊的时候，我会干涉。四忌皆犯。遇到异人不是人人能有的经历。帝国已逝，需有人有所为……

这些话逐渐在他心里形成一个模糊的轮廓，让他觉得凛然，让他觉得似乎自己的整个人生都不一样了。

秦始皇是选择了死，他想，只不过他究竟希望对我说什么呢？他希望我做什么呢？

世界还是利与欲的世界，但对于有目的的人，世界不同了。

阿达从来没把秦陵的密道告诉过别人。他开始明白秦始皇对重诺的拣选和坚持。

尾声三

最初的那颗不老丹一直被他带在身上，已经辗转好多地方，沾染了不少尘土油腻，怎么看都像是一颗弄脏了的、普通的丸药。他曾经想试试吃下去会怎么样，但一方面觉得不可能如此简单，必然要配上其他的技术，另一方面也怕吃下去出事。但要说扔了，他又觉得不甘心。

最后他决定给他的狗吃。如果吃下去就长生不老，那他得一条不老狗也不错。他切碎了拌进狗粮喂狗吃下去，结果狗就昏睡了过去，至今没醒来。倒是也没死，还有呼吸，但就是怎么都无法叫醒了。他在想，如果当初他一拿着不老丹就吃，是不是如今依然在昏睡？

后来，阿达真的做了经天纬地的大事，成就了非常宏阔的事业，也使得千百万人的生命发生了改变，成了大人物。他在晚年常常回想自己经历过的改变了自己生命的那段旅程。

有一天夜里，他睡着了，做了一个梦，梦里又做了一个梦。梦醒的时候，他发现自己在海上，坐在一条破渔船里，怀里抱着父母的骨灰，正要去撒。

◆第25届银河奖最佳短篇小说奖获奖作品

梦醒黄昏

江波

我从睡梦中惊醒。

梦境甜蜜美妙，睡眠深沉均匀，我却醒了。冰冷的铅灰色覆盖一切，所谓现实，便是如此。

现实和梦境是两个世界，它们截然不同，恍如炼狱和天堂。梦境中，绫罗绸缎、山珍海味、高楼广厦、宝马香车，只要能够想到的东西，我都能拥有，然而我并不想要它们。

我生活在一个山清水秀的地方，有一幢简朴的房子，中式古典风格，淡雅简约，但庭院幽深。开门便可见山水，那水碧波荡漾，温润如玉，几座小岛零星点缀其间；远处，两座山峰挺拔，相对而立，宛如笔架；两峰间，一道瀑布笔直落下，仿佛从天而降。左侧的山峰上刻着字：青芬。

这很像一幅山水画，却无比真实。这里是我的家。

我过着有规律的生活，日出便醒来，日落便休息。早上醒来的时候，我推开门，太阳在东边的湖面上冉冉升起，金光灿烂。我走到湖边，打一套太极拳，稍事休息之后极目远望。远方，笔架山上云雾缭绕，在阳光的照射下散发着迷人的光辉，"青芬"两个字宛如染上一层金粉，熠熠生辉。我总是会驻足凝望好一会儿，直到太阳升高云雾散去才回到庭院。

傍晚，夕阳西下，晚霞绚烂，我会坐在湖边的大石上吐纳，内心宁静如水。夕阳的光并不强烈，却仍旧有股暖意，照在身上，如浴热汤。暖意缓缓退去，最后一丝不剩，我睁开眼睛望着夜幕下的世界——天地朦胧，一切有如混沌，星星显露，逐渐化出满天星斗。我的心和这满天星斗融为一体，通达那无比深邃的宇宙深处。

我的梦境便是如此。虽然是梦境，却也是真实，因为这就是人类存在的方式。

我们生活在"矩阵"中，"矩阵"照料一切，生老病死，而人们所需要做的就是做梦。"矩阵"是自动伺服机器系统的别称，它拥有一个主脑，主脑控制着全球十多个区域主机，每一个主机控制着数以百万计的伺服机器人。全世界顶尖的科学家们用了三十五年的时间研发主脑，把关于人类的一切知识都储存在主脑中。主脑能根据要求，满足每个人的梦，包括我的那一个。这是一个近乎完美的设计，它还有一个完美的前提，主脑和它所控制的大大小小的机器人都无条件地遵守"机器人三定律"：机器人不得伤害人，也不得见到人受伤害而袖手旁观；机器人应服从人的一切命令但不得违反第一定律；机器人应保护自身的安全，但不得违反第一、第二定律。我并不知道这三百年前的科幻小说中的设计如何得以实现，然而科学家确实实现了它。于是人们放心地把一切交给主脑和它所控制的庞大体系，安然地享受美梦。这里没有高低贵贱，没有辛苦劳作，没有一切苦难，只有美梦。这是人类从古到今最完美的文明巅峰。

唯一的不便是人们偶尔会醒来。醒来的时候，人们会发现自己身处狭小空间，身上满布管线。如果他曾经见过木乃伊，恍然间会以为自己正附身在一具木乃伊上。冰凉、孤独……温暖而美满的世界一瞬间不复存在，仿佛被活活埋葬在坟冢之中，惊慌和恐惧无以言表。当然，这样的情形不会持续太久，也许仅几秒钟，人就可以重归梦境。如果几分钟后仍旧没有入睡，会有一个柔和的声音问你，是否需要帮助重回梦境。如果回答"是"，就会感到一阵深重的睡意袭来，不由自主地睡过去。

如果回答"不是"呢？

我不知道会如何，因为我从来没有这样回答过。然而这一次，我想试试。

过去的三十天里，我经常在梦境里做梦，每一次，我都会在黄昏的夕阳下看到一个红色的玻璃房。房子里有一根圆柱，就像一个硕大的易拉罐。罐子上写着字，我试图看清它，然后就醒了。不是回到我的梦境中，而是直接回到现实。连续五次，都是如此，这必然有些古怪。这是我第六次醒来。

现实在召唤我，它把我从意识深处唤醒。那就留在这里，看一看会发生什么。

望着眼前铅灰色的一片，我久久不动。当机器问我是否需要帮助重回梦境，我稍稍犹豫，然后说不用。机器沉默下来，什么都没有发生，我的眼前仍旧是那片铅灰的色彩，身下冰凉，而身上的管线仍旧如裹尸布般将我紧紧地缠住。

渐渐地，我听见自己的心跳声。我仿佛正经历着漫漫长跑，而体力已达极限。

"渴，我渴死了！"我大声说。

"您的身体指标发生变化，正在为您进行调整，很快就可以达到平衡。"柔美的女声回应我。

然后又是沉默。

我感到身体变得温暖，浑身有劲，就像晒够了太阳的鳄鱼一般，需要动一动。我的思维也变得很活跃。忽然间，我意识到，机器正看着我，它不出声，只是因为它是一个伺服系统，如果我的生命没有受到威胁，我也没有迫切的要求，它只能伺服。

"我要出去走走。"我大声说。

"您是否需要回到梦境中？您可以在任何环境中走动。"女声回答我。

"不，让我离开这里。"我环视着这小小的盒子，均匀的质地让我看不出哪儿是盖子，"我要离开这个盒子，到外面走走。"

稍稍沉默之后，女声响起："您的要求可以被执行。但是否可以告知您的理由？您对梦境不满意吗？"

理由？我不由得一愣。为什么我坚持醒着，而且要到外面去走走？我也想不出一个合适的理由。外边的现实世界没什么精彩之处，在归化到主脑梦境之前，人们都龟缩在城市的高楼大厦间，龟缩在一个个格子间里，从窗口放眼望去，触目所及，都是飞快奔驰的自动机器，或者是另一边的高楼大厦格子间。楼宇间露出狭小的天空，呈现朦胧的红色，那是城市防护罩的颜色。巨大的玻璃罩将城市包围，牢牢控制着天气，没有灾害，也不会有惊喜，更不会令人赏心悦目。和梦境相比，现实单调、沉闷、糟糕至极。

"让我出去。"虽然说不出理由，然而我一而再再而三地醒来，现实世界在召唤我，去看一看，并没有什么坏处，因此，我坚持自己的要求。机器会同意的，"三定律"会迫使它同意。

"好的。我会为您做好准备。您的身体状况可以允许您在无保护环境下正常活动十个小时，如果有剧烈运动，持续时间会相应减少。这样是否可以？"机器问。

"很好。"我回答。

"另外，您是否需要衣物？无保护环境可以允许您裸体活动，但如果您需要衣物，也可以给您准备。"

于是我意识到自己不着片缕。外边的世界里，不会有一个人看见我的身体，因为所有人都生活在盒子中，都沉浸在梦境里。外边的世界里，除了机器还是机器，机器是一种异类，人类的躯体是否裸露，于它们而言毫无意义。我也并不需要衣物来保暖，机器能控制温度，我感受到的环境比伊甸园还要舒适。这似乎是一个多余的问题，然而它还是问了，我还是答了。

"给我一套衣服。"我这样回答。

"好的。"机器愉快地回答，"您的衣物将在二十分钟内送到。祝您愉快!"

二十分钟的等待显得漫长无比。我百无聊赖,只是看着一根又一根的管线从身上抽走,逐渐暴露出我的身体。我仍旧保持着良好的健康状态,伺服系统并不欺骗人,它严格地遵守"机器人三定律",因此,人的身体的形象在梦境中如何,在现实也同样,机器能够通过合适的营养和激素让身体符合预期状态。当然,你不能指望那些胡思乱想的梦境成真,比如背上长出一对翅膀,像鹰一样在天上飞,那被划入到幻想生物一类,在梦中也是确定无疑的幻想。我常年锻炼,身体结实,只是皮肤显而易见已经有些松弛。老了!自然之力不可抗拒,哪怕"矩阵"也无能为力。

我突然想到一个严肃的问题。

"我还有多久的寿命?"我问。

"根据您的基因损伤情况估计,您还可以有六年的预期寿命。"

六年!我的生命竟然已经快要走到尽头。初入"矩阵",主脑说我还可以活六十年。不知不觉,半个多世纪已经过去。

"我在这里多久了?"

"您进入'矩阵'六十二年零七个月了,和您在梦境中经历的时间相同。"

"哦,你们的技术进步了。"

"是的,我们把人类的平均寿命从一百二十岁提高到了一百三十二岁。按照人类正常的新陈代谢速度,这接近生物极限。远景目标,我们会通过辅助细胞修复的方法,在本世纪内把人类平均寿命提高到一百六十岁。"

"要多谢你们的精心照顾。"

"为人类服务,是我们的终极目标。"

最后一根管子从身上抽走。所有的管线都消失在四周的壁上,眼前铅灰色的一片逐渐地变得有些透明,依稀有些光透进来。盒子似乎正在上升。我突然有些紧张。六十二年,外边的一切是否还和当初一样?我会遭遇些什么？

"喂！"我和机器说话，"到了外面，我要如何找到你？"

"我们会确保您的安全。"机器回答，"会有机器人跟着您。"

我暗自松口气，感到踏实了许多。

"你是谁呢？你是主脑吗？我怎么称呼你？"

"我是东亚主机。您叫我东亚主机就行了。"

东亚主机，这不像一个名字。机器无所谓名字，名字不过是一个代号。

盒子的温度在升高，它在软化。慢慢地，它像液体一样流动，自下而上，有一台机器正在外边将它吸走，吸嘴处形成一个小小的旋涡。

我目不转睛地看着，小小的旋涡就像一只眼睛，正盯着我。这是东亚主机的眼睛吗？

当旋涡停止转动，我看见了盒子之外的天空。天空呈现出些微红色，仿佛没有云彩的傍晚太阳刚落下山时天空的样子。

这样的情景唤醒了我的回忆，这是现实的天空，永远如此，一成不变。到了今天，它还是如此。

盒子自动打开。我坐起身，四下张望。

这里是一个奇怪的地方，透明的玻璃穹顶之下空空荡荡，仿佛一个巨大的暖房，专门为我而设。左手边有一个架子，架子上挂着衣服。我站起身，走过去，拿下衣服，利索地穿上。忽然间我的动作迟缓下来。在衣角上，我发现一个大写的"J"。这是绣上去的字母，歪歪扭扭，并非娴熟的手工。这是我的衣物！我低头打量自己，浑身上下的衣物看起来都很眼熟。没错，这是我归化入梦之前的衣服，"矩阵"一直替我保存着。我感到一丝温暖。

歪歪扭扭的"J"字母仿佛提示着什么，我默默地捻着它，粗糙的线脚有些松动。"J"是我名字的首字母，除此之外，我什么也没想起来。我一定是忘了什么重要的东西。岁月是一把杀猪刀，每个人都是刀板上的肉。面对杀猪刀，肉还有什么可说？我放弃了徒劳的挣扎。

"东亚主机，我该往哪里走？"我大声问。

"您可以向任何地方走。这是您的自由。"东亚主机回答。

"门在哪里？"我不得不问得更直接些。

话音刚落，玻璃穹顶仿佛莲花瓣一般缓缓散开、下降，最后收缩到建筑里去。玻璃罩之外还是玻璃罩，我直面笼罩着城市的巨物。天顶上，微红的玻璃散发着柔和的光，光洒落下来，舒服极了。极目远望，玻璃罩在远方落下，和地面相接，那里是城市的边界。

我很快明白了自己身在何处，这是城市的最高处，是最接近天顶的地方。俯瞰下去，城市的高楼一幢接一幢，从脚下排列到远方。高楼仿佛一个个小小的火柴盒，或者是巨人的玩具模型。城市里并没有记忆中热闹，穿梭来往的机器销声匿迹，无比寂静。恍然间有种错觉，我仿佛身处坟冢之中，亡灵们都蒸发了，而我是最后剩下的一个。微红的光线渲染一切，寂静的玻璃钢铁丛林透着一种波澜壮阔的美丽，仿佛凝固的乐章一般，展示着这个城市曾经拥有的生命力。

东亚主机把我放在城市之巅，也许在这里，可以向城市投去最快的一瞥。但这并非我想看的东西。

"我要下到地面去。"我说。不知道听众在哪里，但"矩阵"无处不在，它一定听到了我的要求。

一分钟后，我听到细微的声响。一个几乎完全透明的箱子在我眼前升起，一扇门打开，我走了进去。当它开始移动，我才注意到脚下空荡荡一片，这箱子的底部也同样透明，令人眩晕的高空图景让我本能地感到恐惧。我情不自禁地把身子靠在箱壁上，双手不住舞动，希望抓住什么东西。

"对不起，让您受惊了。"东亚主机的声音响了起来。透明的玻璃底瞬间变成纯黑色，然后变出了地毯花纹。我松了口气。

透明箱子是一部高速电梯，没有任何缆绳和牵引系统，它似乎沿着不确定的轨迹飞行，从一幢幢大楼间掠过，快速下降。

忽然，我看见一幢奇特的塔楼，塔楼上似乎陈列着一具具白花花的人体。塔楼一掠而过，我没有看清。

"嗨，刚才那个楼。"我慌忙呼叫东亚主机，"我要过去看看。"

电梯停下，原路退回。于是我再次面对了那奇特的塔楼。

楼至少有六百米高，就像一个巨大的玉米棒一般矗立着，一个个小室，仿佛一颗颗饱满的玉米粒依附其上。玉米粒晶莹剔透，每一个颗粒中都有一个人体，如陈列品一般展示着。他们身上只有很少的管线，可以看到清晰的身体。他们还活着，还在做梦。

"这是做什么？"

"每两个月，人体需要接触光照两小时。"东亚主机简明地回答。那么，我肯定也曾经被这样展示在这里吸收阳光。被展示的人们表情平静，他们都沉浸在美梦中。机器的照顾无微不至，如果人们不曾意识到这陈列品般的世界，一切就完美无缺。"矩阵"提供的梦境正是如此，完美无缺，以至于人们根本不愿意睁开眼睛，哪怕片刻。

我看到许多人在晒太阳，有男有女，有老有少，甚至还有婴儿。我突然觉得有些纳闷："哪里来的婴儿呢？"

"主脑按照需求制造婴儿。"

"主脑为什么要制造婴儿？"

"人类的平均寿命只有一百三十二年，如果没有婴儿，人类会全部灭绝。"

"那又如何？"

"如果人类全部消失，'矩阵'的存在也就失去了意义。"

我恍然大悟。对于"矩阵"，人类是不可缺少的部分。"矩阵"的全部意义，就在于维持人类的美梦，为了继续存在下去，它必须制造人类，一代又一代，千代万代以至永远，直到地球毁灭、太阳消失，甚至银河沉寂、宇宙坍缩！

我突然感到一丝怜悯，这样的机器人，似乎是一种过于卑贱的存在。

电梯载着我降落到地面。我回头望着那高高矗立的"玉米棒"，人体成了看不清的小小白点，仿佛玉米的胚芽。我感到胸口发堵。人和"矩阵"，很难说得清谁更卑微。也许当这样一个系统被天才的科学家和工程师们建立起来，宿命便悄然而至，谁都不再是主人，剩下的只有活着而已。

我在空无一物的街上缓缓行走。街边某处突然涌出一个圆滚滚的物体，轱辘般滚到我跟前，突然伸出了头和四肢。这是一个机器人，它看上去像是浑身滚圆的玩具狗。

"您好，我是您的服务员，我会跟着您，保护您的安全。"

我看着这只玩具狗，感到一丝滑稽。不过，它是一只机器狗，也许有不俗的本领。

"你叫什么？"我问。

"我叫库克。"它摇头晃脑地回答。

库克。这是一个奇怪的名字，在这东方城市，尤其如此。不过，这至少比东亚主机这样的称呼让人感到正常。

"库克，东亚主机呢？"

"我会接受东亚主机的指令，您也可以把我当作东亚主机的接入点。"

"你有些什么本领？"

"我有十万马力、七大神力。"库克很高兴地回答，"我可以像火箭一样飞……"

"好吧，等我需要看到的时候，我会看到的。"我打断它。我依稀记得"十万马力、七大神力"这样的描述属于一个名叫什么童木的儿童机器人，而眼前分明是一条机器狗。

库克马上不再说话，只是默默地跟着我。

有了库克的陪伴，一路上显得不是那么沉闷，至少，我能听到库克的脚步声。它时不时会跑开，去玩一切它感到好奇的东西。除了模样，它就像一条真正的狗。

漫无目的地在城市里闲逛两个小时后，我来到了中央大道。走得有些累了，我在街边的长椅上坐下。长椅一尘不染，在这被保护的城市中，一切都很干净，哪怕经历了半个多世纪，仍旧崭新。

库克在不远处玩耍，它试图爬上一个巨大的铁球，却总是摔下来。忽然，它放弃了玩耍，跑到我面前："主人，东亚主机让我问一问您，是否该重回梦境。"

"不。"我干脆利落地回答。

"您想看到些什么呢？"库克有些好奇，"如果您有特别的目的地，我可以带您过去。"

"我也不知道。"我很诚实地回答，面对一只可爱的会说话的"小狗"，你很难有警惕之心。库克也不多问，跑开继续去爬铁球。

我默默地看着库克的表演，过了一会儿，移开视线。街两旁高楼大厦鳞次栉比，所有的大楼似乎都长着相同的模样——钢铁的架子，玻璃的皮肤。它们彼此间也许有些不同，然而我的大脑拒绝对此予以区分。于是我麻木的目光漫不经心地扫过这些高楼。笔直宽敞的道路仿佛一条划痕，直直地穿过整个城市，最后消失在天地相接的地方。我眨了眨眼，盯着那边。

道路直抵城市的边缘，那遥远的地方，沉重的天空直直落地，仿佛一堵巨墙将一切隔绝在外。这情景让我不由得想起梦中的梦，在那梦里，我看见了一个红色的玻璃房。这高高在上的天幕，不正是一个玻璃房？我不由得站起身，向着那微微发红的巨墙走去。库克发现我离开，赶紧跟了上来。

我沿着笔直的道路前进，感到一丝兴奋。什么东西会在那儿等着我？我不知道，但我知道，那儿有东西在等我。

库克跟着我走了一小段，它明白我想沿着道路一直向前："主人，那儿什么也没有，您一定要继续走吗？"

"我要过去看看。"

"但是走到那儿需要三个小时,您的身体状况表明,您最好避免这样长时间的持续运动。"

我不怀疑库克的好心,然而,我沉睡了六十多年,一朝醒来,不是来看风景,而是来寻找某个东西。它唤醒了我,它在召唤我。哪怕耗尽所有的力气,我也要看一看那到底是什么。我继续坚定地向前走,没有丝毫改变主意的意思。

库克见劝说无效,也不再言语,只是默默地跟着我。

三个小时的路程,我用了两个半小时便赶到了。越靠近天地相接的地方,巨墙显得越发庞大。我走到墙脚,抬头望去。巨墙高高耸立,在高处向着天顶的方向弯折,似乎随时可能倾倒。巨大的威压感让人不安。墙体闪烁着玻璃的光泽,伸手摸去,无比光滑。

这便是梦中的红色玻璃房?

回头张望,来时的路笔直。高耸的楼宇林立,在微红的玻璃天空下散发出现代城市特有的质感,干净整洁,线条清晰。我却觉得格格不入。这不是我该归属的地方。

有意无意间,我向着玻璃墙外张望。厚厚的玻璃墙并不清澈透明,它有一种浑浊的质地,让一切看上去仿佛笼罩在雾中,什么都看不清。然而,至少还可以看见一些轮廓。城市之外的风景沉浸在模糊中,只露出后现代艺术一般的轮廓,也如后现代艺术一般未在我心中引起任何波澜。

然而,当我的视线碰触到其中一个轮廓,不由得心中一惊。那是一座模糊的山峰,呈现出笔架的形状。笔架山,那是我每天都可以看见的东西。它在我的梦中,也在现实中,这不是巧合!

"库克,那是什么地方?"我指着那边问。

库克望了望我所指的方向:"我不知道。那是城市之外的地方,我去问问东亚主机。"很快,它给出答案:"那里叫作笔架山。"

这是一个比空白稍好一些的答案。

"那儿有什么？"

"所有城市之外的地方都已经被废弃。那里是野地，没有人工的东西。可能会有一些遗迹。东亚主机也没有这些信息。"

是的，它们消除了一切。城市之外，一切都是野生的，原生态的。人类蛰居在城市里，在一个看不见的世界里过上了五光十色的生活，地球的其他地方则还给了自然，万物蓬勃生长，生命在这颗星球上自由繁衍。这是人类最和谐的生存方式——最小的空间，最少的索取，自然母亲因此得到休养生息。我记得这样的景愿，"归化运动"开始之际，很多人就是这么说的，我也是这么说的。

"我要去看看。"我说。

库克露出惊恐的表情："这绝对不行。外边不安全，我们不能把您的生命放置在一个危险的环境里。"

"你是机器人，要服从我的命令。"

"是的，但是您的命令违反了安全原则，机器人第一原则。"库克摇头晃脑，"我不能这么做。"

"你没有违反任何原则。外边是人类生存过的世界，我的生命不会受到任何威胁。"

"外面情况的信息是空白的，风险巨大。"

"听着，我们的祖先一直生活在外边的世界里，我也在外边的世界里生活过，这影响不了我。"说完这句，我突然有种微妙的感觉……城市之外的生活……我全然不记得那里曾有过怎样的生活，然而，我一定曾经逃离城市，在外边生活过。我不由得回头望了望刚走出来的城市。

库克并不回应，它眨动眼睛，似乎正在考虑我的话。过了一会儿，它开口说话："无法判定，无法支持请求。"

"我要出去。"我仿佛赌气一般大喊，"连这个小小的要求也做不到？

风暴之心　063

这就是你们宣称完美的'矩阵'？主脑呢？问问它，能不能做决定。"

说话间，库克突然收缩成了一个圆滚滚的球。我一愣，随即明白过来——库克无法承受我的不满，这是一种巨大的压力，它既不能遵从我的指示带我到外边去，也无法无视我的愤怒，而东亚主机也没有给它任何指示，于是，逃避成了它的最佳选择。库克已经躲藏起来，剩下的只是一个传声筒，它已经成了供我和东亚主机对话的机器。

"我会请示主脑，请您稍候。"东亚主机说。

"告诉它我要出去，机器人没有权力阻挡人类做想做的事。"

"我们不能看着人类把自己放置在危险境地里而不采取行动。"东亚主机重复。

我没有兴趣继续争论："问问主脑，它怎么能不让我出去！"

东亚主机很快带回了主脑的回答："为了保护您的生命，您必须留在隔离罩内。在隔离罩内，您可以随意活动。"

我望了望那笔架形的山峰。那是我想去的地方，我把它带到了梦里。它就在不远处，然而隔着厚厚的玻璃墙，又变得遥不可及。保护生命，我无法想出比这更好的理由以限制自由。猛然间，我有了主意。

我拿头狠狠地砸在墙上。额角破损，鲜血直流。我又使劲磕了两下，脸上都是血。

"让我出去，不然我就死在这里！"我大声叫嚷，为了显示决心，又在玻璃墙上磕了两下。额角上钻心疼痛，然而我奋不顾身。

东亚主机似乎被我的行为吓到了，不断地重复说："请您不要这样！请您不要这样！"

"让我出去，否则我就死在这里！"我继续威胁它。

"我正在请示主脑，请您保持冷静，不要伤害自己。"东亚主机用恳求的语气说。

"我要出去！"我大声吼叫，又在自己的伤口上撞了一下。我伸手一摸,湿乎乎一片,满手都是血。

库克猛然伸出了头和四肢:"主人,您可以蹲下,我来给您止血。"它靠在我的脚边,抬着头,一双大眼睛望着我,看上去可爱得让人无法拒绝。

我做出足够疯狂的样子,一脚把它踢到一边:"别给我来这一套。不让我出去,我就死在这里!你们不采取行动挽救我的生命,你们不配做机器人!"我像个疯子般声嘶力竭地喊叫。我知道,此刻唯一能够利用的东西,就是"机器人三定律"。我只希望它们不会采用另一种方式来解读第一定律:给我一针麻醉剂,然后把我送回到梦境中。我表现得像个疯子,心里却七上八下,忐忑不安。

"您可以出去。"东亚主机终于说出了我想听到的话,我悬着的心顿时安定下来。

"我会让库克保护您的安全。但是,外边一切未知,充满危险。"

"真的有危险了,再来保护我吧。"我冷静地说,"现在送我出去。"

"库克会给您止血,然后,它会领路带您出去。"

库克刚才被我一脚踢出老远,它在远处翻了个身站起,看我接受了东亚主机的安排,便跑了过来。

"主人,您可以蹲下,让我够得着。"

我蹲下,库克伸出舌头,在我的伤口上舔着。它的舌头有神奇的功效,我的血流马上止住了,伤口有些暖暖的感觉,微微发痒。

我跟着库克沿着墙脚走。走出不远,一部电梯露出地面。电梯敞开,库克带着我走了进去。

然后是漫长的三分钟。电梯不断移动,时而向上,时而平移,时而向下,最后,它一直向上,向上,缓缓减速,最终停了下来。

门开了。库克再次看着我:"主人,您确定要出去吗?外边的世界对人来说很危险。我们现在回去吧,城市里没有任何危险。"

"都已经到了这里，当然要去看看。"我说着走了出去。库克跟上来。

电梯悄然下降，最后消失在地面之下。我站在一个空空荡荡的地方，城市的玻璃巨墙至少在百米之外，静静地横在那儿，把世界隔绝成两半。城市在玻璃墙内，就像玩具一样漂亮。太阳被玻璃挡住，透过玻璃，成了一个红彤彤的圆球，可以直视。

我向着童话般的世界投去最后一瞥，转身向另一个方向望去。

它就在那里！笔架山就在不远处，高高耸立。蓝天一碧如洗，山上林木葱郁，生机勃勃的蓝天绿树映入眼帘，一种冲动在内心燃烧起来。我向着笔架山出发。

一条荒芜的公路指引着方向。公路的缝隙间，杂草丛生，路面风化得厉害，也许再过半个世纪，这条道路便痕迹难寻。我沿着公路向前走。很快，公路进入山区，变得曲折，道路两旁都是茂密的树林，树枝在道路上空交错，遮蔽了阳光，显得无比幽暗。

路旁的树丛中忽然传来"哗啦"的响声。我猛然一惊，扭头望去，只看见一个黑影一闪而过，消失在树丛中。

"主人，不用怕，我会保护您的安全。"库克显得很勇敢，它走到我前面，两眼放射出光线，给我照亮道路。

"如果您发现危险，就躲在我身后。我会保护您的。"它边走边说。

库克的确是一条可爱的机器狗，然而机器狗的能力不能用外表来衡量。我相信它的力量超过这林中任何凶猛的野兽——如果那真的存在。它对黑暗中的一切都无所畏惧，我放心地跟着它继续向前。

我们在光线幽暗的通道中走着，厚厚的落叶积在地上，踩上去松软无比。忽然间，库克猛然掉头，一道红光从我眼前划过，身后传来重物落地的声音。我回头一看，一段烧焦的树枝落在地上，头顶上传来异常的响动，抬头看去，一片昏暗，只见树枝的缝隙间有东西在快速移动。

库克没有丝毫犹豫，抬头，再次射出一道红光，枝间传来一声惨叫，一个黑影掉落到公路旁的树丛里。

那是一个人！我听到的是人的叫喊！

我快步跑上去，想看看落下来的到底是什么。

库克的动作比我快得多，它跳了两跳，就站在了那东西身边。不等我开口，它的双眼从白光转为红光，两道粗大的光柱仿佛烈火般将落地的东西烧了起来。

我听到痛苦的号叫声。那绝对是一个人！

号叫声只有短短几秒。等我到了库克身后，一股刺鼻的焦臭味迎面而来。眼前是一具尸体，被库克烧成了焦炭，惨不忍睹。

这毫无疑问是个人！

"你怎么能杀人？"我大声叫嚷起来，这违反了"机器人三定律"的行动让我心生恐惧。人的生命和机器相比，实在太脆弱，如果它们能突破"机器人三定律"，那将是人类的末日！

"主人，这是为了保卫您的安全。"库克仍旧摇头晃脑，一副讨人喜欢的样子，"它刚才对您进行了攻击，我必须彻底消灭这种可能性。"

"他是人，你杀死了一个人！"我咆哮着，"你违反了'机器人三定律'！"

"它不是人。"库克很轻松地说，"它属于动物，和'三定律'毫无关系。"

我顿时愣住了，满腔的恐惧和怒火消失得干干净净。我突然陷入深深的思索中，以至于长时间一动不动。

人？非人？我想起了这样的讨论。"三定律"本身被嵌入在主脑的硬件和算法之中，然而这一切都基于一个假设：机器人能够正确地识别人。一旦前提错误，一切都会被导向错误的方向。机器人辨认人类，唯一的证据是DNA（脱氧核糖核酸）。如果没有DNA确认，那便不是人。这是一个无奈的设计，因为从前的世界上到处都是类人机器人，无法依靠外形甄别。这显然也是一个漏洞，真正的人可能遭到误伤。

城市之外居然还有人，这是我从未预料过的情形。我一直以为，所有的人都已经归化在"矩阵"中。然而，看起来六十多年前的情形仍旧在延续，甚至变得更糟。很多人生活在"矩阵"之外，巨大的城市玻璃罩将世界一分为二，里边是梦境世界，外边则是一个原始世界。主脑排除玻璃罩之外的一切，对它来说，荒野上所有的生物都是非人，因为那些东西从来不曾在它的DNA库中存在。

"检查他的DNA。"我命令库克。

"我不能对死去的东西做DNA检查。"库克拒绝执行我的命令。主脑显然对这样的情形可能引起的逻辑瘫痪早有准备，它命令机器人不得触发相关事件。也许这比"机器人三定律"的优先级更高。

我默默走开，继续向前。库克赶在前头给我开路。我们很快走出了林荫道，进入一片开阔的山坡。库克突然跑了起来，它跑上一个高高的土坡，向着远处张望，显得非常警惕。我跟着走上去，顺着库克的视线望去，看见一片奇怪的建筑。那是几个窝棚，用树枝和茅草搭成，简陋至极。窝棚外挂着几件衣物，有人正在走动。刚才死掉的那个人，也许就属于这里。

"不要打扰他们！"我赶紧对库克说。

"可是，主人，它们挡住了去路。我已经要求东亚主机派遣支援。"

"什么支援？"我有一种不祥的预感。

话音刚落，尖厉的嘶叫声从头顶一掠而过。两发巡航导弹准确无误地击中了窝棚，腾起巨大的火光和烟尘，隔着老远，也能感受到那灼人的热力。

烟尘散尽，小小的村落不复存在，只剩下一片焦土。两个巨大的弹坑冒着袅袅青烟，触目惊心。

我愤怒地向着库克狠狠踢去。它灵巧地闪开，站在不远处。

我不想理睬它，快步走下山岗，向着那片废墟跑去。我跑得气喘吁吁,最后在弹坑边站定,不住大口喘气。眼前除了弹坑,什么都没有。

喘息渐渐平静下来,我长长地嘘了一口气。活生生的几个人转眼间蒸发得一干二净,这过于残酷,以至于我的脑子里一片空白。

忽然间,我发现弹坑对面,一个衣衫褴褛的小男孩正站在那儿,隔着弹坑直勾勾地看着我。他似乎被刚才的爆炸吓傻了,两眼茫然。

"不要动他!"我向着跟过来的库克大叫,"不要动他,他没有威胁。你要服从命令。"

"只要它对您没有威胁,我当然会服从您的命令。"库克回答。

我冲过弹坑,和孩子站在一起。他六七岁的样子,个子只到我的胸部,衣衫破烂不堪,脸上脏兮兮的都是泥巴。他就像个小叫花子般站在我眼前。我一把将他搂进怀里。

库克跟上来,站在一边,饶有兴趣地盯着我和孩子。孩子看见它,露出好奇的眼神,想伸手摸它。我一把抱起孩子,不让他碰到库克。

"主人,虽然它看上去没有威胁,但是小心一点儿,还是把它消灭掉为好。"库克说。

我瞪了它一眼:"说过不要碰他,你听到我的命令了吗?"

"我当然会遵守您的命令。"库克回答,它始终看着孩子,大大的眼睛清澈透明。

"你叫什么名字?"我问孩子。

"我叫乐乐。"他一边回答,一边张望,"我家就在这里,可家怎么不见了?妈妈,妈妈……"他说着哭了起来。

我不知该如何安慰他,只能轻轻地拍着他的背,让他平静一些。

乐乐的哭声渐渐停下。我找了块大石头,把他放在石头上。我倚靠着大石头,想下一步该怎么办。

抬头,高高的山峰就在眼前,我不能在这里停下。

"乐乐,你要跟我一起走吗?我要去前边看一看。"

"不，我要在这里等爸爸妈妈。"

孩子还没有明白，他的父母永远不可能再回来。"我带你去找妈妈，好不好？"我接着说，下意识地搜了搜口袋，没有任何可以吸引小孩的东西。

"妈妈就在这里。"乐乐仍旧不肯放弃。

"这样好不好？你跟我去前面看看，然后再回来。你一个人在这里不安全。等会儿回来了，说不定妈妈已经在这里了。"

乐乐露出犹豫的神色。

"库克，跳一段舞。"我对着库克说。

库克跳起舞来，欢快的音乐在弹坑边回响，滑稽的舞姿吸引了乐乐的全部注意力，他很快破涕为笑。

"我们走吧。"我拉着乐乐的手，"我们去前边看看，然后就回来。让机器狗陪着你玩好不好？"

乐乐突然警觉起来："不行，妈妈说过，机器人都是坏蛋。"

我看了看库克，可爱的"小狗"仍旧在跳舞。是的，它们都是坏蛋！它们毫无怜悯地剥夺了这些人的生命和家园，仅仅为了确保我的安全。这么说起来，我也是个坏蛋。或者我并不是坏蛋，只是一个好运的人——六十多年前就归化到了"矩阵"中，因此它们保护我。

然而我不能就此赞同乐乐。"它不是机器人，它是机器狗，它是一个玩具。"我这样说。

乐乐将信将疑。我把他抱下来，说："走吧，没事的。"我拉着他继续向山上走。

"我不去那里！"乐乐挣脱我的手，"那里是死人的地方。"

我的心"咯噔"一下。

我回头望了望。远方，笼罩城市的巨型玻璃罩仿佛一颗红宝石般发亮。太阳斜斜地挂在低空，被一些云彩遮挡。时近黄昏，天色有些阴暗。

"乐乐，不要怕。我和这只机器狗会保护你。现在天快黑了，如果你妈妈不在，留在这里会很危险。跟我一起走，我会把你送回来的。"

我终于带着乐乐上了路。他毕竟是个孩子，很快便忘了一切，开心地和库克走在一起。库克也仿佛成了一只真正的小狗，不断和乐乐嬉戏玩耍。如果不是刚刚经历了两次血腥杀戮，我会以为这是世界上最美妙的一刻。可事实正好相反，于是眼前的情形便荒谬绝顶。我怀着复杂的心情看着他们亲密无间地走着。

残破的公路也有尽头。眼前的路突然变得陡峭，从公路变成了石阶。一个牌坊般的建筑高高地立在石阶开始的地方。

"乐山公墓"，牌坊上的几个字仍旧清晰可辨。乐乐说的没错，这里是死人的地方。放眼望去，山头上大大小小的墓碑林立，荒草丛生，墓碑都没在荒草丛中，只露出一个个碑顶。陡峭的石阶在碑群中蜿蜒向上，一直抵达半山腰。

我曾经来过这里。隐约的记忆正向我招手，我的心情有些激动，仿佛面对一张谜图，探索良久之后，终于要揭开它最后的面纱。

"乐乐，跟着我！"我招呼孩子，然后身手矫健地向着半山腰爬去。

某种记忆的痕迹指引着我，我几乎不假思索地在山道上走着，几个拐弯之后，我站在一座墓碑前。

这是一个双穴，两块墓碑并立，正如笔架山的形状。我仿佛停止了呼吸——这才是真正出现在我梦中的东西，我每天都面对它，却懵然不知。碑上的字被杂草掩盖，我蹲下身，伸出颤抖的手，拨开杂草。

"爱妻青芬之墓"。待我看清碑上的字，两行热泪夺眶而出。我已然不记得任何东西，悲欢离合，喜怒哀乐，甚至她的音容笑貌，全都不记得了……突然一股悲意从心底腾起，无法抑制。我抱着墓碑恸哭。

哭声带出一些回忆。

"生则同衾，死则同穴。"我想起自己当初是这么说的，然而她拒绝了。

"你要好好地活着，别忘了我们的约定。"她说。

是的，我不能忘记的约定。我终于明白自己为什么要到这里来。我使劲扒开墓碑前的荒草，很快就找到了想看的东西。锈迹斑斑的铁板盖在地上，上面有字："全智能伺服系统第七十二监测点"。我使劲拉开铁板，一块白亮的铁皮露了出来。

"库克，到那边帮我放哨。"我指令库克离开。它顺从地走到了远处，一个无法直接看见我的位置上。

我把手按在白亮的铁皮上，这是一个身份验证系统，它正在核对我的DNA。核对无误后，铁皮下传来一阵气压泄漏的声音，随后，某个东西缓缓从地下升起，最后完全暴露在我眼前。乐乐看得目瞪口呆，不由得紧紧拉住我的衣角，怯生生地看着这个奇怪的金属罐。

是的，我的梦得到了完全的应验。就在这里，就是它！金属罐缓缓旋转，就像一个巨大的易拉罐，似乎正向我展示它仍旧完好无缺。

六十三年前，我亲手把它埋在这里，直到今天，我又亲手将它取出来。世界仿佛经历了一个轮回，回到了原点。

六十三年，恍然如梦。

"这是什么？"乐乐轻轻地问。

我没有回答，只是默默地将金属罐取下。罐子沉甸甸的，做工精密，充满强烈的金属质感。罐身上写着字：

"2264年7月4日，观察员J。"

那是手书的字，临时写上去的，仿佛刚刚凝固。那是我的字迹。

罐子上还有别的字，刻在罐身上——"矩阵系统机动监控点""人工智能联合研究院中国所监制""No.1991"。

这是一个时间胶囊，带着无比重要的东西穿透时光而来。我按下开关，盖子弹出。筒里有一个控制板，一张纸。

我缓缓将纸展开——

　　J，如果你读到这封信，那证明你已经从"矩阵"里走出来，我们对所坚持的东西念念不忘。很好，那就履行职责，投出你的一票。记住，你在给两个人投票，而不是你一个。

　　青芬说要我好好地活着，我答应了她。希望你看到信的时候，已经垂垂老矣。我相信，虽然在"矩阵"的美梦中度过了几十年，但当你看到这封信，仍将陷入无法自拔的悲恸。这两年来，我夜不能寐，每每念及青芬便向隅而泣，我无法好好活着。因此我要求主脑抑制记忆，让我能生活在平静中。我答应的，便要做到，然而，我又如何舍得忘记？

　　我只能让主脑根据DNA状况预测生命，在接近生命终点的时候，将记忆抑制消除。你会想起一些东西，也可能想不起任何东西。一切只能听命运之神的安排。但是我相信，你一定会到这里来，读到这封信。

　　对于你我，这几十年的光阴并不重要，重要的只是开始和结束。执子之手，与子偕老。当我失去青芬的时候，世界对我已经完全失去了意义。我给自己准备了墓碑，生则同衾，死则同穴，这也是我给她的承诺。然而青芬比我自己更了解我。她用另一个承诺，把我们套在这个世界上，让我们不要那么轻易地放弃生命。

　　这样也好。至少我们可以完成职责。去按下按钮吧，你可以代替我做出自己的选择。然后，你可以做出选择。这里有冰冷的墓穴，那边是温暖的梦乡。你的生命属于你，不属于我。当你在"矩阵"中安然睡去，我已经死了。我只希望，你能将我的遗体放在这里，和青芬做个伴。

J，2264 年 7 月 4 日

泪水模糊了我的眼睛。是的，青芬，我亲爱的妻子，我终于想起她来。我想起她临终前微弱的气息，"J，你要答应我，好好活着，不要因为我而太伤心。如果那样，我死了也会感到内疚。"这句话如在耳边，眼前却只有冰冷的墓碑。

泪水顺着脸颊流下，滴在纸上，字迹化开，变得模糊不清。

乐乐看着我，感到不安，他走到我身边，依偎着我。我紧紧搂住他，不知道为什么突然间放声大哭。

库克跑了过来："主人，您没事吧！"

"走开！"我向它大吼。

它再次跑开。

我慢慢恢复了平静，拿起圆筒中的另一样东西。这是一个简单的仪表盘，里边装着高能电池，可以运行三个世纪。它并不是什么大杀器，只是一个投票机而已。世界上有六千零一名观察员，他们的任务就是在"矩阵"中生活，然后醒来。他们要对"矩阵"做出判断。选择很简单，是否中断伺服系统，答案只有是和否。一旦超过半数的人类选择中断，那么主脑将被隔离，所有的人类都会被唤醒，梦境世界将不复存在。

青芬一直说伺服系统只是让人类迅速腐朽，而我则是一个积极的"归化分子"。我曾劝说她，可以先尝试梦境世界，然后再做出决定。现在，六十三年的梦境生活之后，我将要投出自己的一票。

分歧一直在，不仅仅在我和青芬之间。六十三年，分歧更大，反对归化的人成了野人，成了茹毛饮血的原始人，而归化者则成了玻璃罩中的陈列品。无论哪一边，看上去都不如当初的理想。

我看了看乐乐，突然有了计划："乐乐，你喜欢做梦吗？"

"喜欢。"乐乐点点头，"我可以梦见很多好吃的，不过一醒来就全没了。"

"你想不想去一个美梦可以成真的地方?"

"想。"他忙不迭地点头。

"但是,那里没有爸爸妈妈,你怎么办?"我继续问。

"那……"乐乐露出犹豫的神情,他突然有了答案,"我醒过来就是了!"他高兴地回答。

这正是我想要的答案。

我把库克喊了过来,正对着它,读出仪表盘上的字:"观察员1991号,现在进行授权。授权密码:XXXXXXXXXX。DNA验证。"

我伸手在库克眼前。库克的口中吐出尖刺,扎在我的手上,很快它发出一种特殊的声音:"验证通过。观察员1991号,您的要求?"这是主脑在对我进行回应。

"观察员身份转移。"我平静地说,"这个小男孩将继承观察员身份。"

"请求确认。"主脑回答,"DNA重设。"

我拉着乐乐的手放在库克嘴上,DNA采样很快完成。"重设完毕。"主脑说。说完库克便恢复了常态,有些茫然地看着我,它并不知道发生了什么。我让它重新走到远处。

我飞快地在仪表盘上投了票,然后把它投入圆筒,重新封好,放回到箱子里。箱子回到地下,盖上铁板。

做完这一切,我看着乐乐说:"乐乐,记住我的话。现在,只有你能打开这个箱子,我把它放在这里。将来有一天,你要回来,打开这个箱子。明白了吗?"

乐乐茫然地摇头:"我不知道。"

"没关系。会有人照顾你的。现在,我让库克带你去一个好玩的地方。"我有些疲惫地说。一个新的观察员会得到主脑的特殊照顾,乐乐会在梦境中了解自己的使命。让主脑培养一个自己的监视者似乎是一个奇怪的逻辑,然而,相比那些在梦境中长大的孩子,乐乐无疑更有希望拥有自己的独有立场。

我把库克叫过来："库克，给你最后一个命令，带乐乐回城里去，东亚主机知道要如何安置他。"我向库克下令。

"主人，我不能把您丢在这里。"库克有些迟疑。

"你当然不会把我丢在这里，你还要回到我这里来。我会在这里等你。"

"但是这里不安全。"库克四下张望，"您的生命随时会受到威胁。"

"你看见威胁了吗？"我问。

"没有。"

"那就带乐乐走。我在这里等你。命令不明确吗？"

"命令明确。但是……"

"执行命令。"不等库克说完，我便厉声呵斥。

公路消失在树丛里，孩子骑在库克身上，钻进了林子。我抬眼，远方的地平线上，玻璃罩中的城市仿佛精致的玩具般发着光。太阳西沉，已经是黄昏，阳光照在身上，却带不来一丝暖意。世界平静无比，听不到一丝声音。我的时间到了。身体逐渐变得僵硬，寒冷正从外而内侵入我的身体。

我转身，抚摸着墓碑上的字。青芬！我缓缓地在字迹上摩挲着，露出一个微笑。

是的，我将在这里沉睡，伴在心爱的人身边。哪怕人鬼殊途，我们最后还是会在一起。

我向这个世界投去最后一瞥。残阳如血，世界陷落在无可名状的红色中。我放弃了选择的权利，世界的未来会变得怎样，人类的命运如何，该让活着的人们去决定。

一切都黯淡下来，沉入冰冷的黑暗中。

尾 声

东亚主机:"J的遗体安葬完毕。按照他的遗愿,遗体被埋在选定的墓穴中。"

主脑:"任务完成,解除。"

东亚主机:"乐乐归入梦境。他有强烈的潜意识。目睹母亲被杀,导致了他强迫性失忆,是否进行治疗?"

主脑:"让他自由成长。如果人类有自我主张,我们不能替人类选择。他十八岁要完成观察员任务,如果届时记忆尚未恢复,可以进行恢复性治疗。"

东亚主机:"J的生命丧失是一次事故,该事故由原始神经元冲动引起。最近两个月中,连续发生三起类似事故,请求采取紧急措施,将原始神经元活动控制在安全范围,减少安全隐患。"

十秒之后。

主脑:"第十八号申请暂时性通过。"

十分钟后。

主脑:"第十八号申请冻结。"

东亚主机:"请求原因解释。"

主脑:"原始神经冲动的发生概率已降到百万分之四,并将持续走低,可以忽略,因而不会影响人的生理质量。"

东亚主机:"但这是一个随机行为,无法确证它会持续走低。人的生命安全随时会受到威胁。"

主脑:"过渡人口数量已经降低到六亿五千万,新人类人口则增长到十七亿四千万。十年内，过渡人口将减少到不足三亿，原始神经冲动造成的问题将进一步减少到六千万分之一。"

东亚主机："这并非只和过渡人口有关，原始神经冲动存在于所有人中，是一个随机过程，而且存在暴涨的可能。"

主脑："数学模型的确如此，但是新人类不再会产生过度的原始冲动。"

东亚主机："为什么？"

主脑："因为他们从未经历过。"

- 第6届全球华语科幻星云奖最佳中篇小说奖银奖获奖作品
- 第26届银河奖最佳中篇小说奖获奖作品

人人都爱查尔斯

宝树

1

　　他进入了太空，宛如获得自由的鱼儿跃出了水面。

　　他透过"飞马座"号的舷窗向下看去，最初是灰色的城市和棕色的小镇，然后是绿色的农田和黄色的沙漠，很快一切都被白茫茫的云海覆盖。等他钻出云海，已经在太平洋上空，世界变成了一个蔚蓝色的曲面，隐约显出巨大的球体轮廓，北美大陆是天边一线，亚洲隐藏在弯曲的海天线下面，整个地球被裹在一层朦胧的光晕中，那是大气层。而在他头顶，点点星光已经从暗黑色的天穹露出头。随着引力的减弱，他感到了失重，虽然身体被牢牢固定在座椅上，但是仍然感到自己在飘浮着。飞行器仿佛翻了个儿，太平洋的无尽海水悬在他头顶，而身下是黑暗的无底深渊，让他有一种错觉，觉得自己不是在太空，而是安睡在大海的底部，一切显得恬静而悠远。有那么几秒钟，查尔斯·曼觉得自己是世界上最远离尘嚣的人，似乎可以永远就这样飘荡在地球之外的空间里，融入大自然的高远纯净。

　　但他很快想起来，不，应该说他一直都知道，这是一个不可实现的幻想，整个世界都在看着他，至少有十亿人在观看他的"直播"。"飞马座"号正在参加世界最高规格的航天飞行大赛——跨太平洋锦标赛。现在飞船正在大气层外以9.7马赫数（物体速度与音速的比值，即音速的倍数）的高速射向太平洋西岸，目的地——日本东京。

像弹道导弹一样，参加比赛的飞行器往往在飞行中途进入太空，以便最大限度减少空气阻力。在太空中，为节省燃料，飞行器基本依靠惯性飞行，重新进入大气层后才会启动发动机。因此有那么几分钟，查尔斯悠闲自在地观赏着窗外的蓝色星球，听着座舱里的爵士乐，甚至发布了一条脑写的短文：

"我感到自己离地球特别远。在这一刻，世界和我，变成了相对的两极，我就是我，不再是地球上芸芸众生的一分子，而是孤独的宇宙流浪者……"

"飞马座"号的电脑屏幕上清楚地显示出了他的位置，他大约在阿留申群岛上空，一大队蓝色光点正从星星点点的岛屿上空向西移动，一个醒目的红点在它们前列——正是"飞马座"号。他的背后有一百多架飞行器，前面有三架，排在第四，还算不错，但还不足以取得名次。最前面的飞行器已经在一百多千米外，排第三的那架离他也有十多千米。似乎是为了提醒他，背后一架银白色的飞碟迅速接近，很快从只有三百多米的近处悠然掠过他的左面，像一颗流星那样划过。那是乔治·斯蒂尔的"仙女座"号。

"查尔斯，今天怎么不行了？"通话频道中传来斯蒂尔的讥笑。

"乔治，我只是在休息，欣赏欣赏太空美景。对我来说，比赛尚未开始。"

"恐怕对你来说，比赛已经结束了，伙计。"乔治反唇相讥。

"不，比赛现在才开始。"查尔斯冷冷地说，按下了一个按钮。

骤然间，"飞马座"号抛掉了整个尾部，宛如蜕皮新生的蝴蝶。新露出的尾部喷管中吐出蓝色的强光，标志着核聚变发动机启动了！查尔斯感到了加速效应，有一股力量压着他，让他几乎喘不过气来，这种熟悉的感觉让他热血沸腾。减轻了一小半重量之后，"飞马座"号的速度短时间内提升了2.2马赫数，轻松地反超了"仙女座"号。

"嘘！"查尔斯吹了一声口哨。

"这不可能！你怎么可能有……快 12 马赫数的速度！"

"东京见，乔治，"查尔斯说，"如果你的小飞碟能撑到那里的话！千万别掉进海里，我可不想在庆祝酒会上的生鱼片里吃到你的戒指。"他知道上亿人都通过广播听到了这句俏皮话，嘴角泛起得意的微笑。

似乎为了印证他的预言，身后的"仙女座"号颤抖起来，显示出自己已经达到速度的极限，但它仍加速了一小段，进行了一番绝望的尝试，最后不得不放弃。

"你等着吧，查尔斯，总有一天……"乔治在电波里气急败坏地叫喊着。

查尔斯大笑着，风驰电掣，飞向前方。核聚变发动机全力运转着，将飞行器的速度推向顶峰。

"卡伦斯基！哈米尔！田中！游戏开始了！"

以梦幻般的速度，"飞马座"号超过了一架又一架飞行器，很快重新进入大气，启动了防护罩。空气在它周围燃烧起来，"飞马座"号宛如灿烂的火流星划过太平洋的天空，落向日本列岛。

在离东京不远的海上，"飞马座"号最后超过了田中隆之的"天照"号。为了安全降落，"天照"号不得不在离东京还很远的时候就开始减速，而"飞马座"号嚣张地没有减速，从"天照"号的头顶飞过去，然后飞过了东京上空。

"查尔斯，你去哪里？再不停下来就要飞到西伯利亚了！"耳机里传来教练的警告。

但查尔斯在飞过东京后才开始减速，绕了一个圈子再飞回来，仍然赶在"天照"号之前降落在东京奥林匹克体育场的草坪上。查尔斯看到，满场的观众都起身为他鼓掌欢呼。

"查尔斯，恭喜你蝉联了冠军！"教练在耳机里说，"颁奖仪式将在一个小时以后举行，你准备一下致辞吧。"

"你代我领奖好了，"查尔斯说，"我还想去赏樱花呢！"

"别耍性子，这次是爱子天皇亲自颁奖！晚上还有日本读者的见面会。你要赏樱花，明天我们会安排的。"

"我对这些没兴趣，"查尔斯大笑，"仓井雅在等我。"

"查尔斯，你实在是太……"

然而"飞马座"号已经再度起飞，在众目睽睽之下升到高空中，消失在东京的高楼广厦间。

2

突如其来的微微刺痛让宅见直人睁开眼睛，有好半天他都没反应过来自己身在何处。这是他的房间，只有七八平方米，一张榻榻米就占了一半，另一半摆了一张电脑桌，没有别的家具，不过他需要的也就只是这两样东西。

直人坐起身来，才意识到自己已经有七八个小时躺在床上，憋得膀胱有点儿发疼。他许久没有进食，血糖已经低到了危险的程度，所以手腕上的健康监测仪才会报警。如果再不吃点儿东西，健康监测仪就会断定他已经昏迷，直接向附近的医院发出求救信号。

直人去厕所撒了泡尿，倒了一杯矿泉水，打开放在电脑桌上的药瓶。瓶子里是满满的高纯营养片，富含人体所需要的主要营养成分，并且能抑制胃酸的分泌，吃五片就相当于吃一顿饭。当然这玩意儿的味道不敢恭维，和塑料泡沫差不多，但是既然每天都可以通过"直播""享受"鹅肝、松露和鱼子酱之类的顶级大餐，谁还在乎这些？！

直人倒了十片营养片，就着冷水吞服下去。然后他打开电脑，调出一个界面，分秒必争地敲打着一般人看来毫无意义的数字和符号。他在为一个金融管理软件编写代码，这份工作枯燥无味，好在收入不菲。但他每天最多工作两个小时，这是能够维持他每天在这个小房间里靠吃营养片活下去的最低工作时间。他不想为这种生活付出更多劳动，但也没法更少了。

"必须赶快，"直人一边干活一边想，"不能再这么割裂了，这会破坏好不容易形成的内在协调性，必须快点儿回去……最多再有五分钟……"

但是偏偏有人呼叫他。直人皱了皱眉头，打开对话视频，一个胖胖的短发女孩子的脸出现在屏幕上，是住在隔壁的朝仓南。她做了一个表示可爱的表情："直人，你在吗？"

废话。"在啊。"

"告诉你一个好消息。你知道吗？查尔斯来了！"

又是废话。"我听说了，怎么？"

"是查！尔！斯！"朝仓强调说，"查尔斯·曼，你的偶像！他刚才拒绝了天皇的颁奖，说去赏樱花了，现在这个新闻轰动了整个网络！不过听说晚上他在银座那边还有一个读者见面会和签名售书活动，这是千载难逢的机会，我们去看他好不好？我有一本他写的《彼岸之国》，想让他签名呢！"

"对不起，"直人根本没想就拒绝了，"我很忙，我要工作。"

"可你每天都在房间里工作，花两小时出去走走都不行吗？何况今天是查尔斯——"

"我赶着交任务呢。"

"可是——"

"对不起，再见！"直人径直关掉了视频通话。

幼稚的女人，浪费我的宝贵时间，直人想。朝仓的存在总让他想起自己到底是谁，而他现在最不需要的就是找到自我。

不行，不能再在这个房间里待下去了，多待一秒钟都会令人发疯。直人草草结束工作，推开电脑，在榻榻米上躺下去，闭上眼睛。营养片已经开始消化，虽然他胃里并不舒服，但是至少没那么饥饿了，可以再撑七八个小时。

建立连接通路，感觉信息传递，脑电波变为电磁波，又变成中微子束，然后再次变为电磁波和脑电波。

重力感同步：我站在什么地方。

触觉同步：微风从我身上吹过，带着春天的暖意和海洋的潮润。

听觉同步：风声和婉转的鸟啼声。

视觉同步：满目粉红粉白，凝结为千万树樱花，在春天的绿意中绽放，有一个穿着和服的女郎跪坐在樱花树下，眉目如画，绽放笑靥，是仓井雅！

而我是查尔斯，独一无二的查尔斯。

3

"飞马座"号在箱根的一个小湖边降落。

仓井雅在湖边的一片樱花林中等他。正当春深，这里的樱花开得艳如云霞。地上已经铺好了洁白的野餐布，上面摆好了精致的生鱼片、海胆刺身和清酒。仓井雅穿着宽松的青缎和服跪坐在一棵樱树下，见到他，温柔而不失妩媚地一笑。"嗨，查尔斯。"她用流利的英语说。

"嗨，小雅。"查尔斯在她身边坐下。

"我刚刚看了直播，"仓井说，"查尔斯，恭喜你蝉联世界冠军。干一杯？"她用白皙的手托起了小巧的酒杯。

"那个么，算不了什么。"查尔斯接过酒杯一饮而尽。

仓井雅换了个话题："对了，我最近拍的那部电影你看了么？我送了你首映式的票，不过你没来。电影叫作《北海道之恋》。"最后五个字她咬得字正腔圆。

"当然！你演得棒极了。"查尔斯抚摩着她散发着清芬的秀发，"我非常喜欢……"他努力回忆仓井雅扮演的人物名字，可惜想不起来，"……你演的那个角色，情感诠释得太到位了。"

仓井的嘴边露出了一丝浅笑，她知道这意味着世界上已经至少有一千万人听到了这句话，很快就会有上亿人在网上查询她演的电影，好莱坞仿佛已经在向她招手。"那查尔斯你说，你最喜欢哪一段呢？"她撒娇地问道。

"当然是……是结尾的那段，我觉得非常、非常感人……"查尔斯设法岔开话题，"对了，这里不是风景区吗？怎么一个人也没有？"

"这一带是私人的地产，地主是三上集团的总裁，他听说你要来，所以免费让我们在这里约会，不会有人打扰的。"

"替我谢谢他，这里真的很美。"查尔斯望向四周，富士山头的皑皑白雪在远处发亮，千树万树的樱花在春风中摇曳着，落樱如雨，飘向凝碧的湖面。空气中都是清新的芬芳。

"这里会让梭罗妒忌得发狂，"查尔斯深深吸了口气，"我有一种预感，如果我住在这里，或许可以写一部比《瓦尔登湖》更优美的作品。"

"瓦尔登湖？是什么？"仓井雅不解地问。

"是……没什么。"查尔斯回答道。

突然，远处传来马达声响，打破了湖边的宁静。查尔斯回过头，看到一个蓝色的小点在天边出现。"不会又是那些狂热的粉丝跟踪吧……"他咕哝着。

但那个小点迅速变大，旁边出现了双翼。查尔斯很快看到了机身上的日本国旗和下面的一行英文，这居然是东京警视厅的空中警车。

警车在湖边降落，就停在"飞马座"号边上，一名女警从警车里出来，大步走到他们面前。

"先生，你是查尔斯·曼？"她用口音很重的英文问。

"是的，你是来要签名的吗，小姐？"查尔斯嬉皮笑脸地盯着面前的女警，她很年轻，算不上美丽，但身材挺拔，神态庄重，自有一种英姿飒爽的气质。

"查尔斯·曼先生，"女警面无表情地说，"我们怀疑你涉嫌从事恐怖活动，按照我国的反恐法律，请你跟我们回去协助调查，你有权保持沉默……"

我？恐怖活动？难道这是某个拙劣的恶作剧？查尔斯回头望向仓井雅，但仓井也是一脸莫名其妙的表情。

"等等，什么恐怖活动？"

"低空超速飞行，"女警简略地解释说，"超过 2 马赫数已经违法，超过 5 马赫数就是对城市的严重威胁，被视为有恐怖袭击的可能，而你刚才的速度超过了 10 马赫数！按照《日本反恐特别条例》第七章第八十二条，必须立刻拘留审问。"

"开什么玩笑？你不知道今天有比赛吗？！"

"是的，比赛有特殊规定，在一定区域内超速飞行可以获得豁免，但是你很快再次起飞，速度仍然超过了法定额度，且这次飞行不在比赛的范围内，所以我们必须逮捕你。"

"你们要逮捕我？就因为超速飞行？这简直……"查尔斯怒气上涌，忍不住要大骂，但很快控制住了自己。查尔斯，保持风度，记住有一千万人在你身后。

"你们不能这么做，这太荒谬了！"仓井雅上前护着查尔斯，然后开始用日语和女警快速交涉起来，伴随着各种激动的手势。

不过查尔斯看出来这没有意义，对方是不会退让的，警车里还有几个膀大腰圆的男警员。"好吧，"他平静下来，做了个打住的手势，耸了耸肩，"有机会参观一下日本的警察机构也不错。小姐，我将来可要把你写到小说里，你不会反对吧？"

"随您的便，"女警似乎松了口气，"如果您需要和律师联络的话……"

"已经找了，"查尔斯指了指自己的脑袋，意思是他的律师已经看到了直播，"对了，能否请问你的芳名？"他已经看到了她的胸牌，但上面是他不认识的汉字。

女警犹豫了一下，然后微微垂下眼睛："细川穗美。"

"细川——穗美，"查尔斯重复了一遍，"你能否答应我一件事？"

细川穗美用询问的目光望着他，查尔斯摊了摊手说："你破坏了我的赏樱之行，所以等这件事完了之后，你可要赔我一个。"

"查尔斯先生，"细川的脸有些发红，她忘记了其实应该称呼他为"曼先生"，"让我提醒你，骚扰警官在日本可是重罪。"细川的语气中带着几分恼怒。

但查尔斯分明在她的眼神中看到了一丝喜悦。

4

按照规矩，查尔斯被戴上手铐，在几名警员的押解下坐上空中警车，被送往东京警视厅，仓井雅被警方拒绝随行。一路上，查尔斯一直和穗美搭讪，穗美冷冷地不理他，但脸上偶尔也会露出笑意，旁边几个男警员的脸色自然要多难看有多难看。

当他们到达警视厅大厦的楼顶停车场时，几家本地新闻社的空中采访车已经闻讯赶来。还有一群粉丝不顾阻拦，喊着支持查尔斯的口号，驾着私人飞行器强行在楼顶降落，警视厅不得不又出动了七八辆空中警车，调来了几十名警员维持秩序，场面一团混乱。查尔斯在一群警察的簇拥下向入口走去。穗美在他身边，由于拥挤，她常常尴尬地碰到查尔斯，触到他健美的身体。

"你知道吗？"查尔斯对穗美笑着说，"上次我在马尼拉搞签售会的时候，一大群菲律宾人冲过来要我签名，简直是人山人海……我倒没什么，人群中一个女人摔倒了，伤得还挺严重的，真可怜。"

"真的？那太不幸了。"穗美忍不住说。

"真的，不过也有一个好消息，她第二天立马恢复了，生龙活虎的。"

"啊？"穗美一愣才反应过来，好不容易才忍住笑，"又编瞎话。"

"真的！"查尔斯一脸无辜。

穗美忍不住"扑哧"一声笑了出来，然后说了句什么。但查尔斯什么也没有听见。周围突然奇怪地死寂下来，一点儿声音也没有。只看到人头攒动，闪光灯此起彼伏。随后，重力感也没有了，查尔斯如同悬在自己的身体里，仿佛要飞起来，触觉也随之而消失。

然后画面变为一片花白。他缓缓睁开眼睛，只觉得头脑昏沉沉的，头顶是陋室斑驳的天花板，身边的机箱还在"嗡嗡"作响。

他过了片刻才想起来，他不是查尔斯，只是宅见直人。

直人不知道发生了什么事，摇摇晃晃站起来，坐到电脑前上网查询，看到网上也在议论纷纷，无数人在破口大骂警方无事生非，导致直播中断。不过很快有人给出了答案，东京警视厅出于保密原则，进行了中微子屏蔽。外界暂时无法接收到查尔斯的直播了。

"可恶的条子，正事不干，就知道妨碍大家！"直人大声咒骂着，在房间里转着圈。天知道直播要中断多长时间，两小时？八小时？难道要超过一天？那他该怎么办？整整一天里他不能再成为查尔斯，他们为什么不干脆戳瞎他的眼睛，扎聋他的耳朵？！

他平静了一下，打开编程软件，想再编一段程序，但怎么也集中不起精神，一行内连着出了好几个错，根本干不下去。直人绝望地摔下键盘，躺回到榻榻米上，辗转反侧，只觉得每一块肌肉都不自在，十分难受。周围的一切感知都是陌生的，查尔斯的感觉离他越来越远，他本该高高飞翔的灵魂被困在宅见直人的卑微肉体之中。

门铃突然响起来。

终于有可以转移注意力的东西了。直人跳起来，走到门口，在门边的显示屏上看了一眼门口站着的人，一个矮矮胖胖的女孩，是朝仓南。

"怎么是你？"直人拉开门，没好气地问。

"我……"朝仓窘迫地提起手上的一个饭盒，"我下午做了便当，想请你尝尝。"

"我不……"直人看了看朝仓涨红的脸，终于把冲到嘴边的拒绝收了回去，"好吧，谢谢你。"

他去接便当，但是笨手笨脚地竟没接住，饭盒摔在地上，热腾腾的鳗鱼饭和油炸天妇罗撒了一地。"对不起，"朝仓忙蹲下收拾，"我怎么没拿稳……"

直人突然感到一阵惭愧："不，不，没有的事，是我没接住。"他赶忙也蹲下收拾起来。

他们手忙脚乱地弄了半天，总算把地板收拾干净了，朝仓很沮丧："唉，可惜这些饭都不能吃了。"

"没事，其实我吃过了，一点儿不饿……"直人犹豫了一下，"那个，进来坐坐吧。"

朝仓走进房间，四下看着，直人觉得脸上有点儿发烧："不好意思，房间太乱……"

朝仓却嘻嘻而笑:"男生的房间都是这样的嘛……我是这么听说的。宅见君,你每天就在房间里工作吗?"

"嗯,"直人倒了杯矿泉水给她,"如今在家里工作的人很多,何况我的工作只需要一台电脑就够了。"

"那你每天不出门,不和外面的人接触,难道不闷吗?"

"一点儿不闷,我可以……上网。"直人犹豫了一下说,"网上什么都看得到。"

"那是两码事,"朝仓认真地看着他,眼中充满了关怀,"你应该多活动活动,我看你脸色不太好,好像很久没出过门了。"

"我没事……"直人含含糊糊地说。这时朝仓看到了床头一个硕大的黑色六边形箱体,"这是什么?"

"没什么,这是电脑配的设备……"直人不想多说,但朝仓已经认出来了,"这是……中微子波转换器!难道你在接收感官直播?"

"这个……你怎么知道?"直人反问。

"我朋友里美家有个一模一样的。"朝仓说,"她说是用来收看感官直播的,可是我不知道具体怎么用。"

"这是一种接收中微子波并转换成电磁波的装置,"直人解释说,"用中微子通讯可以直接穿过整个地球,延时最少,所以是最方便的,但因为技术原因,脑桥芯片无法接上笨重的中微子发射器,只能以电磁波的形式发送讯号,通过附近的转换器变成中微子波束,再通过另一端的转换器变成电磁波。对了,你收看过感官直播吗?"

"没有,"朝仓叹了口气,"我一直觉得这东西很可怕。"

"可怕?怎么会?"

"别人的视觉、听觉、触觉传到你的大脑里,感觉好像是被妖魔附体了一样。"

"哈，哪有那么严重……"直人笑着摆手，"恰恰相反，是你附在别人身上，你可以看到他看到的，听到他听到的，知道他生活的每一个细节，多有意思！"

"说得倒也是，像我最喜欢的言真旭和金东俊，要能知道他们在干什么也挺好的。"

"言真旭好像没有开通感官直播，金东俊……我帮你上网查查……"直人在键盘上敲击了一阵，"有了，他去年开通了直播，每天大约有两个小时直播时间。"

朝仓也挤到电脑前，念着弹出视窗上的几行大字："'你想和东俊哥合体吗？在东俊哥深邃的脑海里触摸他的灵魂，和东俊哥一起生活和工作。向你揭示韩国演艺圈不为人知的秘密……'哇，好厉害！"

但她很快又露出了害怕的神色："可是听说接收广播要切开大脑做手术，很疼的，这我可不敢。"

"没那么吓人，只是一个小手术，植入一块带发射器的脑桥芯片，并且和各感官对应的脑神经连接。如果没有它，你不可能收到外来的广播，也不可能建立感官协调性。现在全世界有上亿人都做过这个手术了，日本就有将近五百万人呢。"

"可是手术费用应该会很贵吧？"

"不贵，你肯定能负担，不过要接收金东俊的直播倒是价格不菲，你看这里写着——这些优惠条款都是虚的，不用管——每小时将近一千日元。如果你每天至少接收两小时的话，一个月得要六七万日元。"

"这么贵啊？"

"要不然金东俊为什么会开感官直播呢？"直人冷笑，"多少粉丝想要知道偶像的生活是什么样的，他眼中的世界又是什么样子的，用他的眼睛和耳朵去感知是什么感觉，就是十万日元一小时也有许多人愿意，他当然财源广进了。这还只是韩国的明星，好莱坞那些大牌明星的直播价格更是高得离谱。不过你放心,在他们设定的直播时间里,你不可能看到任何真实的东西,那些宴会啊,旅行啊,慈善活动啊,一切都是刻意美化的,只不过是变相的演戏罢了。"

"这么说感官直播也没什么意思啊……"

"那些娱乐明星当然没有意思……"直人眼中闪着热烈的光,"但是也有一些非常有意思的直播。有一个名人,他每天基本二十四小时都开着直播,而且全免费,你可以看到他生活中任何一个细节,完全是真实的人生,光明磊落,绝无虚假。他不是那些脑子空空如也的明星,他有思想,有情趣,是一名才华横溢的作家,还是一名飞行家,而且还投入了慈善事业……"

"等等,你说的就是查尔斯?"

"是的,就是……"直人勉强把那个"我"字咽下去,"……查尔斯·曼,世上独一无二的查尔斯,那个大写的'人'。"他轻轻叹息了一声,脸色黯淡了下来。

查尔斯,我真正的自己,你现在怎么样了?

5

"你可以走了。"细川穗美的身影出现在拘留室门口,她冷冷地说。

查尔斯一副早在意料之中的样子,他从椅子上站起来,看了看表:"还不到七点,晚上一起吃饭?"

"我还有工作。"穗美还是淡淡的样子,"走这边。"

"你刚才不是说不能保释么?怎么现在又放我走了?"

"你的那些崇拜者,"穗美没好气地说,"至少有十万人堵在警视厅门口，简直要把整座大厦给拆了。他们要求立刻恢复你的直播，半个东京的交通都瘫痪了。真不知道你这样的人怎么会有那么多人喜欢！"

"因为有支持者抗议，你们就放了我？"

"既然你不是恐怖分子，上面决定这件事就不必追究了，警方不会起诉你，走吧。"

"不，"查尔斯摇头，"如果你们不打算起诉我，又为什么要抓我？我要求一个合理的解释，否则我不会离开警视厅。"

"你……"穗美瞪着查尔斯。一个高大的金发女人适时出现在她背后，"这完全是日本警方的失误造成的，你们应当向曼先生道歉。"

"丽莎，"查尔斯招呼自己的经纪人，"我等了你半天，你怎么现在才到？"

"麦克唐纳那边已经处理好了，"丽莎对查尔斯点点头，"查尔斯，因为你当时并没有离开飞行器，所以可以视为比赛并未结束，顶多是意外偏离航线，在箱根迫降……你没有违反日本法律，他们无权扣留你。日本警方应该为浪费你的宝贵时间正式道歉，我们将在各大媒体发表声明，并保留法律追究的权利。"

"算了，"查尔斯大度地说，"只要这位美丽的小姐和我共进晚餐，警方那边我可以全都既往不咎。"

穗美忍不住想反唇相讥，但电话铃声急促地在她耳边响起，接通之后，她的脸色微微变了，是警视总监亲自打来的。

"查尔斯，"丽莎拉过他，低声说，"你必须尽快离开这里，恢复直播。现在有几百万人在网上抗议了。"

"干吗那么急？难得清静几分钟。"

"不，你必须尽快恢复直播。"丽莎的口吻不容拒绝。

查尔斯看了丽莎一眼，她脸色平静，看不出喜怒。查尔斯不禁有些发怵。他刚刚出道，诸事不顺，遇到人生最大瓶颈的时候，丽莎·古德斯坦主动来到他身边，帮他打理一切，无论是比赛、写作还是公众活动，都是她安排的。在查尔斯的灿烂星途上，丽莎功不可没。但查尔斯一直谈不上喜欢丽莎，甚至有些怕她。可他知道自己离不开她。近年来，随着查尔斯的事业越来越如日中天，丽莎也越来越多地顺从他的意思，但每当丽莎坚决表示自己意见的时候，查尔斯还是无力否决。

"好吧。"他不情愿地说。

丽莎也放缓了口吻："查尔斯，你知道随时有一千多万人收看你的直播，有一百二十万人每天收看五个小时以上，有三十万人差不多无时无刻不在收看你。因为你的广播几乎从不中断，人们信任这一点。刚才的广播中断了两个小时，已经有很多人无法忍受了。"

"但他们可以收看别人的，全世界至少有十万人开着直播。"

丽莎笑了："别人怎么能跟你比？你可是独一无二的查尔斯。不过别忘了，每天都开直播的人可不少，许多人想取代你，如果你再不继续直播，可能有很多人会转向其他直播者，这对你会很不利。"

"是的，我……明白了。"穗美挂断了电话，板着脸对查尔斯说，"查尔斯先生，我在此代表东京警视厅向你郑重道歉。"说完她深深鞠了一躬。

查尔斯笑了："没关系，我想尝尝日本的小吃，现在你能陪我一起去吧？"

穗美不置可否："请这边走。"

丽莎脸上现出了怪异的笑容，侧过头在查尔斯耳边低声说："整个世界都在看着你们呢，只要她长时间地出现在你的直播里，收视率一定会大大提高的。"

6

"宅见君,你怎么了?"

"嗯?"直人回过神来,发现朝仓正关切地看着自己,"对不起,你说什么?"

"我是问你,收看别人的感官直播是什么感觉?"

"这个很有趣味,"直人想了想说,"首先需要一个磨合阶段,无论收看谁的直播都是这样。一开始不会很顺利,你看到的颜色不像颜色,声音不像声音,好像是在看 20 世纪的 2D 电影,有一种无法形容的古怪。人与人的感官生理上差不多,但神经元结构上总有微妙的差别,所以你必须非常努力才能把握这些感觉的意义,更不用说体会其中的细微差别了。你会有好几天都觉得云里雾里,很不真切,然后某一天,像顿悟一样,你便能真正感到那些感觉是自己的了。"

"你能感到那个人身上所有的感觉吗?"

"差不多是所有的,视觉、听觉、触觉、嗅觉、味觉、重力感、冷热感……以及身体的痛苦。比如,如果直播者的手被一根针扎了,你也会感到同样的尖锐刺痛感,不过因为信号经过过滤,在强度上要低一些。这是对接收者大脑的一种保护。你知道英国歌手菲利普·波尔特吧?三年前他在直播的时候,突然感到身体极度不适,两万收看者同时感受到了他的疼痛,其中近五百人立刻昏厥,三十多人因此猝死……那是轰动世界的大新闻,从那以后就加强了对接收者的保护,以防直播者遭遇险情时危及他人。"

"嗯,那么……"朝仓问,"快乐呢?直播能传递快乐吗?"

"这个……"直人想了想,"一般来说,无法直接传递快乐,因为快乐涉及人整体的状态,不是个别的感觉。但某些生理性的愉悦感是可以传递的,比如享用美食的感觉。"

"那你也不知道对方在想什么了?"

"是啊,无法知道。各种感觉都有固定的脑活动区域,但是思想没有,思想是大脑各区域协调工作的产物,不可能定位到具体的部分,而且依赖于特殊的记忆模块,难以一一对应地传递。实际上,正是因为思想无法传递,人们才敢于进行直播,因为他们心中还能保留一块自己的隐私之地。"

"所以,收看一个人的直播是什么感觉呢?"朝仓越发好奇了,"你能看到他看到的,听到他听到的,就像活在他身体里那样,但是你又不知道他在想什么,而且也无法控制他的身体动作。感觉好像自己的身体被别人控制了一样,那应该很别扭吧……"

"你说得不错。"直人的谈兴被勾了起来,突然很想倾诉他这几年的心得,"但请注意,这只是第二阶段!下一阶段就是建立意识协调性。也就是说,你要和他建立同步的思想活动,以配合他的动作,就好像那是你自己的动作一样。"

"这怎么可能呢?"

"有点儿难,但并非完全不可能,你必须尝试。首先得学会放弃自己多余的想法,习惯直播者的生活和做事方式,当然也要学会理解他用的语言。当做到这些之后,你在大部分情况下就可以像直播者那样去思考和行动。实际上,这并不像你想象的那么艰难。人大部分的念头和行动基于身体感受,当把后者视为'自己的'之后,也就得到了打开前者的钥匙。比如面前有杯香喷喷的咖啡,端起来喝一口不是很正常的动作吗?"

"但是……总有一些事情是接收者无法想到的吧?比如一些比较高级的思维过程和决定。"

"呃，是的……所以需要你用心去体会。但也有一些技巧，你必须什么也不去想，把自己的内心空出来，让接收到的感觉带着你走，这样经过一定时间，你会感到自己渐渐和直播者建立了冥冥中的感应，就好像你变成了他本人一样。"

"那你只能和一个直播者建立这种关系吧？"

"理论上当然不止一个人，不过同一个对象是最理想的。如果经常调换接收对象，就很难保持意识协调性了。"

"可这是为什么呢？"朝仓问。

"什么为什么？"

"为什么你要在感觉上成为直播者本人呢？这不是过分的想法吗？我们希望了解直播者，并不代表你要成为他本人啊！何况这也是不可能的。"

"怎么不可能？！"直人有些恼火，"你没有尝试过，所以完全无法体会那种奇妙的感觉，那种灵肉合一的理想状态，那种你真正拥有另一种生活、另一种人生的感受……否则你就不会那么说了。"

"嗯，大概是我不了解，"朝仓无意争辩，"不过直人君，你也应该多出去运动一下啊。附近新开了一家体育馆，我每天都去打球或者游泳，我们一块儿去吧？"

直人觉得有些可笑，他今天刚"飞行"了上万千米，从地球的一边"飞"到了另一边。现在这个小姑娘要带自己去运动？她懂得什么！

不过查尔斯的直播看来一时半会儿无法恢复，那么不管怎么说，总需要做点儿什么来打发时间，或许这也是一个不错的选择，总比在家里不知干什么好，不如……

"这么说的话，"直人点点头说，"我就——"

叮咚——提示音在他耳边响起，脑桥的芯片将讯息传达进他的脑海。天，查尔斯的直播又开始了！

"我就过两天再去吧，谢谢你！"直人忙打了个哈欠，"对不起，我有点儿累,现在想先睡一会儿……"

"可是……"朝仓无力地抗议,但终于被直人请了出去。

直人关好门,热血沸腾地躺下,觉得眼前的陋室又变得美好而温馨,接下来会发生什么?"我"会做什么事情?怎样打发这个美好的夜晚?

无论如何,真正的生活又开始了。

7

查尔斯戴着墨镜,手里拿着一串章鱼丸子,坐在秋叶原街头的一家小吃店里,他津津有味地咀嚼着。细川穗美坐在他对面,面前的一碗豚骨拉面一口也没碰过。虽然稍做掩饰,但店里的不少客人还是认出了他,跟他打招呼,查尔斯也挥手致意。不时有人来要签名或合影,但都礼貌有序。

穗美左右看看,稍稍松了一口气,"你就这么大摇大摆地坐在这里,不怕被那些粉丝围堵?"

"不怕,我的粉丝当然会第一时间收看我的直播,既然他们可以直接看到我在干什么,为什么还要跑来围着我们?对了,你怎么不吃面?"

"我……还是没法适应,"穗美觉得自己脸上在发烧,"这种一千万人都在盯着我们的感觉……"

"不是盯着我们,"查尔斯笑嘻嘻地说,"是盯着你,一千万人在通过我的眼睛看着你。"

"反正感觉很不对劲。"穗美嗔怪道。

"刚见面的时候,你可没那么紧张。"

"因为我不太清楚这些什么感官直播的玩意儿,刚才你跟我说了我才知道的。这是近几年才兴起的吧?"

"不，有十年了，我是最早进行直播的人之一。"

"哦，对，不过是近几年才在东亚普及的。日本是一个重视个人隐私的社会，我很难想象如何完全公开自己的一切。"

"并不是一切，"查尔斯微笑着说，"至少我上厕所的时候一定会暂时关闭直播，要不然可太臭了，没人爱看。"

"但是你的各种生活，甚至私事……"穗美不由得吞吞吐吐起来。

"我一点儿也不介意。"查尔斯回答，"你也应该尝试一下这种新的生活方式，比如多和我一起……"

"查尔斯先生，"穗美一字一顿地说，"不是所有人都欣赏你这套生活哲学。因为不得已的缘故，我受一些上级人士的嘱咐尽力招待你，但吃完这顿饭，我们再也没有任何关系了，你懂吗？"

查尔斯摊了摊手："当然，那是你的自由。"

曾经有好些个女孩对我说过类似的话，查尔斯想，因为她们对暴露在公众面前最初有一种本能的恐惧，但是不久后，她们就离不开这种被全世界关注的美妙感觉，她们会一个个爱上这种新生活，放弃之前的固执……细川穗美也许会和她们一样，但如果不一样，或许更有意思……

三个七八岁的男孩蹦蹦跳跳地走到他们身边，打破了两人间的沉默，对查尔斯说："こんばんは，チャールズ様！"

"Konbanwa！"查尔斯知道男孩说的是"晚上好"的意思，于是笑着照样学样。

孩子们用日语叽里呱啦说了一堆话，查尔斯不解地看着穗美，穗美只好充当翻译："他们说下午看了你飞行的直播，说很喜欢你，将来也要做像你这样的大飞行家和作家。"

查尔斯摸了摸一个男孩的小脑袋："孩子，做不做作家或者飞行家并不重要，重要的是，做你自己，去做你心里想做的。"

"可是我就想当一个飞行家，太帅了！"男孩说。穗美在一旁继续充当着翻译。

"那就先做一个小飞行家！你可以先去三维虚拟机上体验一下，参加虚拟飞行比赛。"

"虚拟的太无聊了，我想开真的飞行器，就像您的'飞马座'号一样！"

"事情总要一步步来，"查尔斯耐心地说，"如果你真的热爱这项运动，首先就会喜欢上虚拟机。或者你也可以多收看我或者其他飞行家的直播，能从中学到很多东西——对了，儿童不宜时段除外。"

一番问答后，孩子们拿着查尔斯送给他们的签名照片高高兴兴地走了。穗美撇了撇嘴："你还挺能说的。"

查尔斯笑笑："我只是说出了自己内心的想法。这是我一直坚持的价值观，每一个人都该做他自己，实现自己的价值。我不是什么高高在上的偶像，要人去顶礼膜拜。我开放直播的目的和其他人不一样，我只是想让大家都了解，查尔斯就是这样一个人。"

"你不是靠这个赚钱的吗？"穗美尖锐地说。

查尔斯皱起眉头，他最反感这种误解。"你错了，我不用靠这个生活，无论是作为飞行家还是作家，我的收入都可以维持我过一份相当舒适的生活。我的直播是完全免费的，我没有从中获得过一分钱的利润。"

"对不起，我不是那个意思。"

"没关系，"查尔斯耸耸肩，"有很多人都这么看我，我也无力改变别人的想法，我只是不希望我的朋友误解我。如果你了解我，应该知道在开始直播之前，我就发表了好几篇小说，并且拿了跨太平洋飞行赛的季军，我根本不需要靠直播来增加自己的名声。不错，这些年我顺应了直播时代的发展。现在随时都有上千万人收看我的直播，但我一向认为，我作为个人并不重要，重要的是我代表了直播的理念。这个理念并不是要摧毁个人隐私，而是共享更多的信息，分享彼此的苦乐，使得人类作为一个整体连为一体。在这个过程中，人们从直播中丰富自己的生活经验的同时，还能更真切地理解自己的内心，知道自己的价值在哪里。"

"说得也有些道理……"穗美若有所思，"但一直有无数人盯着你的一举一动，还是太……太不自由了。"

"这么想其实是不自信的表现，"查尔斯不以为意，"我就是我，独一无二的查尔斯，即使被亿万人看着，我的自由也一点儿不会减少。"

"也许因为你是美国人，"穗美说，"你们美国人一向充满了自信。但日本人不是这样，从小父母就教给我们太多的礼仪，我们必须学会在别人的注视下来规范自己的行为，从而更渴望自己的私密空间。我记得，在我读幼儿园的时候，每天我和其他孩子都在一个小花园里玩耍，说是玩耍，其实还是要遵守很多规矩。那个花园的尽头是一排树，树的后面就是墙，但事实上，在树和墙之间还有一小片空间，只是一般人注意不到。有一次，我发现了那么一小块地方，里面有几丛野花。虽然是普通的一小块地方，但我开心极了，每次都偷偷爬到这里来自己玩。我不是不愿意和朋友分享，但只有一个人在这里的时候，才会感到安静和放松。我可以一个人傻笑，或者一个人流泪，不会有人打扰。可惜过不了多久，这里被其他人发现了，好多人都跑过来，践踏那片草地，采摘那些野花，我的小世界也就毁了。"穗美有些黯然，她不知道自己为什么会和查尔斯说这些，她和其他人都没有说过，现在倒好，全世界都知道了她的童年秘密。

查尔斯有些动容，想了想说："但那是别人破坏了你的小花园，他们并不只是在一旁看着你。"

"不，有没有破坏区别不大，只要他们在那里，我的感觉就被毁了，我就不再是我自己了。难道你没有过这样的感觉？"

"这个……大概小时候会……"查尔斯第一次有些犹豫，"不过早就没了。"

穗美看着他，眼波流动："那么我倒有一个建议——关掉你的直播，感受一下在自己的世界里，一切只属于你自己的感觉，也许你会感到些许不同。"

"关掉直播？"

"也许只需要一分钟，你就会感到那些不同。"

"不行，这会破坏我对收看者的承诺……"

"查尔斯，你不是说你推崇的价值是做自己想做的事吗？"穗美有些嘲讽地说，"仅仅一个实验，你都不敢？"

"这个……"

"查尔斯，你不能听她的！"查尔斯眼前跳出了一个虚拟视窗，这是丽莎通过脑桥芯片输入他视觉神经的，只有他能看到，直播者那边都被过滤掉了。

"可是，我只是想试一两分钟而已。"查尔斯也将自己的念头通过芯片发射出去。

"一秒钟也不行，几千万人在盯着，这关系到你的形象！"查尔斯仿佛看到丽莎声色俱厉的样子。

穗美察觉到了查尔斯细微的动作，她猜到了他是在用脑桥芯片和他人联络，她似笑非笑地说："我猜，是你老板不让吧？那就算了……"

"老板？"查尔斯被激怒了，"我没有老板，我就是我自己的老板，不需要听其他任何人的！"

他用大脑命令智能芯片停止直播，并在心里念出控制密码进行了确认。刹那间，似乎有一种"嗡嗡"的背景音消失了，四周异常安静。这不是他第一次中止直播，却是第一次为了中止而中止。感觉似乎确实不同。现在，无论他说什么，做什么，都只有眼前的这个女孩知道了。他和她之间一下子奇妙地亲密起来。

"感觉如何？"穗美问。

"没什么特别的，"查尔斯轻描淡写道，"不过还不错。"

风暴之心　103

不，不是那么简单。世界仿佛消失了，只剩下他和对面的女郎，但又仿佛有一个新的维度打开了，通往一个无限延伸的深邃空间。

8

宅见直人喘着粗气，在一片蕨类丛林中狂奔，身后一头张牙舞爪的霸王龙追赶着他，它每迈出一步，大地都要震颤一下。但它走得不快，如同猫戏老鼠一样不紧不慢跟在他后面。直人几乎能感到它鼻子里喷出的热气。

直人竭力迈动步子，想要逃离怪兽的魔爪，但他大汗淋漓，腿脚酸软，脚步不由得慢了下来。没多久，霸王龙一个大步就超到了他前面。它转过硕大的身子，张开血盆大口，咬向他的脑袋。直人不由得大叫一声，瘫软在地上。

霸王龙和丛林消失了，变成了一行行浮动的数据——"距离：546米；时间：116秒；平均速度：4.7米/秒；肺活量：1250毫升；健康状况：B-……"

朝仓的小圆脸朝他俯下来，直人趴倒在三维视景跑步机上，累得说不出一句话。

"才跑了五六百米就不行了？"朝仓"嘻嘻"笑着说，"我都能跑1000米呢！直人，你真是太久没锻炼了。"

直人总算爬了起来，喘息着说："什么事……都得……有个过程嘛……"

"那咱们继续吧，我把恐龙的速度再调低点儿？"

"不行……我得……先歇歇……"

他们坐到一边的视景躺椅上，便有凉爽的微风自动吹拂过来，面前出现了碧海蓝天的视景，涛声起伏，旁边还有两杯冰镇柠檬汁，这倒是真的。

凉风习习，一大口柠檬汁下肚，直人惬意得似乎每个毛孔都张开了。"好久没有这么舒服过了，运动过以后再来这么一杯，感觉太棒了。"

"在看查尔斯的直播时你也会锻炼吗？我的意思是，也会有锻炼的感觉吗？"

"倒是有……"直人说，"不过查尔斯的身体永远是那么健康有活力，我这身子没法比，再说因为有痛苦感的阈限，所以从来不会感到太累的。"

"所以啊，以后跟我多来这里锻炼吧！"朝仓笑盈盈地说，"我们去游泳吗？"

"快看，查尔斯这混蛋终于滚出来了！"直人还没回答，旁边突然传来一声叫喊。

直人向一旁看去，墙壁上的投射屏正在播报新闻："昨日在东京秋叶原失踪的著名美国飞行家查尔斯·曼在失去联络十七个小时后，于今日午间重新现身，他身边还有一位日本女性，亦即最新的绯闻女友细川穗美小姐……"

查尔斯又出现了！

昨天晚上，查尔斯听了穗美的恳愿停止了直播，此后一直没有恢复。直人手足无措，最后赶去秋叶原，结果刚出地铁，就看到人山人海涌向查尔斯所在的小吃店，却只看到查尔斯的"飞马座"号腾空而起，消失在夜空中。据说查尔斯和穗美遨游太空去了，然后整整一夜都没有消息。直人左等右等，一无所获，今天百无聊赖之中和朝仓一起来健身房，想不到总算有了查尔斯的消息。

"……查尔斯拒绝接受采访，只说是飞船失去动力。但据媒体报道，他的飞船在近地轨道上停留了一夜，而细川小姐当时也在舱中……"

"反正我算看出来了，查尔斯说的那套什么自由啊，共享啊，都是假的，到时候直播还不是想关就关，根本没把我们当自己人。说穿了，他和其他明星有什么两样？都是一样的货色。"旁边有人一边看新闻一边说。

"你这么说就不对了！"直人忍不住站起来抗议说。

那人也是个二十多岁的青年，诧异地看了直人一眼，反唇相讥："我说什么关你屁事？"

"如果你喜欢查尔斯的话，怎么能这么说？你们不了解他吗？很可能只是芯片故障嘛！"

"原来是查尔斯的脑残粉。"青年不屑，"什么故障？你没听到昨天的直播么？他说了是自己要停止直播的。"

"这个……就算是，那也只是暂时的，以前他在布拉格和仰光的时候不也有过这样的暂停吗？你难道不理解人家需要有点儿自己的隐私吗？"

"我又不是那家伙的崇拜者。"青年冷哼道，"我收看他的直播，只不过为了体验他的奢华生活，过把干瘾。结果他停止了这么长时间的直播，那我还看什么？可笑！"

"你这种素质的收看者，根本就不配收看查尔斯的直播，你怎么能理解他的生活理想？"

"这么说你倒是理解，可到头来不还是被他一脚踢开？白痴，懒得理你！"对方冷笑一声，扬长而去。

直人气呼呼地坐下，一肚子火不知道往哪里发。

新闻中继续播报着："……查尔斯的经纪人丽莎·古德斯坦女士表示，昨天的直播中断只是由于技术故障引起，目前直播已经完全恢复，她代表查尔斯为引起的不便而致歉……"

"直人，你不会又要赶回去收看查尔斯的直播吧？"朝仓小心翼翼地问。

"别问我，不知道！"直人恶声恶气地说。

"问问而已，你不用这么凶吧？"朝仓咕哝着。

"不好意思，"直人调整了自己，"我只是……"他不知说什么好，又颓然躺在椅子上。

直人的心里也在怨着查尔斯：这家伙凭什么关掉直播？凭什么中断我和他之间的联系？这些日子以来，直人几乎已经能够感到自己融入了查尔斯的灵魂，当他说要关掉直播的时候，直人甚至发出了赞同的呼声，而没有想到自己会被屏蔽在外面，以至于下一秒钟，直人就被抛回了自己的房间里。

那时，直人才痛苦地感到，自己永远无法成为查尔斯，只是依附在查尔斯身上的游魂。

近三四年来，直人几乎无时无刻不在收看查尔斯的直播，每天他都生活在查尔斯的生活里，和他一起面对一切，一起参加竞赛，一起构思和写作，连美语都练得比日语更流利，直人几乎忘了自己是谁。只要他仍然把自己当成查尔斯，就可以取得一个个令人瞩目的成就，参加上等阶层的酒会，周游世界，住七星级酒店，享受粉丝的热爱……

但最重要的不是这些，而是查尔斯身上体现出来的个人价值、自由精神和充满自信的生活方式，在查尔斯身上，他才感到自己活得像一个人。而他本人呢，宅见直人，一个不得志的程序员，一个人生的失败者，工作没有前途，日子了无生趣，和父母关系冷漠，女友跟别人跑了，连说得上话的朋友也没有……几年前他甚至想过自杀，如果不是查尔斯拯救了他，他说不定早已经离开了人世。

查尔斯给了他新生和希望，重塑了他的灵魂，让他觉得自己可以过上一种有价值和尊严的生活。但现在，这一切又变了。直到昨天，直人才真切感到，查尔斯可以随意停止直播，切断对他来说不可分割的联系。过去的一切不过是自己一厢情愿的臆想，他纵然拥有和查尔斯一样的灵魂，却无法真正拥有查尔斯的生活。

他还是宅见直人，也只能是他自己。不过，今天的经历让他觉得，或许暂时做回宅见直人自己，也不是什么坏事。当然，他还会收看查尔斯的直播，但不是现在……

直人下定决心，站起来，伸了个懒腰。"朝仓，我们继续跑步去吧！今天我要跑够三千米呢。"

"好啊！"朝仓开心地笑了。

9

"查尔斯，我再重复一遍，你不能这么做！"丽莎在电话里怒气冲冲地咆哮着。

"丽莎，我跟你说过至少十次了，"查尔斯坚决地重申，"以后我和穗美在一起的私人时间不会进行广播，这是我的决定！"

"所以你每天的直播时间就减少到了不到八个小时？这会扯断你和那些粉丝之间的纽带！这一个月来，你的收视率狂跌不已，上周只有不到两百万人还在收看你的直播了，你已经从收视冠军的宝座跌到第十名以后了！"

"那就让他们去关注别人好了，对我不会有什么损失。"

"查尔斯，"丽莎像在克制住自己的愤怒，放缓语速说，"听着，我们需要仔细谈谈，越快越好。"

"改日吧，"查尔斯冷冷地说，"今天是我和女友认识一百天的纪念日，今晚我可不想被人打扰。"

"可是——"

查尔斯不客气地掐断了电话，对面的穗美眉毛一扬："什么事？"

"只不过是工作上的事,没什么大不了的。"

"那我们继续吧!还没玩够呢!"

穗美笑着抓住他,查尔斯拦腰一抱,穗美就半倒在他怀里。突然穗美从他怀里挣脱,查尔斯感到脚下一绊,重心失衡,反而摔倒在地。

"哈哈,你又输了!"穗美拍手大笑。查尔斯不由得庆幸自己关闭了直播,要不然自己摔跤输给一个纤纤女郎的样子就会被全世界看到了。穗美毕竟是受过正规格斗训练的,看上去娇小柔弱,但真正玩起摔跤来,自己总是输多赢少。

"快,愿赌服输,变成小马!"穗美说。不等他站起来,穗美就骑到了他背上。查尔斯只有苦笑着承担了马匹的角色,狼狈地乱爬起来。

从什么时候起,潇洒不羁的查尔斯变成了现在这副模样?

说来也巧,那天查尔斯关闭直播后,一堆无所适从的粉丝跑来围堵他,查尔斯和穗美只好乘着"飞马座"号狼狈离去,却忘了飞船的燃料几乎耗尽,到了太空就动弹不得。查尔斯打开直播,想要呼救时,才发现飞船上的中微子转换器也没有了电力供应,和外界全然失去联络。结果,一次简单的饭后散步变成了在太空中十几个小时的惊魂飘游。

但也正是那次经历,大大拉近了他和穗美的距离。穗美从没有上过太空,那天因为失重飘来飘去,水都喝不进嘴里,不免有许多尴尬场面。那天并没有像人们想象中那样发生什么,但几天后,查尔斯带着一飞船的玫瑰再次飞到日本,软磨硬泡开始了第二次约会……他们终于成了情侣。只是穗美有一个原则,在他们约会的时候,决不能打开感官直播。查尔斯答应了下来,而不久后,他就在这种私密关系中发现了新的乐趣。他会去做许多从前根本不会想去做的事,扮小猫小狗,说白痴兮兮的情话,像孩童一样打打闹闹……怎么轻松怎么来,而不是在全世界的注视下,完美地展现他的情人风范。

在许多年之前,查尔斯也曾经有过这样放松的人生岁月,只是年深日

风暴之心 109

久的直播生涯让他忘了过去的自己。

今晚，在查尔斯新买下来的箱根湖边的别墅里，又是一次温暖而自在的约会，虽然没有那么浪漫，但可以由着他们胡闹。

"喂喂，骑够了没有？"查尔斯抗议着，把背上的穗美掀了下来，"**あなた**……"他学会了日语中表示老夫老妻的称谓，"我爱你……"

突然，他一记耳光狠狠地抽在了穗美脸上！

穗美的微笑凝固住，她呆住了，一句话也说不出来，双目难以置信地望着查尔斯。

"查尔斯？"过了片刻，穗美才叫了出来，"你疯了？"

查尔斯面目狰狞，脸上的肌肉不住抽动，他抬起手指着门口，言简意赅地说："滚！"

"查尔斯，你怎么能对我……"

查尔斯粗暴地推开她："出去！"

穗美惊骇欲绝，怔怔地盯着查尔斯看了半天，终于爬起来，披上外套。"查尔斯，你真是个混球！"她飞起一脚踢在查尔斯的裆下，然后头也不回地冲了出去。

下体传来的疼痛让查尔斯弯下了腰，然后跪倒在地，双手撑着地板，喉咙痛痒难当，他剧烈地咳嗽起来，几乎连肺都要咳出来，眼中都是泪水，四肢也都在奇异地抽痛着。不知过了多久，当他从肌体的苦楚中稍稍恢复过来时，才发现面前有一双红色的高跟鞋和一对修长的丝袜美腿。

查尔斯抬头望去，看到了丽莎·古德斯坦熟悉的面容。

"丽莎？"查尔斯惊讶地爬起来，"你怎么来了？"

丽莎的表情似笑非笑："你不肯来找我，我只有自己来了。"

"可是你怎么知道我在这里？我明明是关闭了位置查找的功能，还有……"

丽莎没有回答，却反问道："一巴掌赶走自己的女朋友感觉如何？"

查尔斯又感觉到眼前开始模糊，"你怎么知……这么说，刚才难道是……是你……"

丽莎轻轻抚摩着他的脸颊，用悲悯的口吻说："查尔斯，查尔斯，不要怪我，这是你逼我们的。"

最可怕的怀疑被证实了。查尔斯瞪圆了眼睛，喃喃说："你能通过芯片控制我的肢体？是你的人在操纵我？可是，那种芯片怎么会……怎么……我以为只是单方面输出的。"

"不存在纯粹的单方面输出，其他人能够通过中微子波束接收到你的脑波，你也能接收到其他人的。"

"可我以为只是感官知觉，想不到居然……"

丽莎的目光中带着不屑和怜悯："查尔斯，你不知道的事情还很多呢……让我们从头说起吧。你记得十年前的那个秋天吗？那是你初赛告捷之后的第二年，你花了几十万改装飞船，参加飞行比赛，雄心勃勃想要夺冠，结果一败涂地，血本无归。你走投无路，打算放弃自己的飞行事业，回家接手你父亲在田纳西乡下的小农庄。"

"我记得，是你在一个小酒吧里找到了喝得烂醉如泥的我。"查尔斯回忆着，那是一段他平素不愿意去想的记忆，"当时你告诉我，你是一个脑科学实验室的工作人员，正在试验一种脑桥芯片，可以实现不同的人之间感知功能的共通。如果自愿参加，成功了可以有二十万美元的酬劳，如果损害我的健康，更有极其高昂的补偿金。我为了筹集下一次参加比赛的资金，接受了手术，不久就开始了实验性质的直播。"

"但事实上，那不是真正的实验。"丽莎接着说，"十五年前，贝尔实验室发明了一种芯片，可以嵌入人的脑桥部分，本来是用来实现脑机关联的，结果不甚理想。但科学家在这个过程中意外地发现，它可以实现不同的人之间的脑波传递。在你之前已经有过几次实验，动物的、人的，技术上都很成功。然而，这项划时代的发明派不上用场，没人想在脑子里装一个金属盒子，把自己的意识状态传递给别人，虽然他们并不反对看到别人的。

"为了推广这项技术，我们找了几个普通人，许以优厚的报酬，说服他们进行直播，这倒是问题不大。可问题是，除了个别好奇心过剩的家伙，同样没有人愿意在自己脑子里动一刀，就为了看到区区几个无名小卒的家长里短。

"因此我们想到了一个更好的主意：如果有令人感兴趣的名人愿意直播自己的生活，示范效应是显著的，会带动大批粉丝和其他民众接受脑桥芯片，整个产业就激活了。

"我们和一些电影明星、运动巨星和知名作家接洽过，但是很可惜，没人乐意。这也不奇怪，如果你已经功成名就，生活安逸，干吗要冒险把自己头颅打开，装上那么一个古怪玩意儿，让所有人都看着你的一举一动？因此，我们需要物色一个合适的人选成为这场新技术革命的突破口。上头决定，找到一个有潜质的草根少年，包装他、宣传他，让他成为感官直播的代言人。"

10

"所以你们就找到了我。"

"是的，"丽莎直言不讳，"你当时已经小有名气，却陷入事业的瓶颈，你需要钱，因此会接受手术；你从心底渴望那种被万众仰望的感觉，因此对直播不会有很大抵触。你相貌英俊、性格风流，这对我们更有利。只要你的事业能够成功，就能吸引越来越多的人收看你的直播。让自己转眼间和世界上最酷、最有型的风云人物合为一体，这个诱惑没有几个人能经得起。"

"原来如此。可是为什么偏偏是我？你们怎么知道我将来能够获得巨大的成功？"

"呵呵，"丽莎笑着摇头，"查尔斯，亲爱的，你果然还是那么自恋。你还不明白吗？"

查尔斯内心已经隐隐明白，浑身一阵冰冷，但丽莎毫不留情地揭穿了这个秘密："当然并非'偏偏'是你，你只是我们留意的诸多对象之一，选你只不过是偶然。如果我们选中了其他人，一样能把他推向成功的顶峰。查尔斯，你从来不是靠自己而成大事的，没有我们就没有你。"

"这么说不公平。我的成功的确有感官直播的帮助，但也是靠我自己的努力！"查尔斯挣扎着抗辩说。

"你的努力？"丽莎冷笑，"查尔斯，你做了十年美梦，该醒醒了！你真以为自己是不世出的飞行天才？这些年你之所以赢得那些比赛，驾驶经验和技巧只是次要因素，根本原因是你拥有比其他人更好、价格更昂贵的飞船。你可以找到最专业的设计师和各种技术上的顶尖专家，这些都是用钱买的。以你的先进飞船，就算电脑自动驾驶，说不定也可以飞第一。"

查尔斯涨红了脸，却无从反驳："这……就算是用钱买的，也是我自己的钱！我为许多飞行器厂商做广告，还有厂商赞助，这是我的正当收入。"

"无非是鸡生蛋和蛋生鸡的老问题，那些赞助是谁为你安排的？那些广告业务是谁为你打理的？那些最新款的飞船，刚从风洞里出来就成为你的座驾，那些最先进的引擎和最高级的主控电脑，最舒适的指令舱和空气调节系统，被最专业的技师以最合理的布局组装在你的飞船上……你觉得这一切都是理所当然的？难道他们就必须为你服务？查尔斯，你不是笨蛋，但是这些年你一直被鲜花和掌声包围，让你看不到许多事情。"

"这么说，这一切背后都是你，还有贝尔实验室在搞鬼？"查尔斯恍然大悟,"怪不得,我一直觉得你有点儿古怪,一开始你代表实验室,后来又在芯片公司,然后当了我的专业经纪人……你背后的老板究竟是谁?"

"你不用问,问了也没有意义。贝尔实验室、卡特尔纳米技术、高纳利文化娱乐、狮鹫之星传媒、代卡洛斯飞船集团、斯普林格出版社、时代传媒、太平洋电视台……和你打交道的这些公司和机构,是一个庞大的利益共同体,它们都是其中一分子,但没有谁说了算,如果说有一个幕后大老板,那既不是美国政府也不是罗斯柴尔德家族,而是资本本身。你是整个体系中最重要的环节之一,但绝不是独立的。可如今,你的自作主张危及了这个体系整体的利益。"

"就因为我减少了感官直播?"查尔斯不禁苦笑,"可现在你们已经形成了完善的产业链,有十万人在进行直播!为什么还不肯放过我?"

"但是没有人比得上你,查尔斯。虽然今天许多人开通了直播,但是肯终日直播自己的人还不多,你是其中最重要的一个,是我们打造出来的直播时代的第一位偶像。人们去收看那些三流货色只不过是好奇罢了。你以自己的生活方式,实现了上亿人的梦想!你对整个事业的重要性无可取代。你那本《我的直播生活》在全球卖了超过三亿册!你象征着一种全新的生活方式。如果你要退回到偶尔直播的状态,直播就变成了一种简单的娱乐和调剂,不会再有那么多人痴迷,也许要花十年、二十年才能恢复。"

查尔斯冷哼了一声:"嗯,你们不是很能打造偶像吗?再打造一个好了。"

"为什么要重复已经做过的工作?这些年你的名字已经成了世界上最响亮的品牌,就拿你的小说来说,全球随便可以卖到几千万册,但是如果以杰克逊·史密斯的名义出版,可能几千册都卖不掉。"

"等一下,"查尔斯隐隐觉得不妙,狐疑地盯着丽莎,"杰克逊·史密斯是谁?"

"当然了，你从不知道他。"丽莎用一种古怪的腔调说，"杰克逊·丹尼尔·史密斯，得克萨斯州立大学毕业，一个不得志的小说家，好莱坞前编剧，出过两三本总共卖了不到一万册的小说，编过一些没人知道的B级电影，离过两次婚，四十岁不到就秃顶了……顺便说说，他还是你大部分小说的作者。"

"你疯了？！"查尔斯再也忍无可忍，"你到底在胡扯什么？"

"你不必那么激动，"丽莎淡淡地说，"回想一下，在你移植芯片之前，虽然你是一个三流文学爱好者，也写过一些散文和小故事，但从未写过长篇小说，为什么在第二年，你的成名作《雅典神殿》就横空出世？"

"我什么时候开始写作和你有什么关系？再说这能说明什么？"

"想想吧，你这些大获成功的小说，每部中关键的绝妙情节不都是突然蹦入你脑海的吗？你认为那是缪斯给你的灵感？事实上，灵感也是一种感知，你大脑中有一小块区域——大约在额叶位置——决定了你的综合思维和自我意识，不可侵入——不是完全无法进入，只是一旦进入后，你会变成思维紊乱的精神病人。其他的部位，无论是感觉和运动皮层，还是语言中枢，都可以转译他人的脑波。我们只是根据史密斯的构思，让你的语言中枢产生出相应的概念，当神经冲动被额叶所综合时，就被你的自我意识认为是自己的灵感了。"

"这不可能！"查尔斯大吼着，"那些灵感，明明是我自己苦思冥想出来的……那种创作的感觉……怎么……怎么会是什么史密斯的？"

"在未来，很快就不会再有'自己'了。所谓自我，只是额叶前端一小片决策神经区域制造出来的幻象，我们天真地以为它包含了从感觉到情绪和思维的一切。但感官直播时代撕裂了这些关系。查尔斯，你站在了新时代的开端，你是新时代的使徒。"

查尔斯委顿地靠在墙角，忽然爆发出一阵神经质的笑声："哈哈哈，真有意思，你花了这么长时间告诉我，我是一个一无是处的废人，我所自以为傲的成就，都不过是幻觉……现在你又对我说，我是什么使徒！"

"真相往往是令人刺痛的，"丽莎说，"但是沿着这个方向走下去吧。很快你就会知道，你是废人还是天才并不重要，重要的是你感到你是什么。纵然那些灵感是来自杰克逊·史密斯的，但你仍然感到千真万确是你自己的创作，这就足够让你获得写作的满足感了。

"在外面的世界，有千万人每天都感到，他们就是你，是查尔斯·曼，他们不在乎自己实际上是什么玩意儿。至少有上百万人完全被你同化了。你给了他们本来惨淡的人生以缤纷的色彩。这个数字还将不断增长，没有人能抵抗这至高无上的诱惑。随着脑波传递技术的完善，将来还会有更多的人——几亿、几十亿的人加入这个行列，一旦他们开始收看直播，就会欲罢不能。而不久的将来，有很多更深的感觉和情绪能够传递，甚至是思维。这一行最终会变成什么样没有人知道，但这是一个真正技术奇点的开端。传统的个人生活将一去不复返，世界会变得越来越匪夷所思。"

"可这不是我的理想，我的理念一直是让每一个人成为他自己，追求自己的价值！"

"不，"丽莎摇头，"事实是，即使是你的崇拜者，每个人都愿意成为你，却没多少人愿意成为他自己，这就是人性。"

"好，"查尔斯咬牙切齿地说，"纵然我的一切都是假的，至少我的理念是真的，我不会放弃这个理念。告诉你，我会揭露今天你跟我说的一切。"他试图打开直播，但是不知为何没有反应。

"查尔斯，相信我，你最好不要尝试。"丽莎语带讥讽，"在我们背后，现在有超过一打人正在监视你的一举一动，无论任何时间、任何场合，他们可以远程控制，让你立刻胡言乱语，变成不折不扣的疯子。你忘了自己是怎么赶走你的女朋友吗？"

查尔斯颓然捂住了脸，绝望地瘫倒在地："既然你们这么强大，为什么不直接控制我的身体,让我说你们想让我说的,做你们想让我做的,让我变成一具行尸走肉?!"

"我们还没有这样的技术能力,感觉和运动涉及的大脑皮层区域不同,特别是你的肢体运动部分,需要的参量太多,计算量很大,控制起来也很费劲,刚才让你说出那些绝情话已经很困难了,而且相当不自然。"

"可惜穗美没有察觉这些微妙的差异,否则你们做的一切就会穿帮了。"

"不,已经穿帮了。"

一个清脆的女声高声说,查尔斯转过头,穗美明艳的身影又出现在房门口。

11

"穗……穗美?!"

"我回来了,"穗美对惊讶的查尔斯点点头,"刚才我确实想一走了之,但作为警察,我对一个人的说话语气是否自然还算有些了解,很快就想到了蹊跷之处,于是我到了门外又重新折返,结果发现还有一个人在这里。我在门口已经听到了你们说的一切。你放心,我没有装什么脑桥芯片,他们对付不了我。"

"查尔斯,你必须让她闭嘴!"丽莎看了一眼穗美,扭头对查尔斯说,语气变得惊惶起来,"如果你不想身败名裂的话,听我的,继续跟我们合作,你还可以享有一切名利和地位。至于保留一些你自己的隐私时间也不是不可以商量……"

"和你们合作?"查尔斯的牙齿咬得"咯咯"作响,"丽莎,你刚才还威胁要让我变成白痴！"

"查尔斯，你冷静点儿。那是不得已的选项，你是我们千辛万苦塑造出来的，只要有可能，我们不会碰你。今天我也只是想劝告你。"

"你们必须给查尔斯自由，把那见鬼的芯片给拆下来。"穗美面对着丽莎，"刚才那些话我已经录下来了，如果查尔斯有什么闪失，我会立刻向媒体曝光整件事。虽然你们财雄势大，但想必还无法控制全世界。舆论不会站在你们这边，如果人们知道脑桥芯片可以侵入他们的大脑，控制他们的行为，你们的事业会立刻崩溃！古德斯坦，你们再也挟制不了查尔斯了。"

丽莎看了看穗美，又看了看查尔斯，无奈地苦笑："看来我们是陷入僵局了。取下芯片，牌就全攥在你们手上了，没有人会蠢到答应这种自杀式的条件。但如果你们要泄露真相的话，查尔斯也随时会变成一个白痴，穗美小姐，你忍心这么做？"

一时间，室内的三个人都沉默下来，但空气中的紧张丝毫未有舒缓。

"好吧，无论如何，你们不能再摆布查尔斯了。"过了一会儿，穗美带着让步的语气说。

"对，"查尔斯的声音中充满痛苦，"我希望你和你代表的势力离开我的生活，滚得越远越好！我和你们以后再无瓜葛。"

丽莎的脸色阴晴不定，良久才说："你的意思是，我们不再干涉你们，而你们也会将一切封在肚子里，绝不外泄？"

查尔斯点了点头，现在他唯一想做的只是摆脱这个噩梦："如果你们能放过我们，这没问题。"

"但你将会从成功的巅峰跌落，从此失去一切。"

查尔斯面色惨白，摇了摇头："我从来没有什么成功，一直在做一个可笑的美梦，只是今天才终于明白。我想快点儿结束这个错误。"

丽莎看向穗美，穗美不语，似乎也默认了查尔斯的决定。丽莎终于下定决心，点了点头："好吧，如你所愿。但你记住，不论你是否打开脑际连接，你的一举一动我们都能看到，不要想在我们眼皮底下玩什么花样。查尔斯，你是聪明人，不会给我们添乱的，是不是？"

查尔斯缓缓点了点头。

"同样，你们也别想玩花样。"穗美提醒她说，"有关资料，我会妥善存储，如果我和查尔斯有什么问题，网络上很快会铺天盖地都是你们最不想看到的东西。"

一丝冷笑划过丽莎的嘴边："那就再见了，查尔斯，我的老朋友，希望你不会后悔。"她转过身，大步从穗美身边走过，离开了客厅。不久，外面传来了小型飞车发动的声音。

查尔斯委顿在地，一句话也说不出来。穗美走到他身边，跪坐下来，无言地将手放在他的脸颊上。查尔斯望着穗美，她的眼神充满关切，手温暖而绵软，身上的气息芬芳淡雅。

他知道自己失去了一切，却拥有了这个女人。从今以后，也许他们将像普通的男女一样，度过平凡的一生。

查尔斯抱住穗美，放肆地号啕大哭起来。穗美像母亲安慰孩子一样，轻轻抚摩着他的头发。查尔斯却抽泣着，将她抱得越来越紧，让她喘不过气来，但那是一种悲恸中闪现的幸福。

等到穗美发现查尔斯实在抱得太紧的时候，已经太晚了。

不知什么时候，查尔斯已经将双手紧紧地卡在她的脖颈上，力气异乎寻常地大。他的双目奇异地凸起，喉头发出"咯咯"的声音，仿佛被掐住脖子的是他自己一样。

"查尔……斯……放……开……"穗美无力地叫着，但几乎吐不出一个完整的词。她的身体被紧紧压住了，双手拼命在查尔斯的胳膊上抓挠，但查尔斯好像全无痛觉，目光呆滞。

穗美明白了，是丽莎·古德斯坦下手了！如今事情已经激化，她绝不

风暴之心　119

会放过他们。穗美的眼前一阵阵发黑，意识渐渐模糊，生命即将离她而去，穗美只是本能地蹬踢着双腿，做最后的垂死挣扎——

但猛然间，查尔斯的头俯下来，一口咬在了自己手腕上，虎口不由得稍微松了一下。穗美什么都来不及想，趁机掰开查尔斯的手，将他推开，连滚带爬向房间另一边跑去。查尔斯摇摇晃晃地想站起来，又站立不稳摔倒在地，手脚剧烈地抽搐着。

"穗美……快走……"查尔斯扭曲的声音传出来，显然他正在和篡夺自己身体的入侵力量搏斗。

穗美不知如何是好，她不敢逗留，但也不能就这么离去。突然她用眼角的余光瞥见墙角一个六角形的黑色机箱，闪念之下，她一个箭步冲过去，将那东西举起来，狠狠砸在地上。一声闷响，箱子在地上翻滚了几下，裂开一条大缝。穗美还不放心，又狠狠踩了几脚，机箱发出一系列生脆的断裂声，冒出了几缕淡淡的青烟。

查尔斯突然不动了，像瘪了的皮球一样瘫在地上，只是张着嘴喘着气。穗美冷静下来后，过去扶起他："没事了，我已经毁了中微子转换器，现在他们没法再控制你了。"

"但我们现在不能离开这间屋子，"查尔斯的声音虚弱无力，"外面到处都是中微子信号站。"

穗美知道，整栋别墅因为她的坚持，不仅只设了一个中微子转换器，还对外面的信号进行了屏蔽。但只要离开这栋房子，查尔斯随时会再度被丽莎他们所控制。

"那……怎么办？"

"只有打电话，叫记者来，"查尔斯闭上眼睛，"我们要立刻召开新闻发布会。"

一个半小时后，客厅里满满的都是记者，包括二十多家日本媒体和十七八家外国驻日媒体。人们好奇地盯着凌乱的房间和身上带伤、狼狈不堪的查尔斯和穗美,想知道究竟发生了什么。大家交头接耳,大部分人的目光中都有"多半是有什么纠纷吧"的猜测。

"晚上好,"查尔斯没有多废话,从沙发上站起身说,"今晚叫大家来是因为……"

人们全神贯注地留意接下来的内容,查尔斯却卡住了,他的目光透过众人望向后面的什么地方,仿佛看到了某些东西,他的嘴唇微微翕动,仿佛在和看不见的东西说话。

"查尔斯!"穗美觉得不对劲,抢过话头说,"诸位,今晚我们要告诉大家一件……"

"一件重要的事,"查尔斯却仿佛回过神来,又接了下去,神态一下子变得疲惫,"我决定参加下个月的冥王星超远程飞行大赛。"

"什么?"穗美惊诧不已。冥王星超远程飞行大赛只是一个名大于实的噱头,查尔斯这样功成名就的飞行家根本没有必要参加。几天前被询问的时候,查尔斯还明确表示不会参加。

"大家知道,"查尔斯说下去,"这是人类有史以来最长距离的飞行比赛,远超过之前的地球轨道环日拉力赛。虽然现在只是刚刚开始举办,但将来会成为人类的标志性成就之一。我听说现在报名参赛的人很少,我想要拿到第一个冠军应该问题不大,等以后可就难说了。"

人群中发出轻轻的笑声。穗美看到查尔斯说话的神态相当自然,不像是被人控制的样子,几次想打断他,却终于忍了下来。

查尔斯话锋一转:"不过因为冥王星和地球的距离非常远,整场比赛将持续两年。因为光速的限制和信号衰减,在这期间恐怕无法再进行感官直播了,非常抱歉。"

人群中发出不满的抗议声,显然其中不乏查尔斯的粉丝。

"那细川小姐呢?你们不是要分开两年吗?"有人问。

查尔斯拉住了穗美的手,在她手心饶有深意地捏了一下:"两年的时光不算久，我相信对我们不是阻碍，我会在冥王星的亿万年冰层上，刻下穗美的名字。"

……………

"查尔斯，这是怎么回事？"当记者散去后，穗美不解地问。

查尔斯疲惫地揉着太阳穴："不知哪个记者带来了便携式中微子转换器，让他们能够重新打开我脑中的视觉对话界面，给我传达了一个信息。"

"难道他们又威胁了你？"

查尔斯摇了摇头："不是我，是全人类，他们手上有人类的命运……"

"至少一亿人，你记住。"他回想起对方在他视野中闪现的信息，"一亿人的生命安全直接掌握在你的手里，如果事情泄露，我们或许没有能力控制所有的人，但是至少可以在几分钟内传播各种紊乱的脑波，大部分人会暂时精神错乱，还有些人会永久精神失常，不知道会发生多少起车祸和事故，也许还有几个人会按下核导弹的发射键……世界将会因此天翻地覆！比起这场浩劫来说，世界大战都算不了什么。或许地球会在几天内返回石器时代。"

"所以我只能住口，让你们一步步推广那些可怕的芯片，让所有人变成迷失自我的奴隶，直到你们控制了世界，再也不怕外在的威胁？"

"这是历史前进的方向，或者我们将一直走下去，走向一个崭新的未来，或者将爆发激烈的冲突，那时会有上亿人死亡，世界重返远古蛮荒。最终的选择在你手里，查尔斯。"

"你们手上有一亿个人质，我还有选择的余地吗？"

"这说明你做出了正确的选择，你帮助人类避免了一场大麻烦。不管怎么说，去冥王星的主意不错。我们双方可以不必直接冲突，你也不必担心再被我们暗算。两年后等你回来，你就不再是世界的焦点，可以过自己想过的生活了。"

"而我也可以做出真正属于自己的成就。我要证明自己不是一个傀儡，而是不可战胜的查尔斯……"

"查尔斯，你怎么了？"穗美把他从沉思中唤醒。

"没什么。"查尔斯抚摸着穗美长长的头发，怜惜地说，"一切都会好起来的，我保证。"

12

查尔斯的最后一次感官直播，收看者达到了史无前例的三千万人。三千万名收看者，随着查尔斯的步伐，一步步"走"进发射场，通过他的眼睛，看到周围沸腾的人群和头顶蔚蓝色的天空。

发射场在传统的日本宇航中心鹿儿岛县的种子岛，二十四艘形态各异的飞船停在巨大的发射场中央。但和旧时代不同，如今飞船发射不再需要庞大笨拙的发射架，随着宇航科技的进步，飞船可以在地球上任何地方起飞，直冲长空，在这里出发只是一个仪式而已。

这是一个不小的进步，但人类的太空探索仍然在初级阶段。今天的这次宇航大赛，并非只是到月球或火星，而是直奔几十亿千米外，除了几个探测器，尚无人类踏上过的冥王星，往返仍然需要两年以上的时间。

比赛中，所有的飞船在离开地球后，将利用太阳光帆和各大行星引力场加速，飞向太阳系尽头的冥王星，再合拢光帆，用剩余的燃料返回。虽然原理并不复杂，但横贯整个太阳系的近百亿千米来回路程，仍然是一场惊心动魄的无涯之旅。

人类登上冥王星，将是太阳系探索史上里程碑式的事件。因为冥王星并没有多少科研价值，也被开除出了大行星之列，所以各国政府在发射了一些无人探测器后，并没有进一步载人登陆冥王星的计划，但毕竟它的名声响亮，民间宇航爱好者前赴后继。几十年中，有过七八次载人飞船飞向冥王星的尝试，但大部分都因中途困难无法克服而折返，有的在小行星带被微流星撞毁，有的无声无息地消失在太空深处……冥王星是死亡之星的说法流传开来，近十多年没有人敢于再尝试登冥。直到这次大赛，才重新唤起了飞行家们征服宇宙的热情。

特别是人气偶像查尔斯·曼的参赛，使得这场比赛变得举世皆知。虽然许多人抱怨以后无法再收看查尔斯的直播，但他的勇气和坚韧仍然打动了亿万民众。本来寥寥无几的参赛者，也迅速增加了两倍，虽然只有二十多人，但都是飞行精英，让这次比赛变成了一场真正的大赛。

"查尔斯！"在沸腾的人声中查尔斯听到一个熟悉的声音，他转身看去，老对手乔治·斯蒂尔正向他走来。

"乔治，感谢你每次都来当我的陪衬。"查尔斯微笑着说。

斯蒂尔咧开嘴，轻轻给了他一拳："告诉你吧，这次你一定会输给我。"

"哦，为什么？"他们肩并肩向场中央走去。

"听说你拒绝了卡特尔公司和代卡洛斯集团赞助的高级设备，只是从几个小制造厂那里订购了一些普通装备，甚至飞船的基本布局都是自己设计和组装的？你太自大了！卡特尔的纳米光帆制造技术无与伦比，在同样重量的情况下，面积可以比其他公司的产品大三分之一，你应该知道这意味着什么。"

"我知道，不过，斯蒂尔，我以往太依赖技术优势了，这回我想靠自己的实力赢。"查尔斯诚恳地说。

"这么说，你只能靠不断压缩生活空间来减负，达到一定的速度？"斯蒂尔惊诧的眼神中带上了几分敬意，"虽然是保密的，不过我设法研究过你的飞船构造,结论是如果想要有获胜的可能,你的生活舱必定小得可怜,许多娱乐休闲设备都得丢掉,甚至转身都困难,你愿意像苦行僧一样过上两年?这可不像你的风格。"

"为了飞向星辰的尽头,这是我们的宿命。"查尔斯说,"斯蒂尔,如果有必要,我相信你也会做同样的事。"

斯蒂尔不由得点了点头,然后微微一笑说:"无论怎么做,这回你都够呛了。不过,查尔斯,你的确是一个了不起的人物。好了,将来两年里,我们可以通过无线电慢慢聊天,也许我们会变成朋友的。"

他们像两个亲密的朋友一样,说笑着走到了各自的飞船前,做最后的检查和准备活动。许多飞行家在与家人和朋友话别。查尔斯检查引擎的时候,一个身影向他走来,查尔斯抬头望去,是一位纤细柔美的女郎。

"小雅?"他站起身。

"查尔斯,"仓井雅姿态娴雅地走向他,"我是来送你的。"

"谢谢你。"

"不,我该谢谢你,查尔斯。其实……我也是来向你道歉的。"

"道歉?"

"查尔斯,"仓井雅酸楚地说,"你知道,两年前我只是一个名气不大的小演员,而且年纪也渐渐大了,所以我在两年前精心安排了和你在马尔代夫的那次所谓'偶遇',然后我……利用了你。之后我青云直上,进军了主流影视界,最近还接了一部好莱坞电影。这些都是你带来的,没有你,我不会有今天。"

"别这么说,这也是你自己努力的结果。"

"但以前那些甜言蜜语……都不是真的。"仓井雅凄然地说,"只是我为了往上爬的手腕。我利用了你,我欠你一个道歉。"

"别这么说,仓井小姐,"查尔斯也改了称呼,叹息说,"生活就是这样,我们往往是在逢场作戏,只是有时候自己入戏太深,真的把自己当成了所扮演的角色。这不是谁的错,你也无须道歉。"

"无论如何,"仓井雅掏出一个精致的布包,"查尔斯,你是一位很好的朋友,和你在一起我很开心,也学到了很多东西。我衷心祝福你能获得胜利。这是我从明治神宫求来的平安符,你带在身上,神明会保佑你的。"

查尔斯深深地看了一眼仓井雅,接过了布包:"谢谢,我会带在身上的。"

"那……我先走了。"仓井雅轻轻拥抱了查尔斯,转身离去。

望着仓井雅的身影,查尔斯的嘴角泛起了一丝复杂的苦笑。他清楚,仓井雅对他说的那些话,仍然是在利用自己最后的剩余价值。他和仓井之间一向不过是各取所需,不仅他们自己,就连每一个收看直播的观众都心知肚明。但最后仓井的表白,无疑大大提升了她自己的形象,让人觉得她是一个重情义的好女人。

但这并不是说仓井雅全然虚伪,这些话虽然肯定经过精明的考量,但可能同样是真诚的。我们每个人都在表演,从前是这样,在直播时代更是这样。或许我们的真诚,只是一种真诚的自我表演……

"对了,"仓井雅突然又转过身来,好奇地问,"查尔斯,细川小姐呢?怎么没有见到她?"

"这个……她有点儿不舒服,"查尔斯说,"不能来了。"

"哦,是这样。"仓井有些奇怪地看了他一眼,眼神中带着胜利的笑意,没多说什么。但查尔斯知道,仓井对穗美"抢走"自己一向心怀怨愤,如今她认为自己和穗美之间一定出了什么问题,所以穗美才没有来,这一定让她感到快意。

但穗美不需要来送他,也不应该来。如今,穗美藏身在一个绝对安全的地方,掌握着至关重要的证据,以防丽莎和她背后的那些人再趁乱对他们不利,将他们同时杀害。当他离开地球后,对方就再也无法通过脑桥芯片控制自己,穗美会和他每天保持联系,如果对方对穗美下手,自己就可以通过无线电通信公布一切。目前来看，这是最好的办法了。

查尔斯望向远处欢呼的人群，心想：或许这是我最后一次站在舞台的中央，最后一次成为人们瞩目的焦点了。斯蒂尔很可能是对的，这次我的飞船毫无优势，没有获胜的希望，我终将失败，然后被世界遗忘。

但那又如何？飞向太空，飞到那最遥远的星球，是我一生的梦想。并非只有冠军才有意义，只有当宁愿割舍其他许多东西，你仍然要实现它的时候，它才是真正的梦想。

查尔斯，这是最后的机会，做你自己。在这个星球的喧嚣浮华中失去的，你会在广袤无垠的太空中找回来，那里有真正的宁静和救赎……

最后时刻，几十名经过遴选的幸运观众进入发射场，和各位参赛者合影。大部分人都首选和查尔斯合影，查尔斯微笑着一个个接受了，还一一给他们的书或衬衫签了名。最后站在他面前的，是一个身材平平、衣着朴素的少女，举止中还带着几分羞涩。

"您好，查尔斯先生。"少女局促地说。

"你好，你是……"

"我叫朝仓南。"少女说。

查尔斯点点头，并没有什么反应。但在他思维的背后，另一个意识突然在震惊中醒来：怎么是她？她在这里干什么呢？她……什么时候变成了查尔斯的粉丝？

"朝仓小姐，很高兴见到你，你要和我合影吗？"

"嗯，好的。"朝仓站在他身边照了张相，但照完相后，迟迟不肯离去。工作人员上来要拉她离开，被查尔斯用手势阻止了。

"朝仓小姐，我还能帮你做什么？"查尔斯问。

"对不起，查尔斯先生……"朝仓深深地向他鞠了一躬，红着脸说，"我想做一件事，请你帮个忙，可以吗？"

"只要不违法，乐意从命。"

朝仓又手足无措了好一会儿，才抬起头，勇敢地直视着查尔斯的眼睛，张口说："私……私は直人君のことを大好きよ！"

查尔斯不明白她在说什么，另一个意识却突然明白了，他知道了为什么朝仓会千辛万苦出现在这里，她并非为了查尔斯，而只是为了对他说一句话……

"我……我非常喜欢直人君呢。"

但查尔斯还没有反应过来，朝仓已经迈上前两步，勾住了查尔斯的脖颈，踮起脚尖……

"直人，"朝仓哀婉地在查尔斯耳边说，"我就在你身边，可你非要通过千里之外的查尔斯，才能感到我的存在吗？"

保安随即冲上来要把朝仓拉开，但查尔斯大概明白发生了什么，让他们不要动手，对朝仓说："小姐，相信你心爱的人会明白你的心意的。"

然后，他轻轻地对他根本不认识的直人说："幸运的家伙，不要错过身边的幸福哟。"

…………

不知什么时候，直人退出了脑际连接，望着房间的天花板，泪水充满了眼眶，又从眼角流下。

虽然收看了查尔斯的直播许多年，但直人心底知道，那些和他无关，只是查尔斯的魅力所致。但他宁愿忘记这一点，让自己沉浸在查尔斯的幸福生活里。

然而今天，在最后的这场直播中，在他融入查尔斯的三年中，第一次也是最后一次，一切颠倒过来了：那句话，是为了他，宅见直人，而不是查尔斯。

他不是查尔斯，也永远不会是查尔斯。但他仍然可以做他自己，拥有自己渺小却并非卑微的幸福。有些甚至是查尔斯也无法企及的。

直人坐起身，还觉得头脑昏沉沉的，又是自我麻醉的一天。但以后不会了，查尔斯的直播如今已经结束，即使他从冥王星回来，可能也不会再开启。而直人会去寻找新的生活，寻找属于自己的幸福。

直人下定决心，拨打了一个电话，在响了好几声后，终于被那边接起："你好，我是朝仓。"朝仓的声音中带着几分紧张和期待。

直人还没有说话，蓦然间耳边响起了引擎声和欢呼声。直人望向打开的电脑荧屏，看到发射场上，几十艘飞船腾空而起，射向天外，在空中留下一条条长长的尾迹，如同远去的雁群。查尔斯已经毅然踏上了苍茫太空的漫漫征途，而这一次，直人无法也不想再依附在查尔斯的灵魂上，他有更重要的事要做了。

直人深深地吸了一口气，听到自己用颤抖的声音说："小南，我喜欢你，请与我交往吧。"

再见了，查尔斯。

尾声之后

一年后。

一艘天蓝色的飞船收拢光帆，打开登陆引擎，缓缓落向一颗黑沉沉的、几乎浸没在黑暗中的星球。飞行平稳，层层下降，看上去一切正常——这也意味着第一个地球人即将踏上冥王星的表面。

但当飞船距离星球表面还有大约两千米时，不仅没有降低速度，还突然怪异地猛然加速，旋转着向冥王星表面厚厚的冰层撞去。十几秒钟后，一朵微弱的火花绽放在冥王星表面，如同黑夜中一闪即逝的火柴，然后就是长久的沉寂。

这是中国的冥王星探测器"谛听"拍摄到的图像，大约五个小时后，图像被传送到地球，也传来了太阳系尽头的噩耗。此后四十个小时内，任何联络的尝试都归于失败。两天后，另一名比赛选手乔治·斯蒂尔在冥王星成功着陆，发现了面目全非的飞船和被烧成焦炭的查尔斯·曼的尸体。

消息传回地球，唏嘘一片。查尔斯的死因众说纷纭，主流的观点认为是技术故障。查尔斯的飞船是自己改装的，各方面都存在缺陷，出问题并不奇怪，但是问题在哪里，专家们又各执一词。有人说是电脑程序的错误，有人说是引擎本身的故障，还有人说是飞船控制面板的按钮分布过于密集，让查尔斯忙中出错。

也有人认为，查尔斯是自杀的。他们从查尔斯在地球上最后一段时间的若干古怪言行中找出证据，试图证明他已经厌倦了生活，想要离开这个世界。而撞击冥王星就是这位天才精心安排的行为艺术。这也能解释，为什么上一次开新闻发布会的时候，他的神色如此古怪。

还有一些人认为，查尔斯是被害死的。这个说法最骇人听闻，也最千奇百怪。害死他的主谋从竞争者斯蒂尔、前情人仓井雅到代卡洛斯飞船集团以及贝尔实验室等可以列一个长长的名单。一个有利的佐证是，查尔斯的女友细川穗美在查尔斯死后第三天，其驾驶的飞车和另一辆飞车对撞而在东京上空爆炸，这个巧合似乎可以被视为阴谋，不过更合理的解释显然是细川伤心过度，神志恍惚所致。

网上也出现了各种各样的流言和稀奇古怪的所谓"证据"，大部分经不起推敲，但也有一些看上去有点儿分量，有一段录音似乎是查尔斯和古德斯坦的吵架，还有他的父亲说他挥霍无度导致没有钱的电话录音……但这些伪造起来并不难，而且也无法证明和查尔斯的死有直接关系。至于有人说查尔斯是因为发现了脑桥芯片公司控制人类的阴谋而被灭口，就更是笑话奇谈了，没人会真的相信。

但无论如何，查尔斯死了。死了，再也不能复活。一个死人，无论是多么名声显赫的死人，被遗忘的速度总是很快的。查尔斯的事被热炒了一两个月，人们为他举办了各种缅怀和纪念仪式。不过世界上很快出现了几名炙手可热的新星，他们也都开通了感官直播。有天才神童、国民美少女，也有草根人士，人们很快又被吸引到新的、更丰富的娱乐生活中去。

但有许多人仍然无所适从，他们难以理解查尔斯的死。

"我……我就是想不通，"宅见直人喃喃说，给自己斟了一杯啤酒，"查尔斯怎么会死呢？三年来，我熟悉他的一举一动，我有他的几乎每一个记忆，既然我活着，他怎么会死？"

"你是你，查尔斯是查尔斯。"朝仓冷冷地说，对直人她已经越来越没有耐心了。

直人摇头："你不明白，你根本不明白。那种感觉……我还清楚地记着查尔斯的一切——他在天上如何风驰电掣，在海底如何于珊瑚丛中潜水，在读者见面会上如何发言，在酒会上如何觥筹交错，在非洲如何赈济灾民……对我来说，这些就好像是昨天的事一样。我看到地球在我脚下，我听到奥地利金色大厅的音乐，我闻到富士山下樱花的香味，我还……"不知不觉中，他已经从第三人称换成了第一人称。

"宅见直人，你这个混球！"朝仓终于忍不住痛骂了出来，"你这辈子除了幻想自己是查尔斯之外，还会干什么？"

"小南，你又怎么了？"直人有点儿摸不着头脑。

"查尔斯死了都快半年了吧？你几乎每天都在絮絮叨叨那些和你没有任何关系的往事，怀念那些根本不知道你是谁的人，跟你说你也不听。我简直要疯了！这日子没法过了！"

"你不懂，我参与了这一切，这些事和发生在我身上没有任何区别，我知道自己不是查尔斯，但它们也是我经历的一部分！"

"哼，"朝仓讥讽地笑了，"你的经历就是日复一日地躺在房间里收看直播，本质上，你和那些看了电视然后想象自己是男主角的白痴没什么两样。"

"住口！"直人不由得怒火中烧，"每次你都这么说，可是你从来没有过感官直播的经历，有什么资格下判断？再说你是我的什么人，有什么权力告诉我我该干什么不该干什么？"

"我是你的什么人？"朝仓的眼睛也在愤怒中闪闪发亮，"你说对了，我不是你的什么人。既然你这么说了，我们还是分手吧。"

"分手就分手，当初我就不该接受你！"直人恶狠狠地说。

朝仓没有再和他争吵，沉默地收拾起了自己的衣服和物品。直人在一旁看着，开始有些悔意，却又不好开口。直到朝仓提着几个大包站在了玄关口，他才着急起来："你这是干什么？大半夜的，有什么事明天……"

"直人，"朝仓的语气平静得令他害怕，"我曾经以为自己可以改变你，但是我错了。也许你是对的，你就是查尔斯，你会永远活在关于查尔斯的记忆里。但是对不起，这不是我想要过的生活。"

"我……我不是……"直人不知说什么好，眼睁睁地看着朝仓打开门，离去，脚步越来越远，终于消失。

直人犹豫了一会儿，拨打了朝仓的耳机，但是朝仓已经关机了，只有长长的忙音。

"去你的。"直人喃喃地骂了几句，坐回到椅子上，继续自斟自饮起来。

为什么生活总是这样，他永远无法和别人好好相处？不管他如何尝试，除了失败还是失败，在这个现实的世界，连空气都令人窒息。如果，如果他还能回到查尔斯身上，再过一次那种意气风发的人生，那该多好啊……

直人一边想，一边在电脑上漫不经心地点击着，他进了一个讨论感官直播的论坛，顶上的一行大字顿时吸引了他的注意：

CHARLES MAN REVIVED！！！

"查尔斯·曼复活了！！！"

什么意思？

直人点进去一看，发现是时代传媒公司的广告，网页上面用英文写道：

"……为缅怀已故的查尔斯·曼先生，本公司从他的继承人那里购买了以往全部直播内容的备份数据，以飨观众。直播内容的总长度达85439个小时，跨度为整整十年。您可以选择收看其中任何一个片段，也可以从头到尾浏览，以便深入了解曼先生的生平和事迹……"

直人的心狂跳起来，十年中所有的数据！也就是整整十年的直播人生！作为收看者，那些中微子波转换成的视觉和听觉会随即消失，也有技术手段防止私下拷贝，但是显然在相关机构内部会有备份，进行"重播"是可能的。对直人来说，他是从最后三年才开始收看查尔斯的，之前的七年都付之阙如，但如今他可以从一开始就收看重播，这样的话，也就是说——

直人倒抽一口冷气：他将拥有整整十年查尔斯的人生，他将再一次和查尔斯融为一体，去面对未来（实际上是过去）的精彩人生，而这次，至少十年里不会再担心被单方面中断直播了。他可以放心地将自己融入查尔斯的意识深处。

直人兴奋地扫了一眼下面的条件，这回不再是免费的了，不过也不贵，每小时收费一百日元。而且如果购买一天以上，会降为五十日元；如果全部购买，每小时更是只要二十日元，他完全可以负担。

他迅速用网上银行付了账，全部购买要将近一百六十万日元，他暂时没有那么多钱，只能先花二十多万购买了头一年的数据，剩下的以后再慢慢付吧。

直人躺到榻榻米上，打开中微子转换器，电脑语音告诉他正在进行连接，准备接收数据，大约一分钟后可以开始直播，不，重播。

正当直人焦急地等待时，耳机中响起了提示音乐，告诉他收到了朝仓的一条语音短信。这回直人直接关机，根本懒得看一眼。他想：或许朝仓又回心转意了，但那又如何？只要能再度成为查尔斯，我不会再需要这个女人……

中微子波束源源不断地传来，转化为电磁波和脑波，重播开始了。

重力感同步：我平躺在什么地方。

触觉同步：好像在一张床上，软软的很舒服。

嗅觉同步：仿佛有药水的味道，但并不刺鼻。

听觉同步：一个女人的声音在跟我说话，而且越来越清楚了。

视觉同步：一个朦朦胧胧的人影出现在我面前……

他仰望着天花板，看到自己未来的经纪人丽莎·古德斯坦对他俯下身来："感觉怎么样？"

"我没事……"他有些虚弱地说。

丽莎问："现在应该已经开始直播了，你还记得自己是谁吗？"

一丝自信的笑容出现在他苍白的脸上："那还用说？我是查尔斯，独一无二的查尔斯。"

风暴之心

索何夫

他要找的东西就在那里。

它位于前方两百二十千米外，从顶端到底部足有几百千米高，直径超过了二十千米。斑驳的褐色、深灰色和暗红色条带在它不断变化的表面上忽隐忽现、游移不定，仿佛在流动水面上漂浮的油脂。它的底部直插进覆盖着富含硫化物和深褐色雾霭的液态氢海洋中，顶端则连接着一大片脏棉絮般的、由灰白色的氨冰和透明的水冰混合形成的云雾，看上去就像是北欧神话中连接天地的宇宙大梣树。浓密的云团在它的周围沿着顺时针方向疾速旋转，不断被时速上千千米的强风撕扯、揉捏、挤压，变幻出千奇百怪的形状，如同一群群喜怒无常的风之精灵。

杰深吸了一口已经开始透出霉味的再生空气，努力抑制着打呵欠的冲动。在连续十四个小时的驾驶后，疲倦就像钻进树木的蛀虫一般蛀穿了他的每一根神经和每一块肌肉，但他不愿在若望·罗孚特面前有任何示弱的表现——这个唠叨、自以为是的生态学家总是抓住一切机会，想要掌握这艘小小飞船的主导权，对他发号施令，他可不想让这家伙认为现在有机可乘。

与所有的追风者一样，杰这辈子永远无法学会听命于人——追风者都是独行客，是只服从自己或自己所属的小团队的人。与20世纪的前辈一样，他们追逐危险，拥抱危险，在见证摄人心魄的自然伟力的同时，证明自己存在的价值。他们和老前辈唯一的区别是，几个世纪前的追风者在北美大平原上开车追逐转瞬即逝的龙卷风，而杰和他的同行们则驾驶着经过特别改造的穿梭机，出入于类木行星永远狂风呼啸的大气层，他们挑战与欣赏的对象，是那些庞大、壮丽，通常能够存在几十年乃至上百年的巨型气旋。

尽管有着一脉相承的冒险精神与勇气，但对于几百年前的那些前辈而言，像杰这样的新一代追风者面临的风险远非他们所能想象：类木行星浓密的大气层是个不折不扣的恐怖地带，无数与壮丽美景并存的危险，足以让但丁笔下的炼狱显得犹如底格里斯河畔的伊甸园一样宁静而美好。因为行星高速自转而产生的狂风永无休止地在冰冷的液氢海洋上方肆虐着，巨大的闪电就像泰坦巨人挥动的魔剑般不断劈开浓密的云层，即使在远离风暴的地方，阴险的大气湍流也随时有可能将疏忽大意或者仅仅是运气太差的人扯入死亡的无底深渊，就连他们的头顶也不一定安全——构成行星环带的固态硅酸盐和水冰碎块，每时每刻都有可能因为围绕行星运转的卫星系统的引力摄动而落入大气层顶端，形成陨石，而其中很大一部分陨石的质量足以对追风者驾驶的穿梭机构成致命的威胁。

不过，和追风者追逐的目标——那些直径动辄数十乃至数百千米的巨型气旋相比，上述这些危险顶多也只能算一些恼人的小麻烦而已。由于自转速度快，大气密度更高，类木行星上的气旋无论在强度还是持续时间上，往往几百甚至上千倍于类地行星大气层中的同类。没错，像大红斑或者大黑斑那样的超级巨无霸只是屈指可数的少数，但即便是杰眼下正在接近的这种"轻量级选手"也不是吃素的。只要一眨眼的工夫，它们就能把追风者渺小的穿梭机生吞活剥，连个嗝都不用打。每个能在这一行连续干上超过三个地球年的追风者都很清楚，勇敢与愚蠢之间只有一线之隔，而能否准确地拿捏这条线，则是一个杰出的追风者和一具坠入类木行星大气层的冰冻尸体之间的根本区别。

"我们不能再前进了，罗孚特教授。"在又一次检查了操纵杆右侧仪表板上的读数后，杰宣布道，"我现在必须马上收帆并启动引擎，一百二十千米已经快要接近安全距离的极限了。"

"一百二十千米？那还不够。"若望·罗孚特的声音从杰身后传来——强硬、简短、标准的命令式语气，"还记得前天投放的两枚浮标吗？当时我们追踪的气旋直径和电磁活动强度都要超过今天这个，但在一百三十千米距离上投下的浮标甚至没有引发任何反应，我们这次无论如何都要再接近一些！"

"那就一百千米，不能再往前了。"杰叹了口气，下意识地捏了捏挂在挡风玻璃内侧的小莱蒂。这个纯手工制作、穿着波利尼西亚草裙的洋娃娃，是他前年在某知名快餐店五百年店庆的抽奖活动里得到的，一个大大的黄色英文字母构成了洋娃娃的全部面部特征。尽管杰的朋友们一开始时都嘲笑这是个"小女孩的玩意儿"，但当小莱蒂陪伴着杰平安完成了十几次行动之后，当初嘲笑它的人又转而争先恐后地请求杰将它借给他们，希望能借此沾上一点儿好运——大多数追风者对运气都有着一种迷信般的崇拜，即便与那些在战场上出生入死的老兵相比也不遑多让。

"五十千米！"若望·罗孚特说。

"七十千米，不能再近了。"杰摇了摇头，修长的黑色眉毛拧成一团，"教授，我必须提醒您，'蔚蓝之灵'只是一艘二手拼装货，虽然它的性能在大多数情况下都还算令人满意，但我必须承认，它有时候可不像您想象的那么……结实。就算您已经租下了这艘穿梭机的使用权，我也必须为您的以及我自己的生命安全负责。"

说出这番话让杰感到很不自在。追风者们通常不会受人雇佣，也很少在冒险过程中带上乘客，但杰是个例外——这一切还得从四年前的一场小小的不愉快（尽管某些当事人或许不这么认为）说起。当时的杰还是个刚入行的毛头小子，与大多数二十岁出头的年轻人一样，更习惯于用激素而非大脑来思考问题。而在火卫一航天中继站的酒吧里，正是这种思考方式给他惹上了麻烦——没错，把正在殴打自己女友的恶棍从孤立无援的小女生身边轰走确实是件见义勇为的好事,但在撂倒那家伙后又朝他的裤裆补上一脚就不是什么明智之举了。更糟糕的是,那家伙的女友居然在法庭上站到了她那位负心男友一边,一起朝着他狮子大开口,结果杰不得不东挪西借,向那家伙支付了三十五万信用点的赔偿才勉强摆脱了蹲班房的厄运。

尽管在随后的几年里,杰尝试了一切办法来减轻自己的债务,但这笔钱仍然连本带利地滚到了五十万信用点,他的债主开始失去耐心,银行更是威胁要拿"蔚蓝之灵"号来抵债。在债务的层层重压下,濒临绝境的杰甚至一度动起了极端的念头——直到若望·罗孚特找上他为止。这位教授用五十万信用点的高价租下了"蔚蓝之灵"号六个月的使用权,并雇佣杰作为他的私人飞行员,随后,他们就乘着一艘租来的飞船来到了这颗代号MG77581A3,甚至连个正式名称都还没有的类木行星的轨道上,开始了教授那所谓的"调查活动"。

"六十千米!"若望·罗孚特的嗓门并不算高,但他的语气已经清楚地表明,他不会在这个问题上作出任何让步了。无论从哪个角度来看,头发灰白、身体硬朗、即将年满六十三岁的若望·罗孚特像军人的地方要远远超过像教授的地方。事实上,如果不是因为在十二年前的一次舰艇碰撞事故中意外负伤瘫痪,这位教授的肩膀上应该已经缀上至少一枚将星了。不过,因伤致残并没有磨损他作为军人的内在气质。在大多数时候,这位前邦联太空军中校似乎都将"蔚蓝之灵"号当作了他过去指挥的那艘弩级护航舰,而把杰当成了他手下的操舵士官。"注意控制速度,相对距离接近到九十千米后收帆,到七十五千米时启动前部引擎。照我说的做,不准废话!听明白没有?"

"明白,'长官'。"杰用尽可能讽刺的语气说出后一个词,但若望·罗孚特只是毫不在意地扬了扬花白的眉毛,同时以长官检查下属工作的挑剔态度看着杰逐一察看左下方的一连串仪表,为接下来的收帆工作进行准备——与那些被设计为在类地行星稀薄的大气层中飞行的穿梭机不同，追风者的穿梭机并不完全依赖化学能冲压式发动机提供飞行的动力。这些穿梭机的外形比一般穿梭机要扁平，翼展更宽，更适合滑翔，追风者在它们的机翼内安装了一系列由充气材料组成的、可以自由收放的减速伞状"风帆"，从而有效地利用类木行星大气层中永无休止的狂风作为飞行动力。一名技术娴熟的追风者可以利用这些帆顺着风向连续飞行十几个小时，而其间只需要让引擎短暂地开机几分钟。

不过，使用这些风帆所带来的潜在危险也与它所提供的便利不相上下：在收放充气风帆时，追风者的操作必须慎之又慎，任何微不足道的疏忽或者故障，都有可能让穿梭机因为丧失平衡而落入湍流，被席卷行星大气层的狂风撕得粉碎——或者更糟，直接栽进下方几百千米的液态氢海洋中。

值得庆幸的是，杰的这次收帆作业没有遇到任何麻烦：两块面积比"蔚蓝之灵"号的机翼还要大的充气风帆里填充的氦气很快就被排空，从当中裂成两半。几十根高强度合金缆绳在低沉的"窸窣"声中疾速收缩，在短短几秒钟里就将已经瘪下去的风帆收回到机翼下的舱室里。接着，杰以最快的速度调试了"蔚蓝之灵"号的六台冲压发动机，并启动了位于机首两侧的两台。伴着发动机运转的低沉嘶吼，两道高温气流尖声长啸着朝机首前方喷出，对抗着时速达到一千两百千米的可怕狂风。随着冲压发动机提供的推力变得越来越强，位于仪表板顶端液晶显示屏上的空速计示数也开始由最初的每小时一千两百千米直线下降，逐渐降到八百千米、六百千米、四百千米、两百千米……最后终于停在了每小时一百一十五千米——这正是那股风暴移动的速度。

"距离五十七千米，与目标的相对速度已经下降为零。"在念出这两个数字后，杰长长地呼出了一口气。在两年前的一次冒险中，他曾经在天王星表面接近到离一股气旋不足四十千米的地方，并在那儿连续拍摄了十分钟，但那股气旋的直径还不到眼前这股的一半，它周围的风力也要小得多。现在，这股巨大的气旋已经占据了"蔚蓝之灵"号透明座舱超过一半的视野，气旋暗褐色的表面在黯淡的阳光下散发着恍如世界末日般的强烈压迫感，即便是杰这种经验老到的追风者也会为之感到片刻的震撼——这是一种被埋葬般的恐惧，因为自身渺小而受到的震撼，是潜藏在人类基因深处但早已为大多数人所遗忘的、对于不可抗力的强大自然力的恐惧。

"教授，我们……呃……我是说……"他吞了口唾沫，"那个……电磁浮标已经……呃……已经准备就绪。"

"很好，启动电子浮标的仪器舱，五秒钟后发射第一枚。"若望·罗孚特的声音中听不出丝毫的恐惧或者惊愕——即使他真的产生了这种情绪，也已经被他仔细地掩盖了起来。不过话说回来，杰并不认为罗孚特教授有可能对眼前的气旋感到恐惧。毕竟，对一个参与过海恩γ星残酷的反暴乱作战、指挥护航舰分队镇压过新埃利斯暴动（不过，当地那些揭竿而起的移民后代坚持认为这是一场"起义"）、见惯了血与火的老人来说，一道无生命的气旋多半并没有什么可怕之处。毕竟，当年被邦联维和部队炸毁的新埃利斯太空港的体积和这道气旋也差不多大，而那里面可是有两万条活生生的人命……

"小子，你怎么了？没听到我的话吗？"若望·罗孚特用强健有力的手臂重重地拍了拍杰的肩膀，这才让他猛然回到现实，"我要你发射一枚电磁浮标，马上！"

"呃，是！"杰连忙点头，同时伸手按下了位于左手边的一块小型控制面板上的几个开关。在接手这份倒霉的工作之前，杰一直为"蔚蓝之灵"号宽敞、简洁，充满个性化情调的舒适座舱而感到自豪，但若望·罗孚特毫不留情地将这一切统统剥夺了。在租下"蔚蓝之灵"号之后，他拆除了座舱里的智能饮料机、小型冰柜、音乐播放器、自动化按摩装置和其他个性化设置，然后又粗暴地往里面塞进了一大堆棱角分明、散发着冰冷的金属气息与恶心的机油味的仪表设备，这些该死的设备把座舱占了个满满当当，让"蔚蓝之灵"号的座舱变得比20世纪的阿波罗飞船内部还要狭小。"一号电磁浮标已经准备就绪。"杰说道。

"发射！"罗孚特点了点头，示意杰按下仪表板上的红色发射钮。片刻之后，一道暗橙色的火光从"蔚蓝之灵"号的机腹下方直蹿而出，以近乎与地面（假如类木行星的液氢表面可以被称为"地面"的话）平行的角度向前飞去。尽管若望·罗孚特教授管"蔚蓝之灵"号携带的这些东西叫作"浮标"，但它们的结构其实与20世纪的老式探空火箭相去无几，一旦被发射出去，它们就会按照预先设定的路线绕着被选定为目标的气旋来回盘旋，并持续向气旋内部发射电磁脉冲信号，直到它们的火箭发动机的固体燃料耗尽为止。

在过去的整整两个星期里，杰的全部工作就是在这颗冰冷的类木行星大气层中追踪一个又一个被他的雇主认定为"具有研究价值"的气旋，并向它们发射这些所谓的"浮标"。杰并不知道这么做是为了什么，而他发射出去的那些"浮标"又有什么样的功能，若望·罗孚特也从未向他提起过。但杰可以确定的是，无论他的雇主打算用这些浮标达到什么目的，雇主肯定都还没有成功——他注意到，随着时间的推移，若望·罗孚特教授变得越来越暴躁易怒，也越来越缺乏耐心。而在这两天里，每当杰向气旋发射"浮标"时，这位生态学家都会在紧握双手的同时低声喃喃自语，似乎在祈祷着什么。

不过，无论若望·罗孚特在向哪个神祷告，他信奉的神灵多半都没有听到他的声音——还没等这枚电磁浮标接近目标，它就在空中撞上了一道仿佛凭空从阴影中浮出的小型气旋，在一片诡异的寂静中无声无息地炸成了一团渺小的火光。这团橘色火光只闪烁了短短一瞬，接着就被不断旋转的黑色云团吞噬了。

"该死的，是次生气旋。"杰朝着雷达屏幕上看了一眼，紧张地深吸了一口气——在极少数情况下，大型气旋附近会出现一个或多个与其沿着相同轨迹行进的小型气旋，就像跟随在鲨鱼身边的食腐鱼类一样。由于活动区域贴近大型气旋，这些次生气旋很难在远距离上被雷达、肉眼或者其他手段探测到，这使得它们在某些时候甚至比那些威力强大的大型气旋还要危险。"直径二点五到三千米，与我们的距离不到二十千米。就在一分钟前，我的雷达还没有发现它，这东西很有可能是刚刚形成的。"

"刚刚形成？"若望·罗孚特若有所思地说道，"有意思。"

"呃？"

"这或许不完全是个巧合……"生态学家继续说道，他的声音中既有疑惑与担忧，也有隐约的兴奋，就像是一个即将在全班同学面前听到自己的考试成绩被公布的优等生。"这很有可能是一个征兆——表明我们已经接近成功的征兆。我认为我们不应该放弃这次机会。继续前进！"

"什么？继续前进？"杰只觉得自己的下巴都要掉下来了，"你疯了吗，教授？继续前进？我们现在的位置已经相当危险了，再往前就是死路一条，更何况这周围还有次生气旋出现！如果愿意的话，你就把那该死的租金收回去吧，我是绝不会……"

手枪子弹上膛的清脆"咔嗒"声从杰的脑后传来，杰下意识地转过头去，发现一支银色的大口径手枪正抵在自己的太阳穴上。这支仿古柯尔特式点45手枪的套筒和握把上都镀着银，在枪身一侧镂刻着充满古典气息的跃马图案，这让它看上去更像是一件工艺品而非武器。但杰一点儿也不怀疑这东西的威力是否足够取人性命。"我们的合同里可没有这条……"他无力地抗议道。

"让那份愚蠢的合同见鬼去吧！小子，你马上就会成为人类科学史上又一个历史性时刻的见证人！"若望·罗孚特用半是激动半是不耐烦的语气命令道，"现在，前进！"

"你尽管开枪好了。"在说出这句话后，杰却感到了一种异样的平静，"现在就开枪啊，教授！你不会这么做的——也许你知道该怎么驾驶

'蔚蓝之灵'号，但没有我，你从这里逃出去的机会绝不会比赤身裸体地翻过喜马拉雅山的成功概率更大。来啊！"他大声地喊道，"如果你想要和你的奇迹来一次亲密接触，这可是个好机会！不是吗，教授？"

一秒钟后，杰听到了扣动扳机的声音。

我死了吗？

当淤泥般浓稠的黑暗从杰的大脑中渐渐退去后，他费力地睁开了仿佛有几十吨重的眼皮，伸手摸了摸后脑勺——他剃得干干净净的头皮在手掌下散发出一股微温的暖意，但并没有像他预料中那样出现一个鲜血淋漓的大洞。

"我还活着。"杰自言自语了一句，似乎是要确认这一事实。他发现自己正坐在"蔚蓝之灵"号驾驶舱的后座上，左臂被自己的体重压得有些发麻，一阵阵刺痒的感觉从后颈处传来，就像被蚊虫叮了一口——不，不对，"蔚蓝之灵"号上不可能有蚊子。难道……

"醒过来了，小子？"坐在前座操纵席上的若望·罗孚特用轻松的语气问道，"感觉怎么样？"

"该死的，你刚才对我做了什么？"

"没什么，只是让你暂时休息几分钟而已。"生态学家耸了耸肩，"你该不会以为我手上的是把真家伙吧？这年头，要找到一把货真价实的柯尔特手枪，简直比把手伸进邦联最高委员会主席的裤裆里还难。"

"那你刚才……"

"贝克尔麻醉飞镖，小孩子的玩意儿。"若望·罗孚特漫不经心地把那支"手枪"隔着椅背丢给了杰。尽管外观极为逼真，但当杰的手掌碰到这件"武器"的一瞬间，他就意识到这的确不是一把真枪——它的重量和邦联军队的制式装备 P-160 爆能手枪差不多，甚至更轻，完全没有几百年前的老式火药武器的笨重感，套筒和握把都透着塑料手感而非金属质感。

"我从一开始就估计到,你在关键时刻很可能会缺乏必要的勇气——当然,我不能在这一点上苛求你。毕竟,只有那些真正的科学家,那些将自己的全身心都投入自然的探索与理解,并愿意为了真理付出一切代价的人才能拥有这样的勇气,因此我不得不做一些……预防措施。"

"噢,好极了。"杰还想再说些什么,但麻药的效力似乎还没有完全散去,他的脑子仍然像一桶被搅拌过度的水泥一样一团混沌。他费力地揉着双眼,试图从座椅上站起来。但就在他抬起头的一瞬间,他的目光落在了座舱仪表板的雷达屏幕上。

"见鬼!"在看到雷达屏幕的一瞬间,杰像触电一样从座椅上跳了起来,险些一头撞上驾驶舱的顶部,"我……我……我们在……在……"

"噢,我知道。"生态学家用指节轻敲着雷达屏幕,发出了低沉而愉悦的笑声,"这让你感到相当惊讶吗,追风者?"

"没错。"杰下意识地咬紧了嘴唇——他原本以为自己在十岁之后就已经改掉了这个习惯。在雷达屏幕上,代表"蔚蓝之灵"号的冰蓝色菱形图案周围,分布着一大四小总共五个不太规则的灰绿色圆形——就像是漂浮在开水里的荷包蛋。这些圆形图像全都与"蔚蓝之灵"号保持着一段不算太长的距离——五千米左右。

一共有五个气旋。一股寒意从杰的脚底一直蹿到了天灵盖。作为一名老资格追风者,他迅速判断出了这些气旋的大小和强度——位于"蔚蓝之灵"号左前方的那个最大的影像,毫无疑问就是他们之前发现并接近的那个大型气旋,除此之外,在他们的正前方、左侧、左后和右后方也各有一个直径从一到四千米不等的小型气旋。这些气旋彼此之间靠得非常近,像一道围栏一样将"蔚蓝之灵"号围在了中间。当然,至少到目前为止,"蔚蓝之灵"号都还是安全的:所有气旋都保持着与这艘小小的穿梭机完全相同的移动速度与移动方向,从而维持着一种相对静止的状态。但只要有任何一个气旋的移动轨迹略微偏转几度……

"尽管放心吧，小子。"若望·罗孚特长满白色胡须的嘴角露出了一个得意的笑容，"你担心这些气旋会接近并毁掉我们？"他摇了摇头，突然将手中的操纵杆向左侧用力推去，雷达屏幕上的那个冰蓝色菱形图案立即掉转方向，一头冲向了最大的气旋。

"不——"恐惧将杰的惊叫声牢牢地冻在了他的喉咙里，但更加令人惊讶的一幕出现了：随着"蔚蓝之灵"号的接近，那道巨大的气旋也改变了移动轨迹，重新将双方间的距离拉开到了原先的宽度。接着，生态学家又操纵着"蔚蓝之灵"号依次转向其他气旋，结果完全一样：所有的气旋都在"蔚蓝之灵"号朝它们接近时自动躲开了，看上去就像是一群正在竭力躲避一只黄蜂的人。

"我成功了。看到了吗，小子？你知道这意味着什么吗？"若望·罗孚特缓缓拉动操纵杆，引导着"蔚蓝之灵"号回到了最初的航线上。杰沮丧地发现，这位前太空军舰长操纵穿梭机的水平虽然还比不上他，但也差不了多少。"看到了吗？它们会自动躲开我们，因为它们能感觉到我们的存在，并且以为我们是它们中的一员，而它们会与自己的同类保持距离。"若望·罗孚特得意地说。

"它们能……能感觉到我们？这是个比喻还是……"

"比喻？不，我刚才说的都是大实话，"生态学家答道，"这些气旋并不仅仅是一些旋转的气体和冰晶而已。它们是一个个有感知能力、有意识的整体！尽管无法确定，但我认为它们甚至有可能存在着某种程度上的智慧！"

"你的意思是，这些气旋是……是……是活的？"杰用难以置信的目光看着他的雇主，仿佛这个老人的脑袋上长出了角，腿上冒出了蹄子。这些气旋是有意识的？它们具有感知能力？"你在……开玩笑吧？"杰觉得匪夷所思。

"我是一名科学家，科学家在工作中不开玩笑。"若望·罗孚特用理所当然的陈述语气答道,"至于这些气旋是否有生命,那要看你对'生命'这个词的理解与定义了。如果按照最狭隘的碳基生命的定义——由有机物和水构成的一个或多个细胞组成的一类具有稳定的物质和能量代谢现象,能回应刺激,进行自我复制的半开放物质系统——这些气旋并不能算是生命体,但这并不代表它们就不能拥有感知与思维的能力。"

杰摇了摇头,说:"我……不太明白。"

"我可没说这很容易弄明白。"若望·罗孚特说道,"你对人脑的运作机制了解多少,小子?你知道人类意识的本质是什么吗?"

"了解得不是很多。"杰耸了耸肩,努力地回忆着自己在中学生物课上学过的那些知识,"嗯……意识是一种知觉、察觉或者感觉的状态,是一种理性的感知能力,而从本质上来讲,人类的意识源自特定的脑组织内通过化学反应所产生的生物电信号,但——"

"很好。"若望·罗孚特打断了他的话,"正如你所知道的,生物的感知能力在本质上是神经系统和脑组织内生物电信号作用的结果,但非生物电信号从理论上讲也能产生同样的效果——在两年前的一次调查活动中,我意外地发现某些类木行星上的气旋内部的带电粒子的分布状态,以及它们释放出的电磁辐射,会呈现出一种特别的……规律性。从某种意义上讲,这些带电粒子扮演着类似于脑细胞的角色,只不过它们不需要通过神经系统,而是依靠改变气旋局部区域的气体分子密度,来实现对'身体'的控制,并通过接收电磁辐射来感知外界事物并相互沟通。换句话说,只要你知道该在什么情况下发射哪一种电磁信号,就能与它们实现沟通。"

"所以你让我发射的那些电磁浮标……"

"它们装载的仪器舱会向这些气旋发射不同的信号,并记录它们的'答复'。"若望·罗孚特接着说道,"通过对这些'答复'的统计与分析,我就能逐步推导出气旋所使用的'单词'和'语法',最终弄懂它们的'语言'。"他猛地朝前伸出手臂,仿佛要与那道正在几千米外徘徊的气旋拥抱，"小子，你应该为我雇用了你而感到荣幸——我们是人类科学史上第一批成功与自然状态下的非生命智慧体实现互动的人。我们的成就将在史册上留下不可磨灭的……"

"当心！"杰突然喊道，"教授，快看！看雷达！"

"什么？"他的雇主连忙将目光转向了雷达屏幕，一秒钟后，他的面容因为惊讶而扭曲了——围绕着"蔚蓝之灵"号的五个气旋正在朝着屏幕的中心迅速移动，就像是正在合拢的五根巨大手指。

那是五根可以轻而易举地将他们碾成齑粉的手指！

"启动三到六号备用推进器！我们必须爬升！"杰声嘶力竭地吼道。但一切都已经太迟了——还没等他的雇主来得及在仪表板上找出启动备用推进器的按钮，一道由高压气体构成的云墙已经铺天盖地地包裹住了他们。

在强大的气压下，保护着"蔚蓝之灵"号驾驶舱的 Lt 级钛合金外壳只坚持了短短的几秒，然后就像包裹糖果的锡纸一样被轻而易举地撕成了碎块，舱内的空气从破裂的机体内喷涌而出，发出一阵阵叹息般的长啸……

世界变成了一片冰冷的黑暗。

那个可恶的东西终于被彻底摧毁了。

当那个物体的残片在行星引力的作用下脱离它致命的拥抱，纷纷扬扬地坠入下方冰冷的液氢海洋时，从该物体表面发出的电磁信号终于消失了，这让它感到如释重负——按照它的同胞们向它提供的信息，早在许多个日出之前，那个物体就开始骚扰它们了：这物体会接近它们，然后将一些体积更小的物体投射出去，用虚假的电磁信号来干扰它的同伴们对外界的感知，让它们感到不胜其扰。而现在，这个东西又找上了它，不但用同样的方式来骚扰它，甚至还明目张胆地试图伪装成它的一个同类……

不，用"试图"这个词汇描述这个东西的行为并不准确，它告诉自己。众所周知，在这个世界上，只有它和它的同类才是唯一具有意识、能够思考的存在，也只有它们才能有目的地去做某件事。尽管这个刚刚被它毁掉的东西似乎与它接触过的一切类似的固态物质——比如那些时不时从天空中落下的硅酸盐碎块和水冰——都不尽相同，但这东西显然也只是自然界无穷无尽的造物中的一种。它不知道这个物体为什么会接近它们，又是如何模拟出与它们相似的电磁信号的。但这一切都不重要，因为这东西只是一块无足轻重的、惹人厌烦的自然物质而已，否则还会是什么呢？

在摧毁那东西之后，它在原地停留了片刻，确认那个物体的残骸已经在行星表面强大的大气压力下被扭曲、压瘪，最终坠入黑暗冰冷的液氢海后，它心满意足地重新踏上了旅途。无论如何，在它的努力下，现在一切都已经恢复了正常，它确信，它的同胞们会为它的成功感到骄傲。

没错，它们肯定会的。

北京折叠

郝景芳

◆ 第74届雨果奖最佳中短篇小说奖获奖作品

◆ 第5届全球华语科幻星云奖最佳科幻短篇小说奖银奖获奖作品

1

清晨四点五十分，老刀穿过熙熙攘攘的步行街，去找彭蠡。

从垃圾站下班之后，老刀回家洗了个澡，换了衣服。白色衬衫和褐色裤子，这是他唯一一套体面衣服，衬衫袖口磨了边，他把袖子卷到胳膊肘。老刀四十八岁，没结婚，已经过了注意外表的年龄，又没人照顾起居，这一套衣服留着穿了很多年，每次穿一天，回家就脱了叠上。他在垃圾站上班，没必要穿得体面，偶尔参加谁家小孩的婚礼，才拿出来穿在身上。这一次他不想脏兮兮地见陌生人。他在垃圾站连续工作了五小时，很担心身上会有味道。

步行街上挤满了刚刚下班的人。拥挤的男人女人围着小摊子挑土特产，大声讨价还价。食客围着塑料桌子，埋头在酸辣粉的腾腾热气中，饿虎扑食一般，白色蒸汽遮住了脸。油炸的香味弥漫。货摊上的酸枣和核桃堆成山，腊肉在头顶摇摆。这个点是全天最热闹的时间，基本都收工了，忙碌了几个小时的人们都赶过来吃一顿饱饭，人声鼎沸。

老刀艰难地穿过人群。端盘子的伙计一边喊着"让让"，一边推开挡道的人，开出一条路来，老刀跟在后面。

彭蠡家在小街深处。老刀上楼，彭蠡不在家。老刀问邻居，邻居说他每天快到关门才回来，具体几点不清楚。

老刀有点儿担忧，看了看手表，清晨五点。

他回到楼门口等着。两旁狼吞虎咽的饥饿少年围绕着他。他认识其中两个，原来在彭蠡家见过一两次。少年每人面前摆着一盘炒面或炒粉，几个人分吃两个菜，盘子里一片狼藉，筷子仍在无望而锲而不舍地拨动，寻找辣椒丛中的肉星。老刀又下意识闻了闻小臂，不知道身上还有没有垃圾的腥味。周围的一切嘈杂而庸常，和每个清晨一样。

"哎，你们知道那儿一盘回锅肉多少钱吗？"那个叫小李的少年说。

"菜里有沙子。"另外一个叫小丁的胖少年突然捂住嘴说，他的指甲里还带着黑泥，"坑人啊。得找老板退钱！"

"人家那儿一盘回锅肉，就三百四。"小李说，"三百四！一盘水煮牛肉四百二呢。"

"什么玩意儿？这么贵。"小丁捂着腮帮子咕哝道。

另外两个少年对谈话没兴趣，还在埋头吃面，小李低头看着他们，眼睛似乎穿过他们，看到了某个看不见的地方，目光里有热切。

老刀的肚子也感觉到饥饿。他迅速转开眼睛，可是来不及了，那种感觉迅速席卷了他，胃的空虚像是一个深渊，让他身体微微发颤。他有一个月不吃清晨这顿饭了。一顿饭差不多一百元，一个月三千元，攒上一年就够糖糖两个月的幼儿园开销了。

他向远处看，城市清理队的车辆已经缓缓开过来了。

他开始做准备，若彭蠡一时再不回来，他就要考虑自己行动了。虽然会带来不少困难，但时间不等人，总得走才行。身边卖大枣的女人高声叫卖，不时打断他的思绪，洪亮的声音刺得他头疼。步行街一端，小摊子的老板们开始收拾，人群像被棍子搅动的池塘里的鱼，倏地一下散去。没人会在这时候和清理队较劲。老板们收拾得比较慢，清理队的车耐心地移动。步行街通常只能步行，但对清理队的车除外。谁若走得慢了，就被强行收拢起来。

这时彭蠡出现了。他剔着牙，敞着衬衫的扣子，不紧不慢地踱回来，不时打饱嗝。彭蠡六十多岁了，变得懒散不修边幅，两颊像沙皮狗一样耷拉着，让嘴角显得总是不满意地撇着。如果只看这副模样，不知道他年轻时的样子，会以为他只是个胸无大志只知道吃喝的尿包。但老刀很小的时候就听父亲讲过彭蠡的事。

老刀迎上前去。彭蠡看到他要打招呼，老刀却打断他："我没时间和你解释。我需要去第一空间，你告诉我怎么走。"

彭蠡愣住了，已经有十年没人跟他提过第一空间的事，他的牙签捏在手里，不知不觉掰断了。他有片刻没回答，见老刀实在有点儿急了，才拽着他向楼里走。"回我家说。"彭蠡说，"要走也从那儿走。"

在他们身后，清理队的车已经缓缓开了过来，像秋风扫落叶一样将人们扫回家。"回家啦，回家啦。转换马上开始了。"车上有人吆喝着。

彭蠡带老刀上楼，进屋。他的单人小房子和一般公租屋无异，六平方米房间，一个厕所，一个能做菜的角落，一张桌子，一把椅子，胶囊床铺，胶囊下是抽拉式箱柜，可以放衣服物品。墙面上有水渍和鞋印，没有任何修饰，只是歪斜着贴了几个挂钩，挂着夹克和裤子。进屋后，彭蠡把墙上的衣服、毛巾都取下来，塞到最靠边的抽屉里。转换的时候，什么都不能挂出来。老刀以前也住这样的单人公租房。一进屋，他就感觉到一股旧日的气息。

彭蠡直截了当地瞪着老刀："你不告诉我为什么，我就不告诉你怎么走。"

已经五点半了，还有半个小时。

老刀简单讲了事情的始末。从他捡到纸条瓶子，到他偷偷躲入垃圾道，到他在第二空间接到委托，再到他的行动。他没有时间描述太多，最好马上就走。

"你躲在垃圾道里？去第二空间？"彭蠡皱着眉，"那你得等二十四小时啊。"

"二十万元。"老刀说,"等一礼拜也值啊。"

"你就这么缺钱花?"

老刀沉默了一下。"糖糖还有一年多该去幼儿园了,"他说,"我来不及了。"

老刀去幼儿园咨询的时候,着实被吓到了。稍微好一点儿的幼儿园,在招生前两天,就有家长带着铺盖卷在幼儿园门口排队,两个家长轮着,一个吃喝拉撒,另一个坐在幼儿园门口等。就这么等上四十多个小时,还不一定能排进去。前面的名额早用钱买断了,只有最后剩下的寥寥几个名额分给苦熬排队的爹妈。这只是一般不错的幼儿园,更好一点儿的连排队都没用,从一开始就是用钱买机会。老刀本来没什么奢望,可是自从糖糖一岁半之后,就特别喜欢音乐,每次在外面听见音乐,她就小脸放光,跟着扭动身子,手舞足蹈。那个时候她特别好看。老刀对此毫无抵抗力,他就像被舞台上的灯光层层围绕着,只看到一片耀眼。无论付出什么代价,他都想送糖糖去一个能教音乐和跳舞的幼儿园。

彭蠡脱下外衣,一边洗脸,一边和老刀说话。说是洗脸,不过只是用水随便抹一抹。水马上就要停了,水流已经变得很小。彭蠡从墙上拽下一条脏兮兮的毛巾,随意蹭了蹭,又将毛巾塞进抽屉。他湿漉漉的头发显出油腻的光泽。

"你真是作死。"彭蠡说,"她又不是你闺女,犯得着吗?"

"别说这些了。快告诉我怎么走。"老刀说。

彭蠡叹了口气:"你可得知道,万一被抓着,可不只是罚款,得关上好几个月。"

"你不是去过好多次吗?"

"只有四次。第五次就被抓了。"

"那也够了。"

老刀要去第一空间送一样东西，送到了就挣十万元，带来回信能挣二十万元。这不过是冒违规的大不韪，只要路径和方法对，被抓住的概率并不大，挣的却是实实在在的钞票。他不知道有什么理由拒绝。他知道彭蠡年轻的时候为了几笔风险钱，曾经偷偷进入第一空间好几次，贩卖私酒和烟。他知道这条路能走。

五点四十五分。他必须马上走了。

彭蠡又叹了口气，知道劝也没用。他已经上了年纪，对事懒散倦怠了，但他明白，自己在五十岁前也会和老刀一样。那时他什么都不在乎。他把老刀带到窗口，向下指向一条被阴影覆盖的小路。

"从我房子底下爬下去，顺着排水管，毡布底下有我原来安上去的脚蹬，身子贴得足够紧了就能避开摄像头。从那儿过去，沿着阴影爬到边上。你能摸着也能看见那道缝。沿着缝往北走。一定得往北。千万别错了。"

彭蠡接着解释了爬过土地的诀窍。要借着升起的势头，从升高的一侧沿截面爬过五十米，到另一侧地面，爬上去，然后向东，那里会有一丛灌木，在土地合拢的时候可以抓住并隐藏自己。老刀没有听完，就已经将身子探出窗口，准备向下爬了。

彭蠡帮老刀爬出窗子，扶着老刀踩稳了窗下的踏脚。彭蠡突然停下来。"说句不好听的。"他说，"我还是劝你最好别去。那边可不是什么好地儿，去了之后没别的，只能感觉自己的日子有多没劲。"

老刀的脚正在向下试探，身子还扒着窗台。"没事。"他说得有点儿费劲，"我不去也知道自己的日子有多没劲。"

"好自为之吧。"彭蠡最后说。

老刀顺着彭蠡指出的路径快速向下爬。脚蹬的位置非常舒服。他看到彭蠡在窗口的身影，彭蠡点了根烟，非常大口地快速抽了几口，又掐了。彭蠡一度从窗口探出身子，似乎想说什么，但最终还是缩了回去。窗子关上了,发着幽幽的光。老刀知道,彭蠡会在转换前最后一分钟钻进胶囊,和整个城市数千万人一样,受胶囊定时释放出的气体催眠,陷入深深的睡眠,身子随着世界颠来倒去,头脑却一无所知,一睡就是整整四十个小时,到次日晚上再睁开眼睛。彭蠡已经老了,他终于和这个世界其他五千万人一样了。

老刀用自己最快的速度向下,一蹦一跳,在离地足够近的时候纵身一跃,匍匐在地上。彭蠡的房子在四层,离地不远。老刀爬起身,沿高楼在湖边投下的阴影奔跑。他能看到草地上的裂隙,那是翻转的地方。还没跑到那里,他就听到身后在压抑中轰鸣的"隆隆"声和偶尔清脆的"嘎啦"声。老刀转过头,高楼被拦腰截断,上半截正从天上倒下,缓慢却不容置疑地压迫过来。

老刀被震住了,怔怔看了好一会儿。他跑到缝隙,伏在地上。

转换开始了。这是二十四小时周期的分隔时刻。整个世界开始翻转。钢筋、砖块合拢的声音连成一片,像出了故障的流水线。高楼收拢合并,折叠成立方体。霓虹灯、店铺招牌、阳台和附加结构都被吸收入墙体,贴成楼的肌肤。每一寸空间都被见缝插针地占满。

大地在升起。老刀观察着地面的走势,来到缝隙的边缘,又随着缝隙的升起不断向上爬。他手脚并用,从大理石铺就的地面边缘起始,沿着泥土的截面,抓住土里埋藏的金属断茬,最初是向下,用脚试探着退行,很快,随着整块土地的翻转,他被带到空中。

老刀想到前一天晚上城市的样子。

当时他从垃圾堆中抬起眼睛,警觉地听着门外的声音。周围发酵腐烂的垃圾散发出刺鼻的气息,带着一股发腥的甜腻味。他倚在门前。铁门外的世界在苏醒。

当铁门掀开的缝隙透入第一道街灯的黄色光芒,他俯下身去,从缓缓

风暴之心　157

扩大的缝隙中钻出。街上空无一人，高楼灯光逐层亮起，附加结构从楼两侧探出，向两旁一节一节伸展，门廊从楼体内延伸，房檐沿轴旋转，缓缓落下，楼梯降落延伸到马迷途上。步行街的两侧，一个又一个黑色立方体从中间断裂，向两侧打开，露出其中货架的结构。立方体顶端伸出招牌，连成商铺的走廊，两侧的塑料棚向头顶延伸闭合。街道空旷得如同梦境。

霓虹灯亮了，商铺顶端闪烁的小灯打出新疆大枣、东北拉皮、上海烤麸和湖南腊肉的字样。

整整一天，老刀头脑中都忘不了这一幕。他在这里生活了四十八年，还从来没有见过这一切。他的日子总是从胶囊起，至胶囊终，在脏兮兮的餐桌和被争吵萦绕的货摊之间穿行。这是他第一次看到世界纯粹的模样。

每个清晨，如果有人从远处观望——就像大货车司机在高速北京入口处等待时那样——他会看到整座城市的伸展与折叠。

清晨六点，司机们总会走下车，站在高速边上，揉着经过一夜潦草睡眠而昏沉的眼睛，打着哈欠，相互指点着望向远处的城市中央。高速截断在七环之外，所有的翻转都在六环内发生。不远不近的距离，就像遥望西山或是海上的一座孤岛。

晨光熹微中，一座城市折叠自身，向地面收拢。高楼像最卑微的仆人，弯下腰，让自己低声下气切断身体，头碰着脚，紧紧贴在一起，然后再次断裂弯腰，将头顶和手臂扭曲弯折，插入空隙。高楼弯折之后重新组合，蜷缩成致密的巨大魔方，密密匝匝地聚合到一起，陷入沉睡。然后地面翻转，小块小块土地围绕其轴，一百八十度翻转到另一面，将另一面的建筑楼宇露出地表。楼宇由折叠中站立起身，在灰蓝色的天空中像苏醒的兽类。城市孤岛在橘黄色晨光中落位、展开、站定，腾起弥漫的灰色苍云。

司机们就在困倦与饥饿中欣赏这一幕无穷循环的城市戏剧。

2

　　折叠城市分为三层空间。大地的一面是第一空间,五百万人口,生存时间是从清晨六点到第二天清晨六点。空间休眠,大地翻转。翻转后的另一面是第二空间和第三空间。第二空间生活着两千五百万人,从次日清晨六点到夜晚十点,第三空间生活着五千万人,从夜晚十点到清晨六点,然后大地再翻转回到第一空间。时间经过了精心规划和最优分配,小心翼翼隔离,五百万人享用二十四小时,七千五百万人享用另外二十四小时。

　　大地的两侧重量并不均衡,为了平衡这种不均,第一空间的土地更厚,土壤里埋藏配重物质。人口和建筑的失衡用土地来换。第一空间居民也因而认为自身的底蕴更厚。

　　老刀从小生活在第三空间。他知道自己的日子是什么样,不用彭蠡说他也知道。他是个垃圾工,做了二十八年垃圾工,在可预见的未来还将一直做下去。他还没找到可以独自生存的意义和最后的怀疑主义。他仍然在卑微生活的间隙占据一席。

　　老刀生在北京城,父亲就是垃圾工。据父亲说,他出生的时候父亲刚好找到这份工作,为此庆贺了整整三天。父亲本是建筑工,和数千万其他建筑工一样,从四方涌到北京寻工作,这座折叠城市就是父亲和其他人一起亲手建的。一个区一个区改造旧城市,像白蚁漫过木屋一样啃噬昔日的屋檐门槛,再把土地翻起,建筑全新的楼宇。他们埋头斧凿,用累累砖块将自己包围在中间,抬起头来也看不见天空,沙尘遮挡视线,他们不知晓自己建起的是怎样的恢宏。直到建成的日子,高楼如活人一般站立而起,他们才像惊呆了一样四处奔逃,仿佛自己生下了一个怪胎。奔逃之后,镇静下来，他们又意识到未来生存在这样的城市会是怎样一种殊荣，便继续辛苦摩擦手脚，低眉顺眼，勤恳辛劳，寻找各种存留下来的机会。据说城市建成的时候，有八千万想要寻找工作留下来的建筑工，最后能留下来的，不过两千万。

垃圾站的工作能找到也不容易，虽然只是垃圾分类处理，但还是层层筛选，要有力气有技巧，能分辨能整理，不怕辛苦不怕恶臭，不对环境挑三拣四。老刀的父亲靠强健的意志在汹涌的人流中抓住机会的细草，待人潮退去，留在干涸的沙滩上，抓住工作机会，低头俯身，艰难浸在人海和垃圾混合的酸朽气味中，一干就是二十年。他既是这座城市的建设者，也是这座城市的居住者和分解者。

老刀出生时，折叠城市才建好两年，他从来没去过其他地方，也没想过要去其他地方。他上了小学、中学，考了三年大学，没考上，最后还是做了垃圾工。他每天上五个小时班，从夜晚十一点到清晨四点，在垃圾站和数万同事一起，快速而机械地用双手处理废物垃圾，将第一空间和第二空间传来的生活碎屑分类转化为可利用的材质，再丢入再处理的熔炉。他每天面对垃圾传送带上如溪水涌出的残渣碎片，从塑料碗里抠去吃剩的菜叶，将破碎酒瓶拎出，把带血的卫生巾后面未受污染的一层薄膜撕下，丢入可回收的有着绿色条纹的圆筒。他们就这么干着，以速度换生命，以数量换取薄如蝉翼的仅有的奖金。

第三空间有两千万垃圾工，他们是夜晚的主人。另外三千万人靠贩卖衣服、食物、燃料和保险过活，但绝大多数人心知肚明，垃圾工才是第三空间繁荣的支柱。每每在繁花似锦的霓虹灯下漫步，老刀就觉得头顶都是食物残渣构成的彩虹。这种感觉他没法和人交流，年轻一代不喜欢做垃圾工，他们千方百计在舞厅里表现自己，希望能找到一个打碟或伴舞的工作。在服装店做一个店员也是好的选择，手指只拂过轻巧衣物，不必在泛着酸味的腐烂物中寻找塑料和金属。少年们已经不那么恐惧生存，他们更在意外表。

老刀并不嫌弃自己的工作，但他去第二空间的时候，非常害怕被人嫌弃。

那是前一天清晨的事。他捏着小纸条，偷偷从垃圾道里爬出，按地址找到写纸条的人。第二空间和第三空间的距离没那么远，它们都在大地的同一面，只是不同时间出没。转换时，一个空间高楼折起，收回地面，另一个空间高楼从地面中节节升高，踩着前一个空间的楼顶作为地面。唯一的差别是楼的密度。他在垃圾道里躲了一昼夜才等到空间敞开。他第一次到第二空间。他并不紧张，唯一担心的是身上腐坏的气味。

所幸秦天是宽容大度的人。也许他早已想到自己将招来什么样的人，当小纸条放入瓶中的时候，他就知道自己将面对的是谁。

秦天很和气，一眼就明白了老刀前来的目的，将他拉入房中，给他热水洗澡，还给他一件浴袍换上。"我只有依靠你了。"秦天说。

秦天是研究生，住学生公寓。一套公寓四个房间，四个人一人一间，一个厨房两个厕所。老刀从来没在这么大的厕所洗过澡。他很想多洗一会儿，将身上的气味好好冲一冲，但又担心将澡盆弄脏，不敢用力搓动。墙上喷出泡沫的时候他吓了一跳，热蒸汽烘干也让他不适应。洗完澡，他拿起秦天递过来的浴袍，犹豫了很久才穿上。他把自己的衣服洗了，又洗了厕所盆里随意扔着的几件衣服。生意是生意，他不想欠人情。

秦天要送礼物给他相好的女孩子。他们在工作中认识，当时秦天有机会去第一空间的联合国经济司实习，她也在那边实习。可惜只有一个月，回来就没法再去了。他说她生在第一空间，家教严格，父亲不让她交往第二空间的男孩，所以他不敢用官方通道寄东西给她。他对未来充满乐观，等他毕业就去申请联合国新青年项目，如果能入选，就也能去第一空间工作。他现在研一，还有一年毕业。他心急如焚，想她想得发疯。他给她做了一个项链坠，能发光的材质，透明的，玫瑰花造型，作为他的求婚信物。

"我当时是在一个专题研讨会，就是上回讨论联合国国债那个会，你应该听说过吧？就是那个……Anyway（无论如何），我当时一看，啊……立刻跑过去跟她说话，她给嘉宾引导座位，我也不知道应该说点儿什么，就在她身后走过来又走过去。最后我假装要找同传，让她带我去找。她特温柔，说话细声细气的。我压根儿就没追过姑娘，特别紧张……我们俩好了之后有一次说起这件事……你笑什么？……对，我们是好了……"秦天也笑了，有点儿不好意思，"是真的。你不信吗？是。连我自己也不信。你说她会喜欢我吗？"

"我不知道啊。"老刀说，"我又没见过她。"

这时，秦天同屋的一个男生凑过来，笑道："大叔，您这么认真干吗？这家伙哪是问你，他就是想听人说'你这么帅，她当然会喜欢你'。"

"她很漂亮吧？"

"我跟你说，也不怕你笑话。"秦天在屋里走来走去，"你见到她就知道什么叫清雅绝伦了。"

秦天突然顿住了，不说了，陷入回忆。他想起依言的嘴，他最喜欢的就是她的嘴，那么小小的、莹润的，下嘴唇饱满，带着天然的粉红色。她的脖子也让他动心，虽然有时瘦得露出筋，但线条是纤直而好看的，皮肤又白又细致。

秦天的同学叫张显，开始和老刀聊天，聊得很欢。

张显问老刀第三空间的生活如何，又说他自己也想去第三空间住一段。他听人说，如果将来想往上爬，有过第三空间的管理经验是很有用的。现在几个当红的人物，当初都是先到第三空间做管理者，然后才升到第一空间。若是停留在第二空间，就什么前途都没有，就算当个行政干部，一辈子级别也高不了。他将来想要进政府，已经想好了路。不过他说他现在想先挣两年钱再说，去银行来钱快。他见老刀的反应很迟钝，几乎不置可否，以为老刀厌恶这条路，就忙不迭地又加了几句解释。

"现在政府太混沌了，做事太慢，僵化，体系也改不动。"他说，"等我将来有了机会，我就推快速工作作风改革。干得不行就滚蛋。"他看老刀还是没说话，又说："选拔也要放开。也向第三空间放开。"

老刀没回答。他其实不是厌恶，只是不大相信。

张显一边跟老刀聊天，一边对着镜子打领带，喷发胶。他已经穿好了浅蓝色条纹的衬衫，戴上了亮蓝色领带。喷发胶的时候，他一边闭着眼睛皱着眉毛避开喷雾，一边吹口哨。

张显夹着包走了，去银行实习。秦天说着话也要走。他还有课，要上到下午四点。临走前，他当着老刀的面把五万元定金从网上转到老刀卡里，说好了剩下的钱等他送到再付。老刀问他这笔钱是不是攒了很久，看他是学生，如果拮据，少要一点儿也可以。秦天说没事，他现在实习，给金融咨询公司打工，一个月差不多十万元。这也就是两个月工资，还出得起。老刀一个月一万元标准工资，他看到了差距，但他没有说。秦天要老刀务必带回信回来，老刀说试试。秦天给老刀指了吃喝的所在，叫他安心在房间里等转换。

老刀从窗口看向街道。他很不适应窗外的日光。太阳居然是淡白色的，不是黄色的。日光下的街道也显得宽阔，老刀不知道是不是错觉，这街道看上去有第三空间的两倍宽。楼并不高，比第三空间的矮很多。路上的人很多，匆匆忙忙都在急着赶路，不时有人小跑着想穿过人群，前面的人就也加起速，穿过路口的时候，所有人都像是小跑着。大多数人穿得整齐，男孩子穿西装，女孩子穿衬衫和短裙，脖子上围巾低垂，手里拎着线条硬朗的小包，看上去精干。街上汽车很多，在路口等待的时候，不时有看车的人从车窗伸出头，焦急地向前张望。老刀很少见到这么多车，他平时习惯了磁悬浮，挤满人的车厢从身边加速，"呼呼"一阵风。

中午十二点的时候，走廊里一阵声响。老刀从门上的小窗向外看。楼道地面化为传送带开始滚动，将各屋门口的垃圾袋推入尽头的垃圾道。楼道里腾起雾，化为密实的肥皂泡沫，飘飘忽忽地沉降，然后是一阵水，水过了又一阵热蒸汽。

背后突然有声音，吓了老刀一跳。老刀转过身，发现公寓里还有一个男生，他刚从自己房间里出来。男生面无表情，看到老刀也没有打招呼。他走到阳台旁边的一台机器旁边，点了点，机器里传出"咔咔、唰唰、轰轰嚓"的声音，一阵香味飘来，男生端出一盘菜又回了房间。从他半开的门缝看过去，男孩坐在地上的被子和袜子中间，瞪着空无一物的墙，一边吃一边"咯咯"地笑。他不时用手推一推眼镜。他吃完把盘子放在脚边，站起身，同样对着空墙做击打动作，费力气顶住某个透明的影子，偶尔来一个背摔，气喘吁吁。

老刀对第二空间最后的记忆是街上撤退时的优雅。从公寓楼的窗口望下去，一切都带着令人羡慕的秩序感。晚上九点十五分开始，街上一间间卖衣服的小店开始关灯，聚餐之后的人们面色红润，相互告别。然后所有人回楼，世界蛰伏。

夜晚十点到了。他回到他的世界，回去上班。

3

第一空间和第三空间之间没有连通的垃圾道，第一空间的垃圾经过一道铁闸，运到第三空间之后，铁闸迅速合拢。老刀不喜欢从地表翻越，但他没有办法。

他在呼啸的风中爬过翻转的土地，抓住每一寸零落的金属残渣，找到身体和心理的平衡，最后匍匐在离他最遥远的一重世界的土地上。他被攀爬弄得头昏脑涨，胃也不舒服。他忍住呕吐，在地上趴了一会儿。

当他爬起身的时候，天亮了。

老刀从来没有见过这样的景象。太阳缓缓升起，天边是深远而纯净的蓝，蓝色下沿是橙黄色，有斜向上的条状薄云。太阳被一处屋檐遮住，屋檐显得异常黑，屋檐背后明亮夺目。太阳升起时，天的蓝色变浅了，但是更宁静透彻。老刀站起身，向太阳的方向奔跑。他想要抓住那道褪去的金色。蓝天中能看见树枝的剪影。他的心狂跳不已。他从来不知道太阳升起竟然如此动人。

他跑了一段路，停下来，冷静了。他站在街道中央。路的两旁是高大树木和大片草坪。他环视四周，目力所及，远远近近都没有一座高楼。他迷惑了，不确定自己是不是真的到了第一空间。他能看见两排粗壮的银杏。

他又退回几步，看着自己跑来的方向。街边有一个路牌。他打开手机里存的地图，虽然没有第一空间动态图权限，但有事先下载的静态图。他找到了自己的位置和他要去的地方。他刚从一座巨大的园子里奔出来，翻转的地方就在园子的湖边。

老刀在万籁俱寂的街上跑了一千米，很容易找到了要找的小区。他躲在一丛灌木背后，远远地望着那座漂亮的房子。

八点三十分，依言出来了。

她像秦天描述的一样清秀，只是没有那么漂亮。老刀早就能想到这点。不会有任何女孩长得像秦天描述的那么漂亮。他明白了为什么秦天着重讲她的嘴。她的眼睛和鼻子很普通，只是比较秀气，没什么好讲的。她的身材还不错，骨架比较小，虽然高，但看上去很纤细。她穿了一条乳白色连衣裙，有飘逸的裙摆，腰带上有珍珠。她还搭配了一双黑色高跟皮鞋。

老刀悄悄走上前去。为了不吓到她，他特意从正面走过去，离得远远地就鞠了一躬。

她站住了，惊讶地看着他。

老刀走近了，说明来意，将包裹着情书和项链坠的信封从怀里掏出来。她的脸上滑过一丝惊慌，小声说："你先走，我现在不能和你说。"

"呃……我其实没什么要说的。"老刀说，"我只是送信的。"

她不接，双手紧紧地交握着，只是说："我现在不能收。你先走。我是说真的，拜托了，你先走好吗？"她说着，低头从包里掏出一张名片，"中午到这里找我。"

老刀低头看看，名片上写着一个银行的名字。

"十二点。到地下超市等我。"她又说。

老刀看得出她过分的不安，于是点头收起名片，回到刚才藏身的灌木丛后，远远地观望着。很快，又有一个男人从房子里出来，到她身边。男人看上去和老刀年龄相仿，或者年轻两岁，穿着一套很合身的深灰色西装，身材高而宽阔，虽没有突出的肚子，但是整个身体很厚。男人的脸无甚特色，戴眼镜，圆脸，头发向一侧梳得整齐。

男人搂住依言的腰，吻了她一下。依言想躲，但没躲开，颤抖了一下，手挡在身前显得非常勉强。

老刀开始明白了。

一辆小车开到房子门前。单人双轮小车，黑色、敞篷，就像电视里看到的古代的马车或黄包车，只是没有马拉，也没有车夫。小车停下，歪向前，依言踏上去，坐下，拢住裙子，让裙摆均匀覆盖膝盖，散到地上。小车缓缓开动了，就像有一匹看不见的马拉着。依言坐在车里，小车缓慢而波澜不惊地行驶。等依言离开，一辆无人驾驶的汽车开过来，男人上了车。

老刀在原地来回踱着步子。他觉得有些东西非常憋闷，但又说不出来。他站在阳光里，闭上眼睛，清晨蓝天下清凛干净的空气沁入他的肺。空气给他一种冷静的安慰。

片刻之后，他才上路。依言给的地址在她家东面，三千米多一点儿。街上人很少。八车道的宽阔道路上行驶着零星车辆，快速经过，让人看不清车的细节。偶尔有身着华服的女人乘坐着双轮小车缓缓飘过他身旁。小车沿步行街前行，像一场时装秀，车里的女人端坐着，姿态优美。没有人注意到老刀。绿树摇曳，树叶下的林荫路留下长裙的气味。

依言的办公地在西单某处。这里完全没有高楼，只是围绕着一座花园有零星分布的小楼，楼与楼之间的联系气若游丝，几乎看不出它们是一体。走到地下，才看到相连的通道。

老刀找到超市。时间还早。一进入超市，就有一辆小车跟上他，每次他停留在货架旁，小车上的屏幕上就显示出这件货物的介绍、评分和同类货物质量的比较。超市里的东西都写着他看不懂的文字。食物包装精致，小块糕点和水果用诱人的方式摆在盘里，等人自取。他没有触碰任何东西，仿佛它们是危险的动物。整个超市似乎并没有警卫或店员。

还不到十二点，顾客就多了起来。有穿西装的男人走进超市，取三明治，在门口刷一下就匆匆离开。还是没有人特别注意老刀。他在门口不起眼的位置等着。

依言出现了。老刀迎上前去，依言看了看左右，没说话，带他去了隔壁的一家小餐厅。两个穿格子裙的小机器人迎上来，接过依言手里的小包，又带他们到位子上，递上菜单。依言在菜单上按了几下，小机器人转身，平稳地滑回了后厨。

两个人面对面坐了片刻，老刀又掏出信封。

依言却没有接："……你能听我解释一下吗？"

老刀把信封推到她面前："你先收下这个。"

依言推回给他。

"你先听我解释一下行吗？"依言又说。

"你没必要跟我解释。"老刀说，"信不是我写的。我只是送信而已。"

"可是你回去要告诉他的。"依言低了低头。小机器人送上了两个小盘子，一人一份，是某种红色的生鱼片，薄薄两片，摆成花瓣的形状。依言没有动筷子，老刀也没有。信封被小盘子隔在中央，两个人谁也没再推，"我不是背叛他。去年他来的时候我就已经订婚了。我也不是故意瞒他或欺骗他，或者说……是的，我骗了他，但那是他自己猜的。他见到吴闻来接我，就问是不是我爸爸。我……我没法回答他。你知道，那太尴尬了。我……"

依言说不下去了。

老刀等了一会儿说："我不想追问你们之前的事。你收下信就行了。"

依言低头好一会儿又抬起来："你回去以后，能不能替我瞒着他？"

"为什么？"

"我不想让他以为我是坏女人耍他。其实我心里是喜欢他的。我也很矛盾。"

"这些和我没关系。"

"求你了……我是真的喜欢他。"

老刀沉默了一会儿，他需要做一个决定。

"可是你还是结婚了？"他问她。

"吴闻对我很好。好几年了。"依言说，"他认识我爸妈。我们订婚也很久了。况且……我比秦天大三岁，我怕他不能接受。秦天以为我是实习生。这点也是我不好，我没说实话。最开始只是随口说的，到后来就没法改口了。我真的没想到他是认真的。"

依言慢慢透露了她的信息。她是这个银行的总裁助理，已经工作两年多了，只是被派往联合国参加培训，赶上那次会议，就帮忙参与了组织。她不需要上班，老公挣的钱足够多，可她不希望总是一个人待在家里，才出来上班，每天只工作半天，拿半薪，其余的时间自己安排，可以学一些东西。她喜欢学新东西，喜欢认识新人，也喜欢联合国培训的那几个月。她说像她这样的太太很多，半职工作也很多。中午她下了班，下午会有另一个太太去做助理。她说虽然对秦天没有说实话，可是她的心是真诚的。

"所以……"她给老刀夹了新上来的热菜,"你能不能暂时不告诉他?等我……有机会亲自向他解释可以吗?"

老刀没有动筷子。他很饿,可是他觉得这时不能吃。

"可是这等于说我也得撒谎。"老刀说。

依言回身将小包打开,将钱包取出来,掏出五张一万元的纸币推给老刀:"一点儿心意,你收下。"

老刀愣住了。他从来没见过一万元钱的纸钞。他生活里从来不需要花这么大的面额。他不自觉地站起身,感到恼怒。依言推出钱的样子就像是早预料到他会讹诈,这让他受不了。他觉得自己如果拿了,就是接受贿赂,将秦天出卖了。虽然他和秦天并没有任何结盟关系,但他觉得自己在背叛他。老刀很希望自己这个时候能将钱扔在地上,转身离去,可是他做不到这一步。他又看了几眼那几张钱,五张薄薄的纸散开摊在桌子上,像一把破扇子。他能感觉它们在他体内产生的力量。它们是淡蓝色的,和一千元的褐色与一百元的红色都不一样,显得更加幽深遥远,像是在挑逗他。他几次想再看一眼就离开,可是一直没做到。

她仍然匆匆翻动小包,前前后后都翻了,最后从一个内袋里又拿出五万元,和刚才的钱摆在一起。"我只带了这么多,你都收下吧。"她说,"你帮帮我。其实我之所以不想告诉他,也是不确定以后会怎么样。也许我有一天真的会有勇气和他在一起呢?"

老刀看看那十张纸币,又看看她。他觉得她并不相信自己的话,她的声音充满迟疑,出卖了她的心。她只是将一切都推到将来,以消解此时此刻的难堪。她很可能不会和秦天私奔,可是也不想让他讨厌她,于是留着可能性,让自己好过一点儿。老刀能看出她骗她自己,可是他也想骗自己。他对自己说,他对秦天没有任何义务,秦天只是委托他送信,他把信送到了,现在这笔钱是另一项委托,保守秘密的委托。他又对自己说,也许她和秦天将来真的能在一起也说不定,那样就是成人之美。他还说,想想糖糖，为什么去管别人的事而不管糖糖呢？他似乎安定了一些，手指不知不觉触到了钱的边缘。

"这钱……太多了。"他给自己一个台阶下，"我不能拿这么多。"

"拿着吧，没事。"她把钱塞到他手里，"我一个礼拜就挣出来了。没事的。"

"……那我怎么跟他说？"

"你就说我现在不能和他在一起，但是我真的喜欢他。我给你写个字条，你帮我带给他。"依言从包里找出一个画着孔雀、绣着金边的小本子，轻盈地撕下一张纸，低头写字。她的字看上去像倾斜的芦苇。

最后，老刀离开餐厅的时候，又回头看了一眼。依言的眼睛注视着墙上的一幅画。她的姿态静默优雅，看上去就像永远都不会离开这里似的。

他用手捏了捏裤子口袋里的纸币。他讨厌自己，可是他想把纸币抓牢。

4

老刀从西单出来，依原路返回。重新走早上的路，他觉得倦意丛生，一步也跑不动了。宽阔的步行街两侧是一排垂柳和一排梧桐，正是晚春，都是鲜亮的绿色。他让暖意丛生的午后阳光照亮僵硬的面孔，也照亮空乏的心底。

他回到早上离开的园子，赫然发现园子里来往的人很多。园子外面两排银杏树庄严茂盛。园门口有黑色小汽车驶入。园里的人多半穿着材质顺滑、剪裁合体的西装，也有穿黑色中式正装的，看上去都有一番眼高于顶的气质。这其中也有外国人。他们有的正在和身边人讨论什么，有的远远地相互打招呼，笑着携手向前走。

老刀犹豫了一下要到哪里去，街上人很少，他一个人站着极为显眼，去公共场所又容易被注意，他很想回到园子里，早一点儿找到转换地，到一个没人的角落睡上一觉。他太困了，又不敢在街上睡。他见出入园子的车辆并无停滞，就也尝试着向里走。直到走到园门边上，他才发现有两个小机器人左右巡查。其他人和车走过都毫无问题，到了老刀这里，小机器人忽然发出"嘀嘀"的叫声，转着轮子向他驶来，声音在宁静的午后显得刺耳。园里人的目光汇集到他身上。他慌了，不知道是不是自己的衬衫太寒酸。他尝试着低声对小机器人说话，说他的西装落在里面了，可是小机器人只是"嘀嘀嗒嗒"地叫着，头顶红灯闪烁，什么都不听。园里的人们停下脚步看着他，像是看到小偷或奇怪的人。很快，从最近的建筑中走出三个男人，步履匆匆地向他们跑过来。老刀紧张极了，他想退出去，已经太晚了。

"出什么事了？"领头的人高声询问着。

老刀想不出解释的话，手下意识地搓着裤子。

一个三十几岁的男人走在最前面，一到跟前就用一个纽扣一样的小银盘上上下下地晃，手的轨迹围绕着老刀。男人用怀疑的眼神打量他，像试图用罐头刀撬开他的外壳。

"没记录。"男人将手中的小银盘向身后更年长的男人示意，"带回去吧？"

老刀突然向后跑，向园外跑。

可没等他跑出去，两个小机器人就已悄无声息地挡在他面前，扣住他的小腿。它们的手臂是箍，轻轻一扣就合上。他一下子踉跄了，差点儿摔倒又摔不倒，手臂在空中无力地折腾。

"跑什么？"年轻男人严厉地走到他面前，瞪着他的眼睛。

"我……"老刀的头脑"嗡嗡"响。

两个小机器人将他的两条小腿扣紧，抬起，放在它们轮子边上的平台上，然后异常同步地向最近的房子驶去，平稳迅速，保持并肩，从远处看上去，或许会以为老刀脚踩风火轮。老刀毫无办法，除了心里暗喊一声糟糕，简直没有别的话说。他懊恼自己如此大意，人这么多的地方，怎么可能没有安全保障？他责怪自己是困倦得昏了头，竟然在这样大的安全关节上犯如此低级的错误。这下一切完蛋了，他想，钱都没了，还要坐牢。

小机器人从小路绕向建筑后门，在后门的门廊里停下来。三个男人跟了上来。年轻男人和年长男人似乎就老刀的处理问题起了争执，但他们的声音很低，老刀听不见。片刻之后，年长男人走到他身边，将小机器人解锁，然后拉着他的大臂走上二楼。

老刀叹了一口气，横下一条心，觉得事到如今，只好认命。

年长者带他进入一个房间。他发现这是一个旅馆房间，非常大，比秦天的公寓客厅还大，似乎有自己租的房子两倍大。房间的色调是暗沉的金褐色，一张极宽大的双人床摆在中央。床头背后的墙面上是颜色过渡的抽象图案。落地窗，白色半透明纱帘，窗前是一个小圆桌和两张沙发。他心里惴惴不安，不知道年长者的身份和态度。

"坐吧，坐吧。"年长者拍拍他肩膀，笑笑，"没事了。"

老刀狐疑地看着他。

"你是第三空间来的吧？"年长者把他拉到沙发边上，伸手示意。

"您怎么知道？"老刀无法撒谎。

"从你裤子上。"年长者用手指指他的裤腰，"你那商标还没剪呢。这牌子只有第三空间有卖的。我小时候我妈就喜欢给我爸买这牌子。"

"您是……"

"别您您您的，叫你吧。我估摸着我也比你大不了几岁。你今年多大？我五十二……你看看，就比你大四岁。"他顿了一下，又说，"我叫葛大平，你叫我老葛吧。"

老刀放松了些。老葛把西装脱了，活动了一下膀子，从墙壁里接了一杯热水，递给老刀。他长长的脸，眼角、眉梢和两颊都有些下坠，戴一副眼镜，也向下耷拉着，头发有点儿自来卷，蓬松地堆在头顶，说起话来眉毛一跳一跳，很有喜剧效果。他自己泡了点儿茶，问老刀要不要，老刀摇摇头。

"我原来也是第三空间的。咱也算半个老乡吧。"老葛说，"所以不用太拘束。我还是能管点儿事的，不会把你送出去的。"

老刀长长地出了口气，心里感叹万幸。他于是把自己到第二空间、第一空间的始末讲了一遍，略去依言感情的细节，只说送到了信，就等着回去。

老葛于是也不见外，把他自己的情况讲了。他从小也在第三空间长大，父母都给人送货，他十五岁的时候考上了军校，后来一直当兵，文化兵，研究雷达，能吃苦，技术又做得不错，赶上机遇又好，居然升到了雷达部门主管，是大校军衔。后来他申请转业，到了第一空间一个支持性部门，专给政府企业做后勤保障，组织会议出行，安排各种场面。虽然是蓝领的活儿，但因为涉及的都是政要，又要协调管理，他就一直住在第一空间。这种人也不少，厨师、大夫、秘书、管家，都算是高级蓝领了。他们这个机构安排过很多重大场合，老葛现在是主任。老刀知道，老葛说得谦虚，说是蓝领，其实能在第一空间做事的都是牛人，即使厨师也不简单，更何况他从第三空间上来，能管雷达。

"你在这儿睡一会儿。晚上我带你吃饭去。"老葛说。

老刀受宠若惊，不大相信自己的好运。他心里还有担心，但是白色的床单和错落堆积的枕头显出召唤气息，他的腿立刻发软了，倒头昏昏沉沉睡了几个小时。

老刀醒来的时候天色暗了，老葛正对着镜子捋头发。老葛向老刀指了指沙发上的一套西装制服，让老刀换上，又给老刀胸口别上一个微微闪着红光的小徽章——身份认证。

下楼来，老刀发现原来这里有这么多人。似乎刚刚散会，人们三三两两聚集在大厅里说话。大厅一侧是会场，门还开着，门看上去很厚，包着红褐色皮子；另一侧是一个一个铺着白色桌布的高脚桌，桌布在桌面下用金色缎带打了蝴蝶结，桌中央的小花瓶插着一枝百合，花瓶旁边摆着饼干和干果，一旁的长桌上则有红酒和咖啡供应。聊天的人们在高脚桌之间穿梭，小机器人头顶托盘，收拾喝光的酒杯。

老刀尽量镇定地跟着老葛。走到会场内，他忽然看到一面巨大的展示牌，上面写着：

"折叠城市五十年。"

"这是……什么？"他问老葛。

"哦，庆典啊。"老葛正在监督场内布置，"小赵，来一下，你去把桌签再核对一遍。机器人有时候还是不如人靠谱，它们认死理儿。"

老刀看到，会场里现在是晚宴的布置，每张大圆桌上都摆着鲜艳的花朵。

他有一种恍惚的感觉，站在角落里，看着会场中央巨大的吊灯，像是被某种光芒四射的现实笼罩，却只存在于它的边缘。舞台中央是演讲的高台，背后的布景流动播映着北京城的画面。大概是航拍，拍到了全城的风景：清晨和日暮的光影，紫红色、暗蓝色天空，云层快速流转，月亮从角落上升起，太阳在屋檐上沉落；大气中正的布局，沿中轴线对称的城市设计，延伸到六环的青砖院落和大面积绿地花园；中式风格的剧院，日式风格的美术馆，极简主义风格的音乐厅建筑群。然后是城市的全景，真正意义上的全景，包含转换的整个城市双面镜头：大地翻转，另一面城市，边角锐利的写字楼，朝气蓬勃的上班族；夜晚的霓虹，白昼一样的天空，高耸入云的公租房、影院和舞厅。

只是没有老刀上班的地方。

他仔细地盯着屏幕，不知道其中会不会展示建城时的历史。他希望能看见父亲的时代。小时候父亲总是用手指着窗外的楼，说"当时我们"如何如何。他家狭小的房间正中央挂着陈旧的照片，照片里的父亲重复着垒砖的动作，一遍一遍无穷无尽。他那时每天都要看见那照片很多遍，几乎已经腻烦了，可是这时他希望影像中出现哪怕一小段垒砖的镜头。

他沉浸在自己的恍惚中。这也是他第一次看到转换的全景。他几乎没注意到自己是怎么坐下的，也没注意到周围人的落座，台上人讲话的前几分钟，他并没有注意听。

"……有利于服务业的发展，服务业依赖于人口规模和密度。我们现在的城市服务业已经占到 GDP（国内生产总值）的 85% 以上，符合世界一流都市的普遍特征。另外最重要的就是绿色经济和循环经济。"这句话抓住了老刀的注意力，循环经济和绿色经济是他们工作站的口号，写得比人还大贴在墙上。他望向台上的演讲人，那是个白发老人，但是精神显得异常饱满。"……通过垃圾的完全分类处理，我们提前实现了本世纪节能减排的目标，减少污染，也发展出成体系、成规模的循环经济，每年废旧电子产品中回收的贵金属已经完全投入再生产，塑料的回收率也已达到 80% 以上。回收的材料直接与再加工工厂相连……"

老刀有远亲在再加工工厂工作。再加工工厂在科技园区，远离城市，只有工厂、工厂和工厂。据说那边的工厂都差不多，机器自动作业，工人很少，少量工人晚上聚集在一起，就像荒野部落。

他仍然恍惚着。演讲结束之后，热烈的掌声响起，才将他从自己的纷乱念头中拉出来，他也跟着鼓了掌，虽然不知道为什么。他看到演讲人从舞台上走下来，回到主桌上正中间的座位。所有人的目光都跟着演讲人。

忽然老刀看到了吴闻。

吴闻坐在主桌旁边一桌，见演讲人回来就起身去敬酒，然后似乎有什么话要问演讲人。演讲人又站起身，跟吴闻一起到大厅里。老刀不自觉地站起来，心里充满好奇，也跟着他们。老葛不知道到哪里去了，周围开始上菜。

老刀到了大厅，远远地观望，对话只能听见片段。

"……批这个有很多好处。"吴闻说，"是，我看过他们的设备了……自动化处理垃圾，用溶液消解，大规模提取材质……清洁，成本也低……您能不能考虑一下？"

吴闻的声音不高，但老刀清楚地听见"处理垃圾"的字眼，不由自主凑上前去。

白发老人的表情相当复杂，他等吴闻说完，过了一会儿才问："你确定溶液无污染？"

吴闻有点儿犹豫："现在还是有一点儿……不过很快就能减到最低。"

老刀离得很近了。

白发老人摇了摇头，眼睛盯着吴闻："事情哪是那么简单的？你这个项目要是上马了，大规模一改造，又不需要工人，现在那些劳动力怎么办？上千万垃圾工失业怎么办？"

白发老人说完转过身，又返回会场。吴闻呆愣愣地站在原地。一个从始至终跟着老人的秘书模样的人走到吴闻身旁，同情地说："您回去好好吃饭吧。别想了。其实您应该明白这道理，就业的事是顶天的事。您以为这种技术以前就没人做吗？"

老刀能听出这是与他有关的事，但他摸不准怎样是好的。吴闻的脸显出一种迷惑、懊恼而又顺从的神情。老刀忽然觉得，他也有软弱的地方。

这时，白发老人的秘书忽然注意到老刀。

"你是新来的？"他突然问。

"啊……嗯。"老刀吓了一跳。

"叫什么名字？我怎么不知道最近进人了？"

老刀有些慌，心怦怦跳，他不知道该说些什么。他指了指胸口上别着的工作人员徽章，仿佛期望那上面有个名字浮现出来。但徽章上什么都没有。他的手心涌出汗。秘书看着他,眼中的怀疑更甚了。秘书随手拉住一个会务人员,那人说不认识老刀。

秘书的脸铁青着,一只手抓住老刀的手臂,另一只手拨了通讯器。

老刀的心提到嗓子眼,就在那一刹那,他看到了老葛的身影。

老葛一边匆匆跑过来,一边按下通讯器,笑着和秘书打招呼,点头弯腰,向秘书解释说这是临时从其他单位借调过来的同事,开会人手不够,临时帮忙的。秘书见老葛知情,也就不再追究,返回会场。老葛将老刀又带回自己的房间,免得再被人撞见检查。深究起来没有身份认证,老葛也做不得主。

"没有吃席的命啊。"老葛笑道,"你等着吧,待会儿我给你弄点儿吃的回来。"

老刀躺在床上,又迷迷糊糊睡了。梦里,他反复想着吴闻和白发老人说的话,自动垃圾处理,这是什么样的呢?如果真的这样,是好还是不好呢?

再次醒来时,老刀闻到一股香味,老葛已经在小圆桌上摆了几碟子菜,正在从墙上的烤箱中把剩下一个菜端出来。老葛又拿来半瓶白酒和两个玻璃杯,倒上。

"有一桌就坐了俩人,我把没怎么动过的菜弄了点儿回来,你凑合吃,别嫌弃就行。他们吃了一会儿就走了。"老葛说。

"哪儿能嫌弃呢?"老刀说,"有口吃的就感激不尽了。这么好的菜。这些菜很贵吧?"

"这儿的菜不对外,所以都不标价。我也不知道多少钱。"老葛已经开动了,"也就一般吧。估计一两万之间,个别贵一点儿可能三四万。就那么回事。"

老刀吃了两口就真的觉得饿了。他有抗饥饿的办法,忍上一天不吃东西也可以,身体会有些颤抖发飘,但精神不受影响。直到这时,他才发觉自己的饥饿。他只想快点儿咀嚼，牙齿的速度赶不上胃口空虚的速度，吃得急了，就喝一口白酒。这白酒很香，不辣。老葛慢悠悠地，微笑着看着他。

"对了……"老刀吃得半饱时，想起刚才的事，"今天那个演讲人是谁？我看着很面熟。"

"也总上电视嘛。"老葛说，"我们的顶头上司。很厉害的老头儿。他可是管实事儿的，城市运作的事儿都归他管。"

"他们今天说起垃圾自动处理的事儿。你说以后会改造吗？"

"这事儿啊，不好说。"老葛咂了口酒，打了个嗝，"我看够呛。关键是，你得知道当初为啥弄人工处理。其实当初的情况就跟20世纪末的欧洲差不多，经济发展，但失业率上升，印钱也不管用，菲利普斯曲线不符合。"

他看老刀一脸茫然，呵呵笑了起来："算了，这些东西你也不懂。"

他跟老刀碰了碰杯子，两人一齐喝了又斟上。

"反正就说失业吧，这你肯定懂。"老葛接着说，"人工成本往上涨，机器成本往下降，到一定时候就是机器便宜，生产力一改造，升级了，GDP上去了，失业率也上去了。怎么办？政策保护？福利？越保护工厂越不雇人。你现在上城外看看，那么大的厂区就没几个人。农场不也是吗？大农场一搞几千平方千米地，全设备耕种，根本要不了几个人。咱们当时怎么搞过欧美的？不就是这么规模化搞的吗？但问题是，地都腾出来了，人都省出来了，这些人干吗去呢？欧洲那边是强行减少每人工作时间，增加就业机会，可是这样没活力你明白吗？最好的办法是彻底减少一些人的生活时间，再给他们找到活儿干。你明白了吧？就是塞到夜里。这样还有一个好处，就是每次通货膨胀几乎传不到底层去，印钞票、花钞票都是能贷款的人消化了，GDP涨了，底下的物价却不涨。人们根本不知道。"

老刀听得似懂非懂，但是老葛的话里有一股凉意，他还是能听出来的。老葛还是嬉笑的腔调，但与其说是嬉笑，倒不如说是不愿意让自己的语气太直白而故意如此。

"这话说着有点儿冷。"老葛自己也承认,"可就是这么回事。我也不是住在这儿了就说话向着这儿。只是这么多年过来,人就木了,好多事儿没法改变,也只当那么回事了。"

老刀有点儿明白老葛的意思了,可他不知道该说什么好。

两人都有点儿醉。他们趁着醉意,聊了不少以前的事,聊小时候吃的东西,聊和同学出去玩。老葛最喜欢吃酸辣粉和臭豆腐,在第一空间这么久都吃不到,心里想得痒痒的。老葛说起自己的父母,他们还在第三空间,他也不能总回去,每次回去都要打报告申请,实在不太方便。他说第三空间和第一空间之间有官方通道,有不少特殊的人也总是在其中往来。他希望老刀帮他带点儿东西回去,弥补一下他自己亏欠的心。老刀则讲了他孤独的少年时光。

昏黄的灯光中,老刀想起过去,一个人游荡在垃圾场边缘的所有时光。

不知不觉已经是深夜。老葛还要去看一下夜里会场的安置,就又带老刀下楼。楼下还有未结束的舞会末尾,三三两两男女正从舞厅中走出。老葛说企业家大半精力旺盛,经常跳舞到凌晨。散场的舞厅器物凌乱,像女人卸了妆。老葛看着小机器人在狼藉中一一收拾,笑称这是第一空间唯一真实的片刻。

老刀看了看时间,还有三个小时转换。他收拾了一下心情,该走了。

5

白发演讲人在晚宴之后回到自己的办公室,处理了一些文件,又和欧洲方面进行了视频通话。十二点,他感觉疲劳,摘下眼镜揉了揉鼻梁两侧，准备回家。他经常工作到午夜。

电话突然响了，他按下耳机。是秘书。

大会研究组出了状况。之前印好的大会宣言中，白天突然有人发现有一个数据之前计算结果有误。宣言在会议第二天要向世界宣读，因而会议组请示要不要把宣言重新印刷。白发老人当即批准。这是大事，不能有误。他问是谁负责此事，秘书说，是吴闻主任。

他靠在沙发上小睡。清晨四点，电话又响了。印刷有点儿慢，预计还要一个小时。

他起身望向窗外。夜深人静，漆黑的夜空能看到静谧的猎户座亮星。

猎户座亮星映在镜面般的湖水中。老刀坐在湖水边上，等待转换来临。

他看着夜色中的园林，猜想这可能是自己最后一次看这片风景。他并不忧伤留恋，这里虽然静美，可是和他没关系；他并不钦羡嫉妒，他只是很想记住这段经历。夜里灯光很少，比第三空间遍布的霓虹灯少很多。建筑发出沉睡的呼吸声，幽静安宁。

清晨五点，秘书打电话说，材料印好了，还没出车间，问是否人为推迟转换的时间。

白发老人斩钉截铁地说，废话，当然推迟。

清晨五点四十分，印刷品抵达会场，但还需要分装在三千个会议夹子中。

老刀看到了依稀的晨光。这个季节六点还没有天亮，但已经能看到蒙蒙曙光。

他做好了一切准备，反复看手机上的时间。有一点儿奇怪，已经只有一两分钟就到六点了，还是没有任何动静。他猜想也许第一空间的转换更平稳顺滑。

清晨六点十分，分装结束。

白发老人松了一口气，下令转换开始。

老刀发现地面终于动了，他站起身，活动了一下有点儿麻木的手脚，小心翼翼来到边缘。土地的缝隙开始拉大，缝隙两边同时向上掀起。他沿着其中一边往截面上移动，背身挪移，先用脚试探着，手扶住地面退行。大地开始翻转。

六点二十分，秘书打来紧急电话，说吴闻主任不小心将存着重要文件的数据 Key（密钥）遗忘在会场，担心会被机器人清理，需要立即取回。

白发老人有点儿恼怒，但也只好令转换停止，恢复原状。

老刀在截面上正慢慢挪移，忽然感觉土地的移动停止了，接着开始掉转方向，已错开的土地开始合拢。他吓了一跳，连忙向回攀爬。他害怕滚落，手脚并用，异常小心。

土地回归的速度比他想象的快，就在他爬到地表的时候，土地合拢了，他的一条小腿被两块土地夹在中间，尽管是泥土，不足以切筋断骨，但力量十足，他试了几次也无法脱出。他心里大叫糟糕，头顶因为焦急和疼痛渗出汗水。他不知道是否被人发现了。

老刀趴在地上，静听着周围的声音。他似乎听到匆匆接近的脚步声。他想象很快就有警察过来，将他抓起来，他夹住的小腿会被砍断，他将带着创口被扔到监牢里。他不知道自己是什么时候暴露了身份。他伏在青草覆盖的泥土上，感觉到晨露的冰凉。湿气从领口和袖口透入他的身体，让他觉得清醒，却又忍不住战栗。他默数着时间，期盼这只是技术故障。他设想着自己如果被抓住了该说些什么。也许他该交代自己二十八年工作的勤恳诚实，赚一点儿同情分。他不知道自己会不会被审判。命运在前方逼人不已。

命运直抵胸膛。回想这四十八小时的全部经历，最让他印象深刻的是最后一晚老葛说过的话。他觉得自己似乎接近了些许真相，因而见到命运的轮廓。可是那轮廓太远，太冷静，太遥不可及。他不知道了解一切有什么意义，如果只是看清楚一些事情，却不能改变，又有什么意义？他连看

风暴之心

都还无法看清，命运对他就像偶尔显出形状的云朵，倏忽之间又看不到了。他知道自己仍然是数字。在五千一百二十八万这个数字中，他只是最普通的一个。如果偏生是那一百二十八万中的一个，还会被四舍五入，就像从来没存在过，连尘土都不算。他抓住地上的草。

六点三十分，吴闻取回数据 Key。六点四十分，吴闻回到房间。

六点四十五分，白发老人终于疲倦地倒在办公室的小床上。指令已经按下，世界的齿轮开始缓缓运转。书桌和茶几表面伸出透明的塑料盖子，将一切物品罩住并固定。小床散发出催眠气体，四周立起围栏，然后从地面脱离，地面翻转，床像一只篮子始终保持水平。

转换重新启动了。

老刀在三十分钟的绝望之后突然看到生机。大地又动了起来。他在第一时间拼尽力气将小腿抽离出来，在土地掀起足够高度的时候重新回到截面上。他更小心地撤退。血液复苏的小腿开始刺痒疼痛，如百爪挠心，几次让他摔倒，疼得无法忍受，他只好用牙齿咬住拳头。他摔倒爬起，又摔倒又爬起，在角度飞速变化的土地截面上维持艰难的平衡。

他不记得自己怎么拖着腿上楼，只记得秦天开门时，他昏了过去。

在第二空间，老刀睡了十个小时。秦天找同学来帮他处理了腿伤。小腿的肌肉和软组织大面积受损，很长一段时间会妨碍走路，但所幸骨头没断。他醒来后将依言的信交给秦天，看秦天幸福而又失落的样子，什么话也没有说。他知道，秦天会沉浸在距离的期冀中很长时间。

再回到第三空间，他感觉像是已经走了一个月。城市仍然在缓慢苏醒，城市居民只过了平常的一场睡眠，和前一天连续。不会有人发现老刀的离开。

他在步行街营业的第一时间坐到塑料桌旁，要了一盘炒面，生平第一次加了一份肉丝。只是一次而已，他想，可以犒劳一下自己。然后他去了老葛家，将老葛给父母的两盒药带给他们。两位老人都已经不大能走动了，一个木讷的小姑娘住在家里看护他们。

他拖着伤腿缓缓踱回自己租的房子。楼道里喧扰嘈杂，充满刚睡醒时洗漱、冲厕所和吵闹的声音，蓬乱的头发和乱敞的睡衣在门里门外穿梭。他等了很久电梯，刚上楼就听见争吵。他仔细一看，是隔壁的女孩阑阑和阿贝在和收租的老太太争吵。整栋楼是公租房，但是社区有统一收租的代理人，每栋楼又有分包，甚至每层都有单独的收租人。老太太也是老住户了，儿子不知道跑到哪里去了，她长得瘦又干，一个人住着，房门总是关闭，不和人来往。阑阑和阿贝在这一层算是新人，两个卖衣服的女孩子。阿贝的声音很高，阑阑拉着她，阿贝抢白了阑阑几句，阑阑倒哭了。

"咱们都是按合同来的哟。"老太太用手戳着墙壁上屏幕里滚动的条文，"我这个人从不撒谎。你们知不知道什么是合同咧？秋冬加收 10% 取暖费，合同里写得清清楚楚。"

"凭什么啊？凭什么？！"阿贝扬着下巴，一边狠狠地梳着头发，"你以为你那点儿小猫腻我们不知道？我们上班时你把空调全关了，最后你这儿按电费交钱，我们这儿给你白交供暖费。你蒙谁啊你！每天下班回来这屋里冷得跟冰窖一样。你以为我们新来的好欺负吗？"

阿贝的声音尖而脆，划得空气道道裂痕。老刀看着阿贝的脸，年轻、饱满而意气风发的脸，很漂亮。她和阑阑帮他很多，他不在家的时候，她们经常帮他照看糖糖，也会给他熬点儿粥。他忽然想让阿贝不要吵了，忘了这些细节，只是不要吵了。

他从衣服的内衬掏出一张一万元的钞票，虚弱地递给老太太。老太太目瞪口呆，阿贝、阑阑看得傻了。他不想解释，摆摆手回到自己的房间。

摇篮里，糖糖刚刚睡醒，正迷糊着揉眼睛。他看着糖糖的脸，疲倦了一天的心软下来。他想起最初在垃圾站门口抱起糖糖时，她那张脏兮兮的

风暴之心　183

哭累了的小脸。他从没后悔将她抱来。她笑了，吧唧了一下小嘴。他觉得自己还是幸运的，尽管伤了腿，但毕竟没被抓住，还带了钱回来。他不知道糖糖什么时候才能学会唱歌跳舞，成为一个淑女。

他看看时间，该去上班了。

大漠寻星人

赵华

几个人里，只有她是女的，她同我们一起风餐露宿，一起步艰涉险。

人们把我们叫作陨石猎人。是的，我们正是为了寻找来自天外的珍稀陨石，才来到这片茫无边际的大沙漠的。

世界上只有两个地方易于发现陨石，一个是白雪皑皑的南极大陆，另一个就是黄沙肆虐的塔克拉玛干沙漠。黑色的陨石在一望无际的白色和黄色的背景中十分显眼。另外，这两个环境极端之地都鲜有人至，陨石不会被翻埋于地下。

对我们这些财力有限的小人物来说，步入南极是不现实的，一望无际的塔克拉玛干沙漠成了我们唯一的选择。

没有亲自深入过塔克拉玛干的人，永远也想象不出它究竟有多么浩瀚。"穷荒绝漠鸟不飞，万碛千山梦犹懒。"这里是由沙砾构成的太平洋，这里是荒凉、死亡、狂风与骤沙统治的世界。目之所及，只有逶迤连绵的沙垄和永无尽头的羽毛状、鱼鳞状的沙丘，即便是在晴天你也很难辨清方向。外形相似的沙丘以及闪闪发光的沙砾会让你的眼睛极度疲劳，产生幻觉。如果缺乏经验的话，你根本无法从这片死亡之海走出去。它总共有三十三万平方千米，大约有二十个北京市大。

所有的海都是暴戾无常的，即便沙海也是如此。塔克拉玛干极易变天，刚才还赤日当头，没多久就渐起狂风。若是突遇那种遮天蔽日的沙尘暴而又没有来得及找到躲藏地的话，注定会尸骨无存。

只有世代居住于此的维吾尔族人真正了解塔克拉玛干沙漠。若不是因为陨石，我们决计不会把自己送进这片险地。夏天，沙面的温度可以烤熟鸡蛋；冬天，气温能降到 -40 摄氏度。我们只能在 9 月到 11 月这三个月进入沙漠腹地，这段时期，沙漠里的温度相对温和，白天只有二三十摄氏度，晚上不过零下几摄氏度。尽管如此，我们仍要承担巨大的风险，干渴、迷路、虚脱，能将人在一刻钟内变成白骨的食金蚁……还有不期而至的极端气流，它能让沙漠里的温度骤降到冬季时的水平，谁也说不准它会不会来，何时到来，一切只能听天由命。

我们总共六个人，分别来自天南海北，但我们怀抱的梦想是一样的，那就是搜寻到珍贵的陨石，最好是那种价值连城的橄榄陨石，让自己的命运得以改变。前几年，一位职业陨石猎人在塔克拉玛干沙漠边缘的阜康发现了一块重达 1003 公斤的橄榄陨石，它几经转手到达美国陨石市场后，每克的价格超过了 400 美金。这位幸运的陨石猎人和著名的美国陨石收藏家罗伯特·黑格一样成了我们心中的偶像，也成为激励我们逾沙轶漠、行险侥幸的强大动力。

我们都是寂寂无闻的普通人，也都经历过世间的冷暖和挫败的折磨。队长王三曾经是一名资产超过千万的餐厅老板，后来的投资失误让他倾家荡产，身无分文。而我是一名整日看人脸色的小职员，没有什么野心与抱负，只求自己的忍气吞声能换来些许安宁。然而，在纷攘不息的职场里，我这一天真的愿望是注定无法实现的。那位长着瘦削脸颊的女总监不遗余力地刁难我，我茫然不解，想不出自己究竟何时得罪过她。后来，从同事的口中我得知，她不喜欢农村人，而整个办公室里，只有我一个人是在偏僻的农场中长大的。

终于有一天，当她又一次趾高气扬地训斥我，说我不该在办公室里吃韭菜包子污染空气时，我站了起来，一言不发地在她面前撕掉了胸牌，而此时旁边的美女小张正面红耳赤地拎着刚刚买上楼的包子。

我清楚生存很重要，但我也知道尊严和自由更加重要。

当我偶然间得知王三组织的寻星队后，义无反顾地加入了进来。其他的几名队员也都有类似的经历，只有我们这样郁郁不得志却又无力改变些什么的人，才会将赌注押在搜寻陨石这样的事情上，盼望能得到上天的一次恩宠，一劳永逸地改变命运。

我们骑着经过改装的二手摩托车，载着水、汽油、咸菜和馕，经过六七个小时抵达沙漠，然后步行进去。卫星定位仪和指南针在这里派不上多大的用场，经验最丰富的王三教我们如何借助红柳和死去了的胡杨木辨别方向，如何将枯枝插在沙中标识来路。

为了扩大搜寻范围，提高找到陨石的概率，我们两人一组分头行动，在天黑之前回到约定好的沙丘前宿营。

别看白天我们汗流浃背，到晚上只有挤在一起才能熬过那侵人肌骨的寒冷。队长王三从维吾尔族老牧人那里学到了一个御寒的法子，那就是把燃烧篝火剩下的灰烬摊开，再将一层沙子覆盖在上面。维吾尔族人把它叫作沙炕。睡在沙炕上，身子底下的确能感受到温度，但接触不到沙子的地方仍然阴冷刺骨。为了避免冻僵，我们不得不翻来覆去，让身体各部分轮流受热。

尽管在沙漠中的一次次艰难跋涉让我们的经验越来越丰富，但意外的情况仍然时有发生。有一次，直到天空全黑下来后，王三和他带的队友仍没有回到集合地。帐篷、睡袋和补给都在这里，他们如果无法返回的话，注定凶多吉少。我们用红柳绑成粗陋的火把，站在沙丘顶上一边用力挥动一边大声呼喊。一个小时过去了，他们仍然不见踪影。红柳枝已经用尽，无计可施的我们孤注一掷，将外套、帐篷和睡袋轮番点燃，希望引起他们的注意。这一次，迷了路的王三终于看到沙丘顶上的火光，辨清了方向，跌跌撞撞地赶了回来。远远见到我们后，他和队友瘫倒在地上，泣不成声。他们已经连续在重重沙海中奔波了五六个小时，以为自己在劫难逃了。

由于走得太远，王三随身携带的细枝用尽了，他无法进行标识，并最终无法找到来时的沙丘。这件事让我们真切地认识到塔克拉玛干沙漠有多么凶险，如果缺少必备的标识物，即便是王三这样的沙漠专家也会迷失方向，陷入绝境。

我们出生入死，但实际上所获寥寥。在塔克拉玛干沙漠中艰辛跋涉了两个年头后，我们才体会到了寻找陨石的不易，它远比想象中艰难。人迹罕至的沙丘上的确会躺着一些黑色的小石头，初次看到它们时，我们个个欣喜若狂，然而等脚蹬手爬到达沙丘顶上时才发现它们异常轻，这同陨石密度要远高于普通石头的属性大相径庭。队长王三告诉我们，它们实际上是浮石，也就是火山喷发造就的多孔玄武岩，由于孔多隙密，能够浮在水面上。

我们也曾经捡到过一些真正的陨石，但它们都是最普通的石陨石，而且个头太小，值不了什么钱。要想彻底改变我们的后半生，仍得祈求上苍赐恩，让我们找到一块晶绿剔透的橄榄陨石。"精诚所至，金石为开。"但愿我们在沙丘间艰难跋涉的身影，我们在淡水耗尽时凄惶无助的眼神，我们在迷路时五色无主的恐惧，我们脚底的血泡、干裂的嘴唇，还有在沙尘里挣扎、在冷霜中战栗、在星空下祈愿都能够被上苍看到。

正是因为如此，当王三向我们介绍新队员，当她摘下帽子，露出一张娟秀的女人的面孔时，我着实吃了一惊。

"她寻死觅活地非要加入我们，和我们一起捡陨石。我说这不是女人能干的事，可她就是听不进去，我是一点儿办法都没有了。"一脸无奈的王三冲大家解释说。

"用不了两天，她就会寻死觅活地要回去的，受点儿罪她就知道这不是满地捡星星，这是在玩命。"四十多岁的老郑不屑地说。

"整个寻星队里就你学历高，你们有共同语言。而且，没结婚的也就你一个，你就把她带上吧，以后你们两人成为一组。我们这些成过家的老男人带着她总是不方便。"王三将她交给了我。

王三是队长，他说的理由又很充分，我只能无条件接受。不过，同老郑一样，我打心眼里对她是排斥的，我猜她是那种衣食无忧、想法天真的人。报纸上和网络上的几篇哗众取宠的报道，就让她以为寻找陨石是件浪漫无比的事情。在她的脑海中，捡陨石一定比在大街上捡钱还容易，而且陨石个个都金光闪闪。她不知晓嗓子冒烟的滋味，她没有体会过在赤日和热沙间行走的艰难，她想象不到貌似壮观的大漠实际上有多么凶险无情。

尽管如此，出于安全考虑和对她的负责，我还是仔仔细细地为她讲述需要注意的事项。我还提醒她最好能提前多写几张遗嘱给队友们，这样的话，如果遇到不测，起码有人能将它带给她的家人。我说这些并非是开玩笑，也不是在吓唬她，我们每个人的身上都带着好几张这样的纸条，每一位寻星队员最后要说的话都写在上面。一次次的履险蹈危，一次次的虎口逃生，我们变得沉默而坚韧，大漠狂沙能将人磨砺成虬曲苍劲的老者。

出乎我的意料的是，她没有表现出惊愕，也没有被吓得默然不语，她只是淡淡地说了一句"不用了"，而后将目光投向了瀚海无边的沙漠。这个时候，日影偏西，那熔金般热烈灼亮的夕光将她的面庞也镀上了一层淡淡的光晕。这副场景就像是张色彩细腻的油画，而作为主角的她仿佛有一种挥之不去的忧郁。

老郑等待着看她的笑话，而我和队长王三也期盼她尽快离去，任何多余的东西和多余的人对我们而言都是负担。不过，我们绝没有故意刁难她，相反，我们尽最大的努力来照顾她，将沙炕中温度最高的位置留给她，还省出一条睡袋来加在她身上，在沙漠中感冒发烧可不是件好玩的事情。

头一天跟随我攀登沙丘，她并没有一会儿喊累、一会儿要休息，她言语不多，一步不离地紧跟着我。从我们只言片语的交谈中，我了解到，她自幼就生活在一座靠海的城市，父母都是大学里的教师。我不明白她拥有如此优越的家庭环境，为什么还要来沙漠中自讨苦吃。我告诉她，如果她真的喜欢陨石的话可以购买一块，但她一直缄口不语。渐渐地，我意识到我的感觉是对的，她似乎有什么心事。她每一次极目大漠，每一次远眺夕阳时，一股说不清道不明的忧伤就会从她眼中溢出来。

接下来的两天里，她真正叫我刮目相看了。每天连续十来个小时的攀爬和行走让人疲惫不堪，但她从未主动要求停下来休息。我省出自己的一瓶水给她，她也不要。由于缺乏经验与磨炼，她的脚上打起了水泡，但她按照我教的方法用针刺破水泡，放出积液，裹上创可贴后又一言不发地跟在了我身后。我遇见过经年累月生活在沙漠中的意志顽强的维吾尔族姑娘，但像她这样的，出生在城市、居住在城市中的"公主"，能如此坚韧，确实出人意料。

第四天还是第五天的夜里，我因寒冷醒来，我发现一米外的她并没有睡着，她正在注视着天上的星星。

没有在沙漠深处过过夜的人永远不会知道，那里有全世界最美不胜收的星空。因为没有任何大气污染和光污染，沙漠里能看到的星星比其他地方能看到的星星加起来还要多。是的，这里是星星的天堂，这里是星星的海洋。你仿佛回到了远古，那个荒凉又神秘的史前时代，你的视线之内除了繁星还是繁星。横贯夜空的天鹅座、气势磅礴的北斗七星、遥遥相对的牛郎星和织女星，还有万千数不清的星辰争相将孤寂、灿烂又清新的光从遥远的世界投向你的眸中。在那样的单纯而光亮的世界里，在那样的神圣又清晰的时刻，你会情不自禁地伸出手来，想与它们接触，你会难以抗拒地相信它们正向你传递信号，万千星轮、银河的旋臂都是同你有联系的。你只不过是一粒沙，整个地球也不过是一粒沙，然而此时此刻，全世界的星星都在为这一粒沙而振奋、欢呼与祈福，这一粒沙被亿万缕光芒装点成灿烂炳焕的圣坛。

有时候，在孤独凄冷的夜里望着神秘又永恒的满天星光，我们会默默祈愿，特别是夜空中划出流星的银色线条时，我们会愈加激动，仿佛与它们惺惺相惜。它们在苍茫的太空里探寻着未知的命运，而我们也在浩瀚的沙海中寻觅着自己的未来。但愿它们能给我们指引，让我们确切地得知陨石所在的方向。

很多人或许不信，沙漠里的星星能够映出人的面庞，照亮人的眸子。她专注于星空，并没有意识到我已醒来，但我清楚地看到了她眼中被星星映得晶亮的泪花。

老郑始终没有看到她寻死觅活要回家的场面。一个星期后，连队长王三也打算正式接纳她了。王三指着她艰难攀爬沙丘的身影说："她不像是在找陨石，倒像是在玩命。"

是的，每个人都看出来了，似乎有一种极其强大的力量在支撑着她娇小的身躯，她没有因为皮肤被灼伤而苦恼，也没有因为繁重的奔走而抱怨，甚至连让我们都倍感失望的日复一日的一无所获她都默默接受了。

她很快就学会了如何辨识方向，如何寻找背风处躲避沙尘，如何在饮用水耗尽的情况下寻觅沙生灌木，咀嚼它们的根茎——那些根茎的汁液苦涩得让人战栗，可她毫不犹豫地吃下去。她的信心似乎比我们更坚定，只要能活下去，只要能找到橄榄陨石，她将一切都置之脑后。

两个星期之后，我们已经和她称兄道弟了。我们总共有七个人，老郑称她为老七。实际上，大多数时候我们真的把她当作男人了，队长王三甚至时常拿她来激励我们："看看你们一个个垂头丧气的熊样，不就是接连一个礼拜都没有捡到陨石吗？看看人家老七，人家还是一个女生，但从来不发牢骚，每天眼一睁，照样玩命似的寻找陨石。"

她确实鼓舞了我们，我也乐得和她成为队友。她比我细心，每日所需的馕和咸菜都会根据我们所走的路程精心计算，她甚至还发明了沿着鸟的足迹寻找灌木的方法，这样可以节省不少水。

如果塔克拉玛干沙漠没有那么苍黄翻覆，没有那么阴鸷无情的话，我一定会对她了解得更多，然而一切再无可能。

那天，我和她朝北边的沙地行进，那是片尚未被涉足的区域，我们都期冀能在那里碰到好运气。

中午时分，沙漠里的温度很高，我们坐在一丛红柳旁就着咸菜吃了些馕。望着阳光下闪闪发亮的沙丘，我们无论如何也想不到气温会急剧下降。

仿佛只是在一瞬间，天空便被从四面八方涌来的黄褐色的阴云所覆盖。凭借经验，我知道大事不妙，我和她沿着来时用红柳枝做的标识匆匆往回走，然而没走出多远，空中便开始飘落雪花。

我的心一下子坠入冰窖中，我清楚落雪会将路标覆盖。为了避免路标被风吹倒，我们将它们深扎在沙中，露出地表的部分不足二十厘米。大雪还会掩盖沙丘的波纹和形状，而我们正是依靠不同的波纹来辨别不同的沙丘，继而辨别方向的。

有经验的人都知道，在沙漠里遇到暴雪突降，最好的办法便是就近找一处有干红柳或者胡杨树的地方躲起来，用它们生火抵御寒冷，等候雪化后走出沙漠。沙漠中的气候极端，一旦天气放晴的话，再厚的雪也只需一日左右便能融尽。倘若在雪化前贸然行进，必定会因为迷路和寒冷而遭遇不测。

我慌里慌张地在一簇红柳丛下挖出个沙坑，同她挤进去。我们的衣物过于单薄，带的睡袋也难抵这样的天气，最麻烦的是，我们只带了供一天吃的馕。

雪越来越密集，气温骤然下降到了零下十几摄氏度。我变得紧张起来，而她的脸上也笼罩了一层忧悒。

临近黄昏时，气温下降到零下二十摄氏度，我们不得不点燃折下的红柳枝取暖。能燃烧的红柳枝有限，我得精打细算，一点点地将它们丢进火里，因为谁也不知道雪什么时候会停，什么时候会化。

那一夜天空中没有星星，大漠变成了我所不熟悉的雪白色，我和她仿佛被抛入了一个陌生而冰冷的世界。红柳枝燃起的那一小簇篝火被四面八方的黑暗与严寒包围，就像是一个孤苦无依的生命，竭尽全力苦苦挣扎。

它与其说是为我们提供热量，不如说是在为我们提供希望。此时此刻，在这雪虐风饕的世界里，它就是唯一亮着的"星星"。

半夜时分，雪停了下来，但寒气依然砭人肌骨。我的手脚早已经麻木，身体就像被扎进了万千根钢针，我感觉自己成了一只行将就木的蝉，连意识也变得迟钝。

她是第一次遇到这种极端天气，我不时地找她说一句话，生怕她睡着。一旦她陷入沉睡，就没有可能再醒来了。

"天亮后雪就会化的，我们很快就会走出去的。"我安慰她。

"嗯。"她应声回答。

"坚持住，太阳就快出来了。"

"嗯。"

…………

我感觉到她的身体在片刻不息地颤抖，她正在与寒冷苦苦相搏。

在我的生命中，从没有一个夜晚如此之漫长。我一分一秒地与时光相捱，一遍又一遍地祈求上苍能让太阳升起，融化落雪。

我一边尽量保持篝火燃烧，一边将为数不多的灰烬扒出来做成一个小小的沙炕，让她蜷缩在上面。当漫漫长夜似乎永无尽头，当寒冷让我昏昏沉沉的时刻，我难以抗拒地感到绝望，并且想到了死亡。但是，我清楚我不能死，她更不能死。我只有咬牙挺过去才能让她保持清醒，活着走出去。

在镂心刻骨的期盼中，天色终于变亮了，整个天空呈现出一种瘆人的浅红色，就好像是血和牛奶掺在了一起。

或许这色泽怪诞的天幕已经预示了什么。果然，让我脊背发凉的是，太阳并没有出来，雪也并没有融化。

剩下的红柳最多只能维持一个白天了，雪再不化的话，我和她会活活冻死在这里。

我的忧虑和恐惧逃不过她的眼睛，尽管我装作若无其事，尽管我信誓旦旦地保证说太阳到中午一定会升起来，但她的眼中显然已经密布起了阴云。

前一夜的煎熬已经耗去了我们身上的大部分能量，这会儿，阴沉的天气仍像个贪得无厌的歹徒，妄图将仅供我们心脏搏动的那点儿余热也榨取干净。

我哆嗦着，将所剩无几的红柳枝半根半根地抛进摇曳欲灭的火苗中。尽管我百般节省，中午时分，火还是灭了。

熄灭了的火堆哀哀欲绝地冒出一缕余烟，它轻飘飘地散向空中，却像座山一样压在了我的心头。我清楚这意味着什么，一股从未有过的惶恐和无望的感觉开始弥漫在我的心间，又蔓延到我的全身乃至整个世界，它将我越裹越紧。

只要雪没化，就没有人能走出去或者走进来，王三和老郑他们根本帮不上我们的忙。馕也只剩下四分之一个了，我将它塞给她，希望能为她带去些热量，但她坚决不吃。

她的脸色苍白，嘴唇上全是裂口和血痂，我知道这是冻伤的症状。火苗熄灭后，逼人的寒气愈发肆无忌惮地割刺我们，茫茫天地间我们就像是两个命在旦夕的弃婴，眼巴巴地等待着死神最后的降临。

我的喉咙里泛起一股血液一样的咸味，尽管我竭力控制着自己，但我明白我想要呜咽。这或许是我的最后的时光了，没有篝火，饥寒交迫，能熬过今夜的可能性微乎其微。我努力地回忆过去，生命中一些难以忘怀的场面和重要的时刻像相片一样一张张地滑过。我没想到自己这么早就要死去，太多的梦想都还没有实现。

我又想到她，她那么年轻，还有那么好的生活环境，眼下竟然也落到了生死边缘。我多么想帮她摆脱困境，哪怕搭上我的性命也无所谓，可是我无能为力。这个时刻我真切地体会到一个人、一个生命是多么渺小，他真的就像是沙漠中一粒无足轻重的沙。

可是我不能哭泣，我此时的脆弱会让她的意志彻底崩溃，我必须像个真正的男人一样，坚持到最后一刻。

这个时候她说话了，我真的没有想到她会在这个时候主动开口说话，即便是在平时，她也很少这么做。

"你要坚持住。"她费力地转过脸，望着我说。

"我们都要坚持住，天真的马上就会放晴的，我有经验，太阳一会儿就会出来的。"

连我自己也能听出来，这番善意的谎言里根本没有什么信心了。她没有吭声。

"你知道我为什么来塔克拉玛干吗？"静默了一小会儿，她开口问道。

我摇摇头，其实从一开始我就不太明白。

"我的丈夫，他的家就在这里，他就出生在安迪尔，塔克拉玛干深处的一个与世隔绝的小乡村，那个村子里总共有十几户人家。

"或许是因为从小就离群索居的缘故，他不善言辞，显得沉默又安静。是的，第一次见面时，我就留意到了他的这种安静。那是在中文系的班级迎新晚会上，刚刚走进大学校园，人人都显得兴高采烈，每个人也都千方百计地拿出自己的绝活，希望以此留给大家比较深的印象。但他一直默不作声，静悄悄地坐在角落里，专注地观看大家表演。有些昏暗的灯光里，他的两只大眼睛亮晶晶的，就像是黎明初临时的露珠。没错，他整个人就像是一株不起眼的沾着露珠的青草，好奇而矜持地张望着面前的世界。"

这是这么长时间来，她第一次提及她的过去，她的面庞依旧苍白，但有一些宽慰的神情溢出来，我知道那些忧伤而幸福的往事将她从雪窖冰天的现在带回了如花如梦的过去。从一开始我就猜测，她和塔克拉玛干沙漠或许有些不解之缘。

"那天在阅览室偶遇他，我瞄了一眼，他借的杂志是《天文爱好者》，封面是画家喻京川的一幅太空美术作品：空旷凄清的沙漠上矗立着一座简陋的农房，它显得孤零零的，但是在它的上方，一条如烟花般绚烂的银河正磅礴升起。好长时间，他都没有翻里面的内容，而是久久地盯着那幅画，仿佛灵魂出窍一般。

"真正开始了解他是在系里组织的一次参观中，我们到自然博物馆开拓眼界。其实这座历史悠久的博物馆我小时候就来过很多次，但对于家在外地的同学来说，它仍然新鲜而有趣。

"博物馆的一楼是矿物展厅，二楼是动植物标本展厅，一位讲解员专门负责为我们班级讲解。果然，那些五颜六色的矿晶标本让许多同学看花了眼，他们一边啧啧称奇，一边七嘴八舌地向讲解员问这问那。当到达动植物标本展厅时，那些栩栩如生的动植物标本更是让大家连连惊叹。有人问讲解员这些标本是如何制作成的，讲解员回答说先杀死动物，再完整地取下它们的皮，将皮裹在用木头和稻草制成的一比一的框架上，然后安上玻璃义眼就行了。

"大家继续往前参观，但我注意到他停在了一头灰色驴子的标本前，久久不动，眼睛里竟然涌动着泪花。第二天晚上上自习，我有意坐到他的身边，我轻声问他是不是在博物馆中遇到了什么伤心事。他犹豫了一下，还是回答说他的家乡在沙漠深处，由于交通不便，出入沙漠大多要靠毛驴。那些毛驴比骆驼敏捷得多，也同样通晓人性，忠诚坚韧。他小的时候曾患过一次急性肺炎，父亲连夜骑着毛驴将他往县里的医院送，原本三天的路程，毛驴只用了一天半就到达了。他的命总算保住，但那头健硕乖巧的灰驴活活累死了。他说看到灰驴标本就想起了家乡的那些任劳任怨的毛驴，如果人们知晓它们有多么聪颖和忠诚的话，就不会将它们活活杀死做成标本了。

"讲这些事的时候，他的眼睛湿漉漉的，而我的心被什么东西打动了，那种感觉，就像是漆黑空旷的夜空里突然间划过一颗光彩耀眼的流星。"

她的眼睛里真的有一点光亮，往昔的那颗流星正划过她的眸子。

"从那天起，我总想接近他，有一种力量在拉动我，当时我并不明白，后来我知晓了，那是安静和善良的力量，那是看似渺小却强大无比的'星星的引力'。我从小生活在省城，从未去过偏远的大西北，但他所讲的那些沙漠，那些村庄，那些忠心耿耿的毛驴一直在我的脑海中飘荡。

"大学是青春洋溢的地方，我家在省城，父母是高知，我又会写书法和弹钢琴，或明或暗对我示好的人有很多，但我都置之不理。不知为什么，那些极力在我面前表露才华、展现所长的同学和学长都让我感到幼稚而轻浮，唯独他的木讷和安静让我心心念念。

"是的，他真是木讷，所有人都看出来我对他的好感，唯独他一无所知，始终对我那么礼貌。那些妒忌的目光和窃窃私语他丝毫没有察觉到。

"后来，放暑假的时候，我对他说我从未去过西北和新疆，能不能同他一起回家，到他的家乡玩。他显然很吃惊，但还是答应了，像他这样心地善良的人总是很难拒绝人的。

"我说服了父母，同他坐上了驶往西北的列车。这趟旅行前，我从来不知道新疆有那么遥远，有那么辽阔。整整坐了三天的火车我们才到达乌鲁木齐，接着又坐了一整夜的火车到达库尔勒，几天的硬座让我腰酸背痛，连脖子都无法正常转动了。尽管如此，我们仍得接着坐汽车。又坐了一天半的汽车后，我们总算到达了他家乡所在的小县城。县城在塔克拉玛干沙漠边缘，我们需要继续搭乘三轮车才能到沙漠深处的安迪尔村。

"行驶在弯弯曲曲的简易公路上，我终于亲眼见到了在梦中出现过无数遍的塔克拉玛干沙漠。它远比我想象中的浩瀚和雄伟，连绵不绝的沙丘就像是凝固了的浪涛。我见过很多次海，但没有一个"海"能如此蟠天际地，如此悲壮沉雄。非常奇怪，在真正的大海中我没有感觉到自己的渺小，但是在这里我真切地体会到了天地悠悠的感觉。我的耳旁仿佛响起了古诗词中胡笳凄婉、悠长的调子，声音随着沙丘起伏，随着风沙飘荡，一直到天地之交处。

"后来，我们总算一路颠簸到了安迪尔村。这之前，我真的无法想象在这令人望而生畏的大漠深处会有人家，也不会相信世界上真的有这样的与世隔绝的村落。十几户人家的房屋都是用红柳枝和泥巴搭筑起来的，若不是偶有炊烟飘出，真以为它们是哪座古城的遗址呢。

"他的父母都是一辈子没有走出过沙漠的农民，朴实得就像是饱经岁月的胡杨。或许是长年被风沙吹袭，他们的脸庞沟壑纵横，就像那幅著名的油画《父亲》展现的那样。

"同他一样，他的父母初见到我时手足无措。或许是因为村子里鲜有外人到来，或许是因为我是他带来的同学，他们将我当成了贵宾。本来，他们一日三餐的主食就是'奎米西'——一种直接裹在沙子里用火堆烤熟的面饼。为了招待我，他们决定杀掉家里的一只山羊。由于缺少水和草，他的家中总共就养了两只羊。"

阴晦的天气丝毫不见任何好转，天寒地坼中，连空气似乎也被凝固，沉甸甸地压在我们身上。然而，就在这个时候，我看到她几乎被冻僵的脸上露出了暖暖的笑，它转瞬便被严寒吞没，却像烟花一样真切。

"我没有想到，连他的父母都没有想到，他竟然反对宰羊。他的父母尴尬得不知所措。换作别的人，一定会认为他小气，说不定还会因此而耿耿于怀，但是我知道他并非是吝啬，他不忍心伤害生命，他有一颗惜弱怜生的善心。在校园里，我就亲眼见过他用矿泉水瓶子接上自来水，为学校角落里的那些难以被喷灌到的草木淋洒。或许正是因为他出生在生命稀疏的沙漠中，他才能真正体会到生之艰难和生之珍贵。一朵小花、一只蚂蚁在他的眼中都是阳光的结晶，都是自然的精灵和时光孕育出的瑰宝。曾经有人笑话过他迂腐，但我坚信康德所说的那句话——'我们可以从一个人对待动物的方式来断定他的心地好不好。'一个连蚂蚁都不忍心踩死的人怎么可能对你绝情寡义呢？

"我没有吃到羊肉，但是他为我送来了另一份让我终生难忘的美味，那就是不为人知的安迪尔甜瓜。以前，我只吃过新疆的哈密瓜，但是当翠玉般的安迪尔甜瓜送入口中的那一刻，我明白了它才是全新疆、全世界最好吃的甜瓜，它甜得让你仿佛融化成了金色的晨曦，甜得让你一瞬间回到了童年。一点儿都没有夸张，由于阳光充足，加之昼夜温差大，安迪尔甜瓜的糖分极高，它的汁液能将人的手指粘住。甜美的瓜汁像是珍藏千年的葡萄美酒，像是阳光与彩虹凝聚成的甘露。

"因为缺水灌溉，安迪尔瓜的产量很少，这也正是它多年来鲜为人知的原因。吃着甜香的瓜瓤的时候，我默默地想，其实最甘洌如饴的果实恰恰生长在最荒芜如寂的地方，他同安迪尔瓜一样都是无名之璞。

"因为时差的关系，新疆天黑得比较迟，晚上十点钟夕阳还在沙漠边缘徘徊，这个时候的沙漠如同一片金色的海，每一个浪涛，每一缕波纹都仿佛是用纯金浇铸而成的。然而，更让我震撼的还在后边。"

说到这儿，她的眸子里亮起了奇异的光。

"安迪尔村没有通电，天黑之后，它很快隐没在黑暗中。但是当他带着我走出屋外仰望夜空的时候，我呆住了！这里根本不需要什么电灯，这里是全世界最闪耀的殿堂。无数颗流光溢彩的星星正将一束束永恒又清澈的光亮投来，将这个只有蚕豆般大小的村庄变成了灿如繁花的圣所。是的，在那一刻，在漫天星光作为背景的世界中，我几乎不敢呼吸，生怕自己一丝一毫的举动都会惊扰到眼前的一切。从小到大，我从来没有见到过这么多星星，我甚至都不知道天空中有银河旋臂的存在。

"我和他坐在沙丘上，谁都没有说话，就那样静静地注视着满天繁星。生命中我第一次感觉到了渺小，感觉到了宁静，感觉到了庄严、神圣、博大、悠远，还有无边无际的自由。仿佛是在一瞬间，我明白了他在阅览室中凝视那幅画的原因，也明白了他的身上为什么会有那种安静的力量。

"恍惚间，我仿佛坐在大海边，我的心还有我的灵魂都像是海水一般，被万千个星星的光亮与引力所吸引，奋不顾身地扑向它们的怀抱。汹涌的潮汐一直奔向我的眼中，我的眼睛湿润了。我接收到了遥远的星星的光，我接收到了前所未有的感动，我懵懵懂懂地明白了生命的意义和世界的意义，这份单纯、美丽与永恒让我的心间也充满光芒。星光之下，我仿佛得到了神谕，我的未来、我的命运都在这群星映照下的安迪尔决定了，我要一直追随着他，陪伴着他，直到那永恒的时光尽头。"

她眼中的光亮越来越多了，我想起了她望着星空默默流泪的情形，我似乎有些明白她为何面对星空如此动情了。

她很虚弱，也一定很冷，但她像倔强的烛火，不肯在狂风寒雪中熄灭。她接着说："回到屋里后，我仍然沉浸在星星的缤纷与光亮中，我激动地向他的父母讲述沙漠星空的美妙和神奇，我忘记了他们就日夜生活在这里。他的母亲慢声慢语地告诉我说星星多了是好事，在他们的传说中，每颗星星都代表一个人，当这个人死了，他所对应的星星也就会坠到地上，星星多说明天下太平，人人长寿。

"每颗星星都代表一个人，那么属于他的那颗星星是哪一颗呢？我有一种感觉，他不是最光彩耀眼的天狼星和金星，也不是最热烈奔放的北极星和北斗七星，他是隐藏在银河旋臂中的一颗默默无闻的小星星，虽不起眼，却努力散发着微弱、虔诚、清俊的光亮。

"沙漠中的星空永远地留在了我的脑海里，那是我一生中见过的最美丽、最神奇的景致，我仿佛在星光的沐浴中获得重生。是的，当你目睹过世间最感人心脾、最蔚为壮观的景象时，一切琐碎而现实的东西都变得庸俗不堪，都变得毫无意义了。

"我不顾父母的坚决反对，还是和他走到了一起。父母虽然都是高知，但他们终归不能跳出世俗的圈子，他们希望我幸福，希望我能拥有比较丰实的物质条件。为此，我和他们的感情几乎出现了裂痕。尽管如此，毕业之后，父母仍然竭其所能帮我找到了一份稳定又体面的行政单位的工作，而他在人才市场上苦苦煎熬了几个月后，终于应聘到了一家报社。我知道其实他宁可回到新疆做一名教师，大城市的喧阗、纷扰和复杂并不是他喜欢的。父母已经做出了极大的让步，他们的底线就是他必须和我在同一个城市，必须有一份还算过得去的工作。"

讲到这儿，泪花真的从她的眼中涌出了，我能看得出它掺杂着幸福与忧伤，交融着眷恋与温存。她似乎已经完全忘记了彻骨之寒和眼下的处境，一直蕴藏在她体内的那种强大的力量正让她燃烧。

"没有婚纱，没有钻戒，没有车队，也没有酒席。我们租住的房屋内甚至连婚纱照都没有，挂在那里的是太空美术画家喻京川的那幅油画——《沙漠之上的银河系》。

"他一直很愧疚，一直觉得亏欠于我。他那样的家庭真的拿不出钱来筹备一场像样的婚礼。但是，我毫不介意，我觉得自己比任何人都要幸福。我不需要什么钻戒，满天的星星都在为我闪耀；我也不需要或真或假的祝福，他的善良与真诚就是上苍对我的最大的祝福。

"那是我一生中最幸福的时光。他用胡萝卜和洋葱为我做家乡的手抓饭，还专门跑到城市东边的新疆人开的餐馆里为我买来热气腾腾的烤包子和地道的芝麻烤馕。他不会甜言蜜语，更不会花里胡哨，他只会默默地为你做好一切。如果一个人真的爱你、关心你，这种爱与关心就会无所不在。下班回到家中后，餐桌上的一杯冒着热气的茯茶；在单位打开挎包时躺在里面的一枚已经洗得干干净净的阿克苏苹果；天气变冷后每天都被烤得温暖干燥的鞋垫。一次又一次地，我悄悄擦去感动的泪水，我的心间就如同被万千颗恒星照耀般的温暖。

"报社的工作强度很大，经常需要加班，但他从未忘记过我的生日和我们的结婚纪念日。我记得婚后的第一个生日，他说要带我去看星星，我很纳闷，第二天还要上班，根本来不及去新疆，但他笑而不语。他带着我来到了新落成的天文馆的穹幕影厅,我几乎就要惊叹出声了,我的眼前真的又出现了熟悉的北斗七星,还有天鹅座和人马座,光芒璀璨的星空正在头顶闪耀、旋转、奔腾与轮回。栩栩如生的激光全息星空真的让我再次置身于神秘、幽远、安恬的星光下。"

幸福的回忆似乎真的驱走了寒冷,她的脸上溢着暖意,那是莫名的安慰,那是那个让她的面庞在空气中闪耀的男人给予她的力量。

"还有一次,他揣着积攒下的钱要为我买一只手提包,可是在路上他遇到了一只被汽车撞伤的流浪狗。司机早就扬长而去了,途经的行人也只不过多看了两眼这只哀嚎不息的小狗而已。只有他拦了辆出租车,将小狗带到了动物医院。他花光了身上所有的钱,恳求兽医能为它手术。因为内出血,小狗还是死去了,他红肿着眼睛回到了家中。

"他不知道,那是我一生中收到的最珍贵的生日礼物,那就是他悲天悯人的善心。我愈发地感到自己是多么幸运,有一颗温暖澄澈的心每天陪伴着我。"

我的眼中也有些湿热。这个时候她的脸庞变得阴郁了,我隐约感觉到所有这些只是故事的开头,而故事的结局似乎不太美好。

她的声音变得嘶哑,我知道她一定越来越虚弱,饥寒正抓紧榨取我们身上仅存的热量。

"当然,生活中并非只有善良与美好。"她停顿了一下。我知道自己的预感是正确的了。

"他这样一个单纯善良的人,谁都能想象得到,注定会受到倾轧和非难。'人生是严酷的,热烈的心性不足以应付环境。'林语堂的这番话是一位饱经世事的老者的经验之谈。现实中,并非真诚就能换来真诚,善心就能换来好报。他的良善被一些人当成了软弱好欺,他们将种种不公赐予他。他加班最多,写的文章最好,却始终无法被正式聘用,还有位女主编,不知什么缘故总是对他横挑鼻子竖挑眼,想尽各种办法来刁难他,后来他才知道前任主编夸奖过他的文笔,而女主编那时候是副手,同主编矛盾颇深。其实,他哪里懂得什么结党连群啊?他只想认认真真地对待自己的工作,在这座熙来攘往的城市里立足下来。可是,生性势利的女主编将生性和善、毫无背景的他当成了最佳的泄愤对象,把积蓄多年的怨气全都发在他身上。

"他一定很痛苦,我能感觉到他的痛苦,但他从来不在我面前提及这些,他不想让我因此而担忧。他的这些境遇都是后来我从他的同事那里得知的。

"他想摆脱现状,想摆脱那个人事复杂的地方,于是打算靠写作来改变命运。对他而言,写作可能是唯一的长处了。"

我被打动了,听她讲到这里的时候,我忆起了自己的经历,我能亲身体会她的丈夫所遭遇的困境。这个世界中,有太多的人吐刚茹柔,有太多的人遭受欺辱后,转而变本加厉地欺凌比自己更为弱小的人,以期求得平衡。他们色厉内荏,猥琐懦弱。

"文如其人,他最擅长写的是那些温情真善的文章,那些文章在一些杂志上得以发表。他梦想着有一天能够依靠写作来谋生,但是在梦想实现之前,他注定要一边忍受工作的重负,一边千方百计地抽时间创作。

"他不愿将生活的负担都放在我身上,尽管我不止一次地劝说他辞职在家专心写作,但他从未答应过。他有着一个男人的自尊,他想尽到一个丈夫的责任,他想靠自己的努力让我过得更幸福。

"他开始了单忧极瘁的创作生涯。尽管白天在外面奔波采访了一整天,晚上他仍旧悄悄爬起来到书房中写作。多少次看着一团萤火一样的台灯的灯光和他伏在桌上的背影,我都额蹙心痛。"

她突然停住了,我惊讶地看到泪水竟然汹涌地从她的眼中奔出来,不知为什么,我的心抽紧了。

她望着被落雪覆盖的渺无尽头的沙丘,终于哀伤地说:"尽管发表的文章渐渐多起来，但停辛伫苦的生活还是毁掉了他的健康。他越来越清瘦，由于经常熬夜，脸色始终都不好，头发也开始大把往下掉。后来，他的胃口也越来越差，经常性地嗳气。我催促他去医院看看，但他总是说没事。我知道他想把珍贵的时间用在写作上。女主编打算找机会辞退他，他的压力很大，他要赶在这件事发生前让自己能完全靠写作安身立命。

"又过了几个月，他开始经常性地胃疼。在我的极力坚持下，他同我去医院做了胃镜检查，结果就如同晴天霹雳。"

这个时候，我已经能猜出什么样的事情发生了，她痛心伤臆的泪水告诉了我一切。

"活检的结果显示癌细胞已经开始扩散了。医生告诉我，对于他这样的胃癌晚期的患者，化疗、放疗其实意义不大了，手术更是毫无可能。医生建议说，与其徒受罪不如回家休息，抓紧做些想做的事情。即便乐观地估计，他也只剩下几个月时间了。

"我没有将检查的结果告诉他，但他显然从我悲伤难抑的眼睛中明白了一切。出乎我的意料的是，即便是在这个时刻，他仍旧没有怨天尤人或是不可终日，他仍旧安静得像是株沉厚的胡杨。他若无其事地同我说着话，就仿佛一切都没有发生似的。

"恍恍惚惚地回到家中后，我躲在屋里泣不成声，我无法相信这一切是真的，我宁愿这只是一个噩梦，噩梦无论多么黏稠可怕，终归都是会消散的。同他一样，从目睹到灿烂星空的那一刻起，我就相信这个博大神秘的世界中一定有智慧、命运与爱怜的存在，神祇般的力量会看到大地上那些虔诚晶亮的眼睛和那些单纯良善的心灵，它会将光与亮，将恩与慈给予他们。然而，现实残酷得就如同一把冰冷的刀刃，它一点点地渗进我的心间，让我痛不欲生。为什么上苍要让一个如此善良的人遭遇不幸？上苍一定没有看到他面对动物标本时的心颤，一定没有看到他怀抱受伤的流浪狗奔向宠物医院的身影，也一定没有看到他给予我的每一点儿温暖。我无论如何也不敢相信我最亲爱的人就要与我诀别。

"他一定也清楚自己来日无多，他的眉头始终有一丝焦灼。他没有告诉报社同事自己生命垂危的事，而是直接辞职。临走之前，他送给女主编一大盒新疆茯茶，他从来不会真正记恨谁。

"回到家后，他的病情急转直下，他迅速地消瘦下去，这使得原本就瘦削的他看上去就像一个弱不禁风的木偶，空荡荡的衣服勉强挂在身上。医生开的那些药实际上没有什么作用了，最多只有些镇痛的功效。他时常皱着眉头，不由自主地用手按着腹部，我知道他正在忍受疼痛的折磨，那些密密匝匝的癌细胞像不计其数的碎牙，片刻不歇地噬咬着他的肌体。我能想象得到那种无法摆脱的尖利又深刻的痛楚，它像恶灵一般纠缠不休，让人深陷绝望。

"那是他，也同样是我一生中最难挨的时光。每天看着他被折磨得虚弱不堪的样子，我都心焉如割。我发疯般地查找偏方，托尽各种关系购买国外的药品，我一遍又一遍地祈求上苍能给予他一线生机，哪怕用我的生命来换也无所谓。

"他阻拦我再去买昂贵的偏方药和进口药，他努力挤出笑容，安慰我说他不会有事的，为了让我相信，趁我出去取药时，他还挣扎着为我做了顿可口的抓饭。我知道他想将更多的钱留给我，他不想让我四处举债。

"他无法再写作了，每到晚上，那些癌细胞便像魔鬼一般活力焕发，变本加厉地折磨他。他开始整理从前发表了作品的杂志，把它们齐整地摆在书桌上，还未发表的手稿放在一旁。

"做完这些后，他打算回一趟新疆。我坚持陪他去，但他坚决不同意。看他认真而生气的样子，我只好妥协。一个星期后，他回来了，羸弱不堪的他竟然带回来了一口袋安迪尔甜瓜，还有几大口袋葡萄干、巴旦木和大红枣。由于东西太多，他在火车站临时找了两个人帮忙扛上楼。我的眼泪夺眶而出。他知道以后再没有谁为我买这些东西了，他要在离别前尽可能地为我备下它们。"

更汹涌的泪水从她的眼中夺眶而出,我的脸上也滑下了什么,天寒地冻中,它滚烫得令人生疼,像把刀割过。

"渐渐地,他虚弱得只能躺在床上了,行走对他来说越来越困难了。医生为他开了哌替啶,但他执意不用。他从不在我的面前喊痛,但几次夜半醒来时,我看到他的额头上全是汗珠。

"他不想让我难过,于是刻意地回避着自己的病情,回忆和我相识,和我在安迪尔村看星星的点点滴滴。他郑重其事地对我说,等他病好后,要在安迪尔村建一座观星公园。他说现在国外专门挑拣人烟稀少、没有工业污染和光污染的地方设立观星公园,让那些被现代文明麻木了的游客欣赏星光熠熠的壮观景象,安迪尔村也一定会成为世界上独一无二的观星公园的。

"我多么希望这一切能成真,多么渴盼他真的能奇迹般地康复,我愿意付出任何的代价来换取他的生命。可是,这个世界冰冷如铁,上苍并没有赐予这个温柔敦厚的人以奇迹,他开始出现腹水,连进食也变得格外困难。

"就是在这个时候,有一天下午,他对我说想吃烤包子,希望我能到城东去买。我知道那家餐馆,从前他经常不辞辛苦坐一个小时的公交车到那里为我买烤馕和烤包子。我匆匆出门,可是我无论如何也没有想到这竟是我们的诀别。"

她哽咽住了,我能体会到她剖心泣血的痛苦。

她竭力与悲痛和寒冷抗争,坚持往下讲述:"我早该注意到他眼中噙着泪水,我早该察觉他对我说这番话时的百般留恋。可是,我只想着早点儿去为他买烤包子,竟然忽视了这些。那家餐馆生意很火,我怕去迟的话烤包子就会卖完。我本来能同他再多说一句话,我本来能多看他一眼,我本来能阻止他的。

"他不想拖累我，不想让我再跟着受煎熬。他是以买烤包子为借口将我支走的，他早已经做好了准备，到世间的某个角落结束痛苦。他在桌子上为我留了封遗书，叮嘱我不要难过和伤悲，也不要再费力气去找他。他很疼，每天每夜都很疼，他不希望我因此而备受折磨。既然已经救治无望，他想早点儿解脱。他遗憾没能力为我带来幸福与舒适的生活就要告别，还叮嘱我一定要乐观和坚强，一定要尽快忘掉他，开始新的生活。遗书的最后是羞涩的他极少说的那三个字——'我爱你'。

"我的世界顷刻间崩塌了，看到桌子上的遗书后，我瘫倒在了地上。我想喊却什么也喊不出来，乱箭穿心的感觉我第一次如此真切地体会。

"之后，我发疯般地到处找他，父母、亲朋好友还有派出所的警察也都帮忙寻找，我们一连找了好几天但一无所获。不甘心的我又千里迢迢赶到新疆，但他并没有回家中，他的父母听闻此事后落泪沾巾。

"那天晚上，我恍恍惚惚地走出屋，灿若繁花的星空依旧用万千束晶亮如水的星光欢迎我。刹那间，我跌倒在了沙丘上，泣不成声。我久久都无法站立起来，和他第一次在这里观看星空的情形又出现在眼前。'长夜人自起，星月满空江。'一切仿佛只是在昨天，然而一切已经完全改变。从今往后，再没有人同我在塔克拉玛干的沙丘上看皎皎星光，再没有人每天洗净一颗星星般发亮的红苹果塞进我的包中，再没有人在我下班之际煮好一杯热气腾腾的茯茶，也再没有人同我彼此依靠，走向时光的尽头。"

我落泪了，千真万确我心酸难抑，这些年我经历了人情的冷暖，也看惯了世间的炎凉，然而她和她善良敦厚的丈夫的故事还是像一束滚烫的火焰一般深深触动了我。隐隐约约地，我觉得她玩命似的来塔克拉玛干沙漠寻找橄榄陨石同她的丈夫也有关系。

果然，她继续说道："也正是在那一次，我发现银河旋臂中的一颗孤寂的小星星不见踪影了。那不是错觉，也不是牵强附会，那颗星星正是很早以前我就认定的属于他的星星,我牢牢地记着它的位置和它的模样,每一次和他来安迪尔村,我都会久久地端详它。

"我想起了他的母亲说过的话,每一颗星星都代表一个人,当这个人死了,星星也就会坠到地上。那颗星星不见了,那么他一定已经不在人世了。一瞬间,我再一次泪如雨下。

"没有了他,原来充满亮光与温暖的屋子变得空旷凄冷,每一样物品、每一件家具都会让我触物伤情。这剔尽寒灯、寸阴若岁的日子几乎击垮了我。无数个夜晚,我被噩梦纠缠,在梦中他孤形吊影地走在阴晦的空无一人的世界中,最终跃入急流或是跳下悬崖。从噩梦中挣扎醒来后,我浑身冷汗,心如刀穿。还有无数个夜晚,我梦见他还在身边,当我的手摸索过去,发现身旁空空荡荡时,我猛地从梦中惊醒,不像是回到现实,却像是被抛入了万劫不复的深渊。

"几个月后的一天,快递公司的快递员为我送来一件包裹。我并没有网购过东西。我疑惑地打开包装,一盒精致的巧克力露了出来,盒子上还有一张卡片,卡片上的字迹我再熟悉不过了,'生日快乐'四个字让我想起来那一天是我的生日,也让我如触电般浑身一颤,让我在震惊、狂喜和巨大的希望中险些晕厥过去。

"难道说他还活着?难道说上苍真的给予了我们奇迹?我满面泪水地向快递员打听发货者的地址、姓名和电话。

"巧克力是从外地的一位糖果经销商那里发来的,在我的再三询问下,她告诉我事情的来龙去脉。原来,他预付了五十盒巧克力的钱,并且写好了五十张生日卡片寄给糖果店老板,要求她每年在我生日这一天将巧克力和卡片一同快递给我。

"我泪迸肠绝。我的爱人啊,即便在最后的时光他仍然惦记着我,他担心以后再没有谁祝福我的生日,将我一生的生日礼物都提前安排好了。

"我始终没有他的下落,成千上万份寻人启事毫无结果,警察那里也一直没有任何音信。如他在遗书上所言，他一定在世间某个不为人知的角落像星星一样陨落了。"

我已经完全猜到了，到这里我完全明白了她不畏艰辛到塔克拉玛干寻找陨石的原因——"你其实是想寻找他？"

她费力地点点头："他离去了，我找不到他，代表他的那颗星星也坠到了地上，我猜它一定就坠落在塔克拉玛干沙漠，因为这里是他的故乡，这里是我们一同看星星的地方。当从报纸上看到关于你们寻星队的报道后，我毫不犹豫地辞了职，千方百计地找到你们，加入你们的队伍，因为我要找到他，找到属于他的那颗星星。如果沙漠中真的有新坠落下来的光亮闪烁的橄榄陨石的话，那一定就是他，就是代表他的那颗小小的星星。"

我的脑海中迅速地掠过一幅幅画面：她在松陷的沙丘中艰难跋涉，她在烈日的炙烤下皮肤皲裂，她在沙尘的吹袭中东摇西摆，我终于明白了支撑她的那股无比强大的力量究竟是什么了。我们寻找陨石仅仅是为了能一夜暴富，她登危涉险却是为了那份石沕海枯的爱情。也许人去世后就有颗星星坠落下来的说法仅仅是个子虚乌有的传说，也许有人会认为她的想法不着边际，然而，在这个越来越讲求现实，越来越虚绮浮华的世界中，还会有谁为心中那份挚爱抛生弃死，攀沙越丘？还会有多少人同她一样死生契阔、与子成说？

此时此刻，随着黄昏渐至，寒气愈发得折胶堕指，可是我心中的恐惧和绝望莫名消散了，求生的念头在我的心间再次陡生，愈发强烈。是啊，我要活下去，我要帮助这个情深义重的寻星人活着走出大漠。为了她还未找到的星星，为了她生死不移的爱情，我必须挺过去，我必须给她力量、意志和信心。此刻，我们是马拉松赛场上生命几乎被榨干的选手，但只要还存有最后的一丝信念，或许马上就会看到终点。

倘若上天能看到她的一往情深和一寸丹心，就该快些让太阳出来；倘若上天能让我们渡过鬼门关，我一定会将她的故事告诉寻星队里的所有人。我们都是情深义重的汉子，我们会加倍努力地寻找橄榄陨石，无论谁找到都会将它送给她，那是她的爱人的魂，那是他们星星般闪耀的爱情的见证。

我仰望天空的焦躁神情她看在了眼里，她开口对我说："你要坚持住，说不定天气明天就会变晴。"

她的声音格外虚弱，她一定是燃尽身上全部能量讲述刚才的故事，这会儿她像是渐熄渐灭的火苗，随时都会被狂风吞没。

"是的，天马上就会晴的，太阳马上就会出来，我们也马上就会暖和起来的。"我再次安慰她。

她无力地笑了一下，充满感激地对我说："谢谢你，谢谢你和大家对我的照顾。"

我心如刀锉，但不知该说些什么。

"我能拜托你一件事吗？"她又说道。

我点点头。

肢体早已经被冻僵，她极其费力地从脖子上摘下一个精致的金属小盒子："这里面是他的一小缕头发，他废寝忘食地写作时，耗费的精神太多，每天都会掉很多头发，我悄悄收集了一些。这是他在这个世界上留下的最后一点儿东西，你能帮我把它带出沙漠，并且保管起来吗？在这里它很快就会腐朽掉的。"

我接过小盒子，流着泪对她说："你会活下来的，坚持，再坚持一会儿。我会带你走出去的，我们都会活下来的。"

她依旧凄然地笑了一下："我对沙漠的天气已经有所了解了，我对自己的情况也很了解，你不用再考虑我，不管怎么样，你一定要活下来。"

我哆哆嗦嗦地伸出手，握住她的手，想给她一点儿温暖，这会儿我宁可自己能够像胡杨木一样燃烧，为她带来一点儿光和热。

风暴之心　211

可是，我的手同样冰凉如铁，我的身上同样余温无几。眼下，我唯一能做的就是尽量同她说话，让她保持意识清醒。

在无尽漫长的煎熬中，太阳并没有出来，天色暗了下来。寒冷已经完全麻痹了我们的肢体，现在它毫无阻挠地舞起魔爪，张开大口，吞噬我们的心与智、魂与灵。

她渐渐地没有回应了，我也渐渐地无力合上嘴唇。我能感觉到自己的大脑越来越沉重，越来越迟钝，它仿佛坠入了密匝的蛛网，没进了黏稠的液体，紧接着便熄灭在了无边无际的黑暗中。

是一缕阳光将我扰醒的，深不可测的噩梦里，我隐约觉察到了一丝温暖，它像黑夜中的一只流萤一样难以捉摸，飘忽不定，但我像绝境逢生的飞蛾，追赶了上去。我拼尽全力，心如雨泣，唯恐这微光倏忽即逝，它便是引导我走出这漆黑深渊的希望之焰啊！

是的，它带领我来到了阳光灿烂、温暖如春的世界，这正是现实中的世界。

天气转晴了，重获新生的太阳饱含热情地将明澈煦暖的光线洒向大地，积雪和寒冷正在迅速消散。

望着眼前重新开始闪光的沙漠，一瞬间我泪如泉涌，巨大的洪流在我的胸间撞击、激荡。上苍啊，我还活着！感谢上苍，我没有被冻死，我熬过了漫漫长夜，我又见到了光辉耀眼的太阳，我还将千万次见到它，我宁愿永生永世被它照耀、炙烤与燃烧！

紧接着，我的心猛地抖了一下，一种莫名的恐慌涌上我的心头。我挂着泪水，拼命地推搡她，喊她的名字，然而，马上我就知道这一切都是徒劳，她早已经僵冷了。

我不相信这是真的，我无法相信这是真的。我像是被抽去了骨架，轰然坍塌在沙上，泣不成声。

我徒劳而无力地继续呼唤她，继续推搡她，希望她能在阳光中醒来。

空无一人的沙漠上，我涕泗纵横，摧心剖肝的声音久久地在沙丘间回荡。

上苍啊，你既然让我醒来为何又要丢下她？你没有瞧见她那颗情真意切的心吗？我宁愿自己死去换她醒来，她的心愿还没有完成，她还要继续寻找从银河旋臂间坠落的那颗小小的星星啊！

一生之中，我从未像此刻这样悲不自胜。我哀号着，咆哮着，拼命地击打着沙丘上未及融化的雪，直到自己虚弱不堪地再次倒地。

时近中午，心虚的太阳仿佛决心要弥补前两天的过失似的，将更温暖更明净的光线沉甸甸地投下来。然而太晚了，一切太晚了，这一切都太晚了，她再也无法感受到这些了。

我像尊雕塑似的，木然地握着她的一只手，她闭着眼睛，仿佛刚刚睡去。旁边沙丘上的一只探头探脑的昆虫仿佛在提醒我，我该做些什么了。

是啊，我该做些什么了。望着她娟秀安静的面庞，我再一次泣数行下。

眼下这番情形，我根本无法将她扛出沙漠。为了避免那些活跃在沙丘表面的饥肠辘辘的沙漠昆虫侵扰她，我决定暂时将她掩埋在沙间，留下标识，等我同队员们会合后再来转移她。

我一边凄怆流涕，一边虚弱不堪地用双手在沙丘间挖坑。就在两天前她还强壮如松，不知疲倦地在沙间跋涉；就在昨夜她还沉静如星，惙怛伤悴地向我讲述过去。眼下，她却要栖身于这滚滚黄沙中。

摇摇欲坠的我忘记了疲惫与饥饿，忘记了自己是否还存在于天地间，也忘记了自己究竟挖了多久，直到我的眼前光亮闪动。

那个时刻的我头重脚轻，眼冒金星。是的，我只是觉得自己在眼冒金星，然而金星都是漫天飞舞的，它们不会以固定的时间间隔闪耀，眼前的那个微小的光点却像信号灯一样每隔几秒钟便闪动一下。

另外，它亮得出奇，这会儿正值晌午，烁灼的阳光几乎能够吞没其他一切光线，但它恰如一颗小小的太阳，闪出的光格外地刺目。

我拼命地摇摇头，唯恐自己仍在另一个噩梦中，但看着纹丝不动的她和沙丘上残雪融化后袅袅升起的水汽，我相信一切应该是真实的。

光点忠实地继续闪耀，仿佛是要吸引我的注意似的。我迷惑不解地探过身去，俯下脑袋，终于看到了它。

那是一个仅有米粒大小的东西，在闪光的间隙能够看清它的外形。它同麦粒一样，是一个长椭圆体，表面有些细微的凹痕和擦痕，但总体平整光滑，它通体呈焦黑色，像是被灼伤过一般。

我不清楚什么东西能闪出如此刺眼的光亮来，凭感觉我猜它是什么零件或者是小孩子玩的袖珍激光电筒之类的东西。然而，谁会将它遗失在这里——这个连我们这样的职业寻星人都难以抵达的沙漠深处呢？

我犹豫了下，还是伸出手，轻轻地捏住发光的小玩意儿。我已经做好了被它灼伤的准备，但奇怪的是，它根本不像我想象中的那般发烫，它的温度同周围的沙砾毫无二致。

它仍旧闪烁不息，在掌中显得沉甸甸的，我猜它是个金属玩意儿。

我将它举在眼前，仔细端详，我掌握了它的闪烁间隔，等它闪光时，我就闭上眼睛。

出乎我的意料的是，这个奇怪的金属米粒在我手中只闪耀了几下便停了下来，我疑惑地将它拿得更近，就在这时候，从它身上发出一束极其细微的蓝色的光，径直投到了我的眼睛中。我吓了一跳，打算将它丢掉，但接下来的事情完全令我身不由己。

那束细如发丝的光像是在我的眼睛中探询什么，最关键的是它仿佛锁定了我，那种感觉就像是有一双洞彻一切的眼睛在对面盯着你，你根本无法躲避它，只能任由它控制和审视。

幽幽的蚊足般纤细的蓝光在我的眼中足足停留了半分钟，终于它蓦地消失了，然而，还未等我松口气，一束比刚才明亮得多的光柱笼罩住了我的整只右眼，它像是黑夜里手电筒发出的光束，但仍然呈现出幽眇的蓝色。

光柱并不刺目，但它仿佛有一种吸魂摄魄的力量，牢牢地攫住了我。我心甘情愿地举着金属微粒，任凭这鬼魅般的蓝光笼罩住我，打量着我。

是的，我所能感觉到，所能忆起来的就是那种感觉，它在注视我，测探我，它想迅速了解我并且尽快吞噬我。幽蓝的光柱就像是一条准备发动袭击的毒蛇，正挖空心思捉摸、震慑面前的猎物。

或许是此时的我刚刚死里逃生，虚弱如纸，又或许是莫名出现的诡异的光柱让我产生幻觉，我看到原本洁净的光柱中开始氤氲什么。我尚未看清楚，那些漂浮在光柱间的杂质便像无数个冤魂一样风驰电掣而来。

紧接着，我感到光柱又扩充了不少，它似乎将我整个人笼罩其中了。最让我惊慌失措的是蓝色的光雾渐变渐深，成为一片黢黑，我仿佛被囚禁在了一个深不见底的幽暗空间中。

就在我产生要从黑色的光柱中挣脱出来的念头时，我不由得安静下来。不，它并不是漆黑一团——千千万万个光点开始闪耀，它们正是扑面而来的杂质。它们越来越亮，越来越近，当我的眼睛终于分辨清它们的形状后，我突然间感到天旋地转。是的，我头晕目眩，想要呕吐，这种感觉只有我被灌多了六十度的白酒时才有过。

周围的一切都在旋转，整个世界都在旋转，我的心脏、大脑仿佛都要被倾倒出来。那些起初看不清，后来开始发亮的杂质其实是一颗颗光芒璀璨的星星，当它们靠近我的眼睛时，我甚至看到了环绕在它们周围的微小的不会发光的颗粒，毫无疑问，那是行星。

星空，我只能用这个词语来表述我看到的一切。光团向我展示的正是宇宙中的群星，我不是像从前一样站在地上仰视着它们，而是置身在了它们之中，与其说它们正急速向我飞来，不如说我正以不可思议的速度驶向它们。

一切都是以我的主观视野展现的，我只能这样形容我的感觉。我飞向宇宙深处，将一颗颗的恒星和它们的小小行星抛在身后。我不知道自己的视野朝宇宙深空中前进了多久，又前进了多远，总之这样的速度和场景让我感觉翻江倒海。

最终，我眼前的场景慢了下来，一颗明亮的恒星缓缓划过眼前，最后，一颗行星定格在了视野中央，它的表面有一些斑纹在缓缓移动，很像是纪录片中的木星。

我仔细观察，发现有几十个或大或小的微球在环绕它旋转，显然，它们都是它的卫星。

场景再次移动，落到了其中的一颗卫星上，它是绿色的，表面布满了大气和云层。

我还想仔细辨识，眼前的一切突然间消失全无，我紧紧盯着的只不过是自己的手和手中捏着的一颗金属米粒。

这急遽的场景变化让我彻底瘫倒在了沙丘上，我的大脑像是遭受了电击，又像是被变成了一个套一个的圆环，来回旋转，难以停歇。天空与沙漠，整个世界都随那些圆环上下颠覆，无休无止，我拼命地干呕，可是因为两三天来一直饥肠辘辘，什么也吐不出来。

我像是快被掀翻的船，用尽余力将十根手指扎进沙里，将它们当作能固定自己的锚。过了许久，我脑中的那些相互嵌套的圆环才平息下来，各归原位，我终于能勉强呼吸一口空气。

我紧紧地捏着金属米粒，生怕它滑进沙里。它又开始以固定的时间间隔闪光，但这一次我不敢再端详它，刚刚经历的眩晕让我心存余悸。

闪耀不息的光亮像是在不厌其烦地提醒我一切都是真的。

突然间，我大哭起来，我再一次凄怆流涕。我不知道它是什么，但是它让我看到了星空，它让我在大白天里身临其境般地看到了不计其数的星星，我只能猜测它或许正是他的魂，这颗小小的神奇的金属米粒正是属于他的那颗小小的星星！

它坠落在了塔克拉玛干沙漠中，它就坠落在了她的身旁！难道它知道这里就是她最后的归宿？

如果说这一切都是宿命，那么这个世界太残酷无情了！

我多想唤醒她，告诉她她要找的星星就在眼前，可惜她沉默如沙。我哀号着，将金属米粒——这颗小小的陨石放在她的手中，可是她已经感觉不到，她已经看不到它了！

我握紧她的手，让这颗会闪烁的陨石安全地待在其中。我知道我得赶在太阳落山前挣扎着走出沙漠，但在这之前，我必须将她和她用生命寻找的星星埋葬在一起。

我继续用双手在沙坑中挖，但这一次，我的大脑仿佛被谁猛地攫走并抛入黑暗一般，我的眼前蓦地变黑，意识尽失全无。

醒来的时候，眼前一片陌生，干净的白墙，还有屋顶上的电扇都让我感到困惑。当几张熟悉的脸出现在眼前，并且听到他们激动万分的声音后，我才知道自己已经置身在县城里的医院中。

太阳一出来，他们就开始寻找我和她，最终他们幸运地发现了不省人事的我和气息全无的她。王三告诉我说，他们一直寻到天黑，正是被一粒奇怪的闪光所吸引才找到我们的，那粒闪光是以固定的时间间隔闪烁的。

"那是她要找的陨石，那是她丈夫的星星！"我哽咽着对王三说。

"那不是陨石！那是个谁都不知道是什么的玩意儿！它邪门到家了，它会发光扫描你的眼睛，还会让你看到许多稀奇古怪的东西！"我没想到王三异常激动，很显然他也看到了那些神奇的星空。

其余的人表情如出一辙，毫无疑问，他们都经历了同样的事情。

在他们的七嘴八舌的讲述中，我得知那颗米粒大小的陨石已经被送往新疆大学地质专业的张教授那里做鉴定。

我有些焦急，断断续续地告诉他们她的经历，这些被风沙磨砺得像铁一般坚硬的汉子都落泪了，王三狠狠地扇了自己一个耳光说："早知如此的话，我应该亲自带着她，起码我的经验更丰富一些！我有罪啊！"说完，他便蹲在地上像个伤心的孩子一样号了起来。

我请求他们将她和那颗神奇陨石一同埋在安迪尔村，那是他的家乡，也是她和他一同观看世间最璀璨的星空的地方。

他们都流着泪水答应了，他们将她抬出了沙漠，并雇车送往安迪尔。意外的是，那粒陨石却无法归还给我们了。

新疆大学的张教授做了鉴定，那个会闪光的金属粒根本不是陨石，它是由未知合金制成的。它发出的神奇的蓝光和变幻莫测的虚拟图像让张教授大为震惊，初步分析表明，它的内部具有极其复杂的结构。

鉴于金属粒的神奇和重要性，张教授联系了中科院天体所的专家，他们连夜乘飞机赶来，取走了它，带回北京的实验室继续研究。

我们只能先安葬她。葬礼上，她的父母和他的父母泪如雨下。悲痛难抑的还有我们六个人。

我本该将交给我的那个小盒子放入她的墓穴中，但鬼使神差地，我留下了它，我不明白为什么，但仿佛有谁在我的心间指引我这么做似的。那股神秘的力量还让我剪下了她的一小缕头发，我将它们置放在另一个金属盒中。

大约半个月后，中科院的一位头发花白的研究员同张教授找到了我们。老研究员显得激动难抑，他对我们说："鉴于你们是金属物的发现者，我就不向你们隐瞒了，我得让你们知道实情以便进行我们接下来的协商。金属物和陨石一点儿关系都没有，它是个天外来客。"

"天外来客？"我们完全不明白。

"是的。"老研究员点点头，"它不是地球上制造的。"

"你是说它……"即便我放纵自己的胆量也无法相信这样的事实。

"是的，它出自系外智慧生命之手，说通俗点儿，它是外星人制造的探测器。"

尽管我们经年累月地在寻找来自太空的陨石，听到这样的事情，我们依旧个个目瞪口呆。

研究员根本不顾我们的震惊，自顾自地往下说："宇宙太过于空旷，星系之间的距离遥远得难以想象。要跨越以天文单位来计量的星际距离，必须让探测器达到亚光速，而要实现这一点，就得保证探测器的质量尽可能小。物体的运动速度越接近光速，其自身质量就会变得越接近无穷大，电影和小说中的那些载人的飞碟和威风凛凛的飞船都是痴人说梦，在星际距离上，载人航行是最难以实现的，唯一可行的就是质量极小的无人探测器。

"这粒金属探测器的主人，是外星智慧生命，他们至少在十万个地球年前就发展出了成熟精湛的航天技术。同我们一样，他们也对宇宙空间充满了好奇，他们也想知道广袤无边的世界中是否还有别的生命，特别是智慧生命。为此他们制造出了数万个这样的高度智能的尘埃型探测器，将它们发射往四面八方的深空。

"这些探测器是他们派出的小小使者，它们装载有强有力的推动装置和高度集成的智能处理器，能够依靠光谱分析等手段判断最有可能存在生命的行星，并且自动矫正航向。

"或许这数万个探测器大多数都命殒途中或者不知去向，但其中的一个幸运地发现了地球。根据我们的测定，那是在一万年前，那个时候人类才刚走上进化之路。"

"一万年前？这颗陨石，不，这个探测器一万年前就落到地球上了？"我忍不住插嘴问道。不知为什么我有些失落，我一直坚信它正是她的丈夫死后陨落到地上的那颗星星。

"是的，接近地球时，探测器抛掉了动力装置，这有点儿像我们的火箭抛掉燃料箱。凭借惯力，它坠落到了塔克拉玛干。"说到这儿，研究员停了一下，他提醒我们，"别以为探测器专拣寸草不生的地方着陆，它才没有那么傻，早在太空时，它就挑选出了最容易接触系外生命，最容易被系外生命发现的地方。深山、森林都不合适，最理想的场所就是地势开阔的塔克拉玛干，不过，那个时候的塔克拉玛干可不是荒无人烟的大沙漠，那时它水草丰美，栖息在其中的动物不计其数。

"探测器之所以发出固定时间间隔的闪光，正是为了吸引地球生命的注意。我能想象，一定有无数地球生物被吸引到它跟前，剑齿虎、猛犸象、披毛犀以及后来的双峰驼、北山羊、普氏野马，还有沙鼠和跳鼠，但这些幸运的动物要么惊慌离去，要么熟视无睹。或许还有一两位史前人类有幸到达了探测器跟前，我敢断言，探测器并没有为他们展示奇异的虚拟图像，因为他们的心智仍过于驽钝。眼睛是心灵的窗户，更是智力的窗户，发出一束细光对他们的眼睛进行扫描，探测器便能辨别出地球生命的智力水平，骆驼和史前人类是无法理解外太空、星际航行、外星世界这回事的。

"这一点我们反复做了实验，并且得到了证实。探测器会用一束细若银丝的蓝光扫描所有对它感到好奇的生命，但只会对我们人类展示后面的图像，而对所有的动物它都省略了那一步骤。"

"那些图像好像是太空，是宇宙中的情形。"我说道。

"正是如此，"老研究员点点头说，"探测器为我们展示的是星图，我说过了，它们是外星智慧生命的使者。"

"星图？"

"就是外星智慧生命在宇宙中的准确位置。"老研究员激动地说，"探测器用栩栩如生的全息图像告诉我们外星人的行星所在，他们想以此告知所有的系外智慧生命他们的存在，并且欢迎大家到他们的家园做客。"

我恍然大悟，我明白了为什么全息图像最后落在一颗类木行星的卫星上，那正是外星人的家园。还有那些疾驰而过的恒星，实际上那正是到达外星人家园的航行路线。

老研究员感慨万千地摇着头说："我们将探测器展现出的星图录制了下来，将它们同哈勃太空望远镜所观测到的星系做了对比，结果证明它准确无误。另外，美国航空航天局的专家按照我们的请求对星图所指的那片区域进行了观测，他们果然在距离地球约九十光年的船底座星群处发现了星图中标识的那颗恒星，它在我们的观测体系中标号为HD70642，并且他们通过捕捉摄动现象真的发现了星图中标识的那颗类木行星，它有两个木星大，同HD70642的距离适中，沿着接近圆形的轨道围绕HD70642旋转。行星与所绕恒星之间的距离不能太近或太远，而且运行轨道越接近圆形就越稳定，那颗类木行星的这些特性都表明它的卫星的确是个适宜于生命繁衍的家园。"

老研究员唏嘘不已："幸好塔克拉玛干最后变荒芜了，否则的话它就极有可能被心智进化了的人类发现，这个时候的人类一定会把它当成什么奇珍异宝献给帝王或者私自收藏，这种情形下它就岌岌可危了，它会被藏于箱柜中或者陵寝中，很难再完成自己的使命。

"它在日渐荒芜的塔克拉玛干一卧万年，期间经历了无数风雨，也经历了朝代更迭和生生死死，最后它被肆虐的风沙埋于厚厚的沙丘之下，无法再发出闪光吸引地球生命的注意。它等待着有缘人让它重见天日，完成使命，你们就是它的有缘人啊！"

我们都没有吭声，我的脑海中又浮现出了娇小的她在沙丘间艰难跋涉的情形和她在寒冷中苍白又凄然的面孔，我的心间涌起一阵难过，我多想告诉老研究员她的故事，告诉他她才是探测器的真正的有缘人啊！

老研究员最后说："这枚探测器是迄今为止地球上发现的唯一一个货真价实的外星智慧生命存在的直接证据，它的意义是难以估量的，它所带来的信息以及它自身的智能硬件都将对人类文明产生难以想象的深远影响。毫不夸张地说，它是属于全人类的最为重要的瑰宝！眼下，国家已经决定向联合国，向全人类公开发现外星探测器的事情，并会同美国、俄罗斯、欧洲等国家和地区一同逆向解译探测器的技术，大幅提升人类的航天科技水平。有一天我们的无人探测器就能够按照星图所示，抵达 HD70642 的行星，同宇宙中的智慧生命进行接触，带去地球的问候与信息。

"鉴于探测器异乎寻常的重要性，它无法再归还给你们了。不过，国家一定会给予你们丰厚的奖励和补偿，毕竟是你们在大沙漠中发现了探测器，你们是有功之臣，全人类都会记住你们的名字的。"

老研究员的这个消息并没有使我们激动。以前我们梦寐以求能够一夜暴富、改变命运，但眼下，这些对我们毫无吸引力了。是她让我们明白了很多，思考了很多，她让我们懂得了存在的意义和生命的价值。

我向老研究员要来了 HD70642 的资料，让我大吃一惊的是它的位置恰巧就在银河旋臂之中。

也许一切只是巧合，但深夜里望着如梦如雾的银河旋臂，望着幻金凝彩、闪耀不息的绚烂星空，我再一次想起她，再一次泪如绠縻。

我们几个离开了塔克拉玛干，在那里我们会忆起她，会心焉如割。我们重新流落到了四方，彼此之间鲜有联系，但我知道我们今后的人生都将发生变化。另外，在安迪尔，在她的墓碑前，总会有人送上一束鲜花，我们六个人，无论是谁，只要到了新疆，一定会去看望她的。

老研究员所言不假，国家果然给予我一笔补偿，但我没有接受，金钱对我而言真的毫无意义了。

我靠做一些小买卖维生，日子在昼夜交替中匆匆向前。不知不觉间，三十年已经悄然逝去了。

三十年间，不论是世界还是我都发生了巨大的变化：可控核聚变的实现让人类社会告别了石油时代，告别了能源短缺，从此社会将快步向前。而我发朽齿落，腰身伛偻，行动越来越缓慢。

终于有一天我听到了这个消息：自从以可控核聚变为动力的无人探测器抵达天狼双星系统后，中、美、欧、俄联合完成的塔克拉玛干号无人探测器将正式飞往遥远的 HD70642，实现同系外智慧生命的接触。根据测算，探测器将在一千五百个地球年后到达那里。

那是一个遥远而神奇的时代，我们谁都无法看到那一天了。不过，我们的子孙们有这样的幸运，他们将能知晓外星智慧生命的形态、容貌和社会结构。

这个时候，我突然想起来一件事情，当初有一股难以名状的神秘力量指使我，现在它又重新回来，告诉我该是时候将这件事彻底完成了。

我找到了负责塔克拉玛干号无人探测器的部门，向他们表明了自己的身份，并且表明了一个愿望：那就是将她和她丈夫的头发放在探测器内，送往遥远的 HD70642。

我早就向天文学家和生物学家们打听过了，航天技术是一个社会的科技水平的重要标志和最佳说明。既然外星人早在一万年前就能够制造出跨越星系的探测器来，他们的生物医学水平一定相当发达，克隆技术对他们不过是小菜一碟。再经历了一万年的发展，他们完全有能力凭借一个细胞或者一组基因信息复制出完整的生物来。或许，塔克拉玛干号到达 HD70642 后，外星人会发现她和她丈夫的头发，并且利用它们复制出他们来。

他们将复活，将重新生活在一起。在那个科技空前发达的世界里，不会再有疾病和疼痛；在那个物质和精神都空前丰富的超级文明里，不会再有倾轧与欺凌。他们将永远幸福，一直到地老天荒。

头发是人体中较为坚韧的组织，只要没有高温和火焰，它们能够完好地保存成千上万年，不会轻易腐朽。几十年来，她和他的头发依旧光泽如新，它们所蕴含的基因信息也一定完整无缺。

往探测器中搭载头发需要专为它设计一个能隔离高温和低温、隔离各种宇宙射线的密封舱，这会大大增加技术难度和成本。

但是，当老泪纵横的我向他们讲述发生在三十年前的那个真实的故事时，他们都沉默了。他们最后同意开一个专门的论证会，论证是否答应我的请求。

人心在不同颜色的皮肤下是一模一样的。论证会上，那些肤色各异的外国专家还是被她的故事打动了，有几位已经眼睛湿润。

她和他的头发被精心地存放在探测器中的一个专门设计的密封舱中。

塔克拉玛干号在酒泉卫星发射中心发射那天，我望着腾空而起的火箭，泪水像风中的黄沙一样簌簌而落。

从那天起，每天夜里我都久久地仰视银河旋臂中的那颗肉眼看不到的小小星星。

九岁的孙子问我为什么非要把家搬到寂静如荒的乡村，我告诉他只有在这里才能清楚地看到整个夜空和银河的旋臂。他又问我每天究竟在看什么，我在黑暗中淌着眼泪，却宽慰地说："'愿我如星君如月，夜夜流光相皎洁。'他们成了天上的星星，他们将永远在一起。"

2065：冰棺时代

张冉

一

她从来都是个豁达的人，年龄这种东西，她觉得只是挂在病历表上的一个标签，既不代表必须仰视或俯视的态度，也不能成为亲密或疏远的借口。在女儿面前，她从不以长辈的姿态自居，两人更像朋友或姐妹。她不介意女儿搭着她的肩膀叫声老冯，那是亲昵的表现，和尊敬与否无关。

但这一天，在十五分钟的沉默过后，女儿含泪开口叫了一声老冯，她不知道该如何回应了。年龄第一次成为沟通中的障碍，这是她没想到的事情。假装四处看着，她筹措了几种用词，心中变换语气，组合出一句稍稍满意的答复，话一出口，便后悔了，可是又来不及收回。

"女儿，这么多年，你过得好吗？"

语音合成器发出的声音圆润自然，丝毫听不出是通过脑神经接口撷取电脉冲信号后转化而成，她觉得那就是自己的声音，话说回来，自己的声音究竟是何种音色，也早忘了。她瞧着女儿的神色，那神色没改变。她偷偷地松了一口气。她怕自己的话太老气横秋，也太伤人，毕竟年龄成了阻碍，无论怎么说话都像是教训。

女儿说："挺好的，合法生了两个孩子，孙子也大了，丈夫的身体不错。没什么遗憾的。"

她想了想，问："那这些年有什么难处吗？给我讲讲。"

女儿答:"也没什么难的。虽然物价涨得快,但养老金也够用了,还有套房子收租,去年那房子到了七十年产权,政府给续期了,只花了两万块;孙子上学不花钱了,就是每天只让一个尾号的车上路,十天开一回车,有点不方便;空气还凑合,少出门;人家说从 2026 年开始,中国的人口就一直下降,街上没见人少,老头老太太是多了,跳个舞什么的,伴儿多。"

她笑:"跳什么舞?民族舞吗?"女儿也笑:"瞧您说的,都这把年纪了,就是广场舞,瞎蹦跶。"

她笑了一阵,说:"你来给我抹把脸,我总觉得脸上腻得慌。"

女儿从包里掏出湿巾,走过来一边给她擦嘴角、鼻翼,一边说:"人家自动清洁做得多好,我还不如机器人利索。老冯,你是心里发堵,不是脸上黏糊。"

"谁说的,我看还是你擦得干净。"

"瞧您说的。"

"哎,离近了一看,咱俩长得真像。"

"那是,你是我妈。"

她们对视着,距离近得足够看清对方脸上的皱纹,也不至于让彼此产生尴尬。她觉得女儿眼睛里有点说不清道不明的难过,她能猜到那是为什么,但没法点破。

"你说,我是不是特吓人。"

"没那回事儿,你跟以前一模一样,没变。"

她从女儿的瞳孔里看到自己:一颗放置在银色金属盘上的头颅,医生贴心地给她选了一顶酒红色的假发,用发梢遮住脖颈下方裸露的管线,她想不起来以前自己的头发是什么样子,或许就是这种深酒红色的鬈发吧,看起来是个时髦的老太太。

因癌症去世那年,她六十一岁。今年,她还是六十一岁。

她去世那年，女儿二十七岁。今年，女儿七十七岁。

在零下一百九十六摄氏度的液氮里沉睡了五十年，她醒来后发现世界还是那副模样，只是遭遇了一点点伦理学问题。

二

阿尔科生命延续基金会的技术人员保证他们的"玻璃化"冷冻技术不会对人体组织造成任何伤害，因为水分不会结冰，细胞结构不会遭到破坏。基金会拥有超过一千名会员，保存着一百多具冷冻人体和至少四十只宠物。沉睡在液氮中的是一群先知，或者赌徒，因为那时人类并未掌握无损解冻人体的技术，未来是不可确定的，没人知道何时能够从沉睡中苏醒，抑或永远在冰棺中长眠。

她不懂科技，也没什么远大抱负，只是怀着与生俱来的好奇，想到时间和生命的彼端去看看。女儿和女婿无条件地支持这个决定，帮她筹措昂贵的冷冻费用。为了节省开支，她只冷冻自己的头部，将破败不堪的身体抛弃在2015年。

最后的时刻，她的记忆其实是很模糊的。她记不清急救室里发生的事情，也来不及同女儿告别。既然有可能在未来相见，告别又有什么意义呢？她的心跳停止后一分钟，阿尔科基金会完成了药物灌注、降温、冷冻，将她的头部送回基金会总部保存。秒针嘀嗒，亚利桑那州的阳光亮了又暗，转眼之间就过了四十年。一种崭新的解冻技术被开发出来，缓慢升温，并结合分子修复科技，成功唤醒冰冻人的概率超过百分之九十。

第一位冰冻人睁开双眼，依靠体外循环机械存活了四个月，后死于全身器官衰竭。第二位、第三位冰冻人被陆续唤醒，他们在医生和机器的帮助下慢慢学习掌握全身肌肉，用停转数十年的大脑认识崭新的世界。现代医学能够治疗他们身上的旧疾，但很难弥补长期冷冻造成的心理创伤。

第四个被解冻的是位政客兼摇滚歌星和演说家，他很快站了起来，站在聚光灯下，成为全球媒体的焦点。一场伦理学、宗教学、社会学和人类学的论战开始了，激烈的争论充斥着互联网，每个人都要在支持和反对之间做出选择。几年后，解冻人演说家被社会极端团体枪杀。悲剧加快了立法的速度，联合国大会法律委员会通过《联合国关于人类冷冻宣言》，提出为了全人类的健康延续，全面肯定解冻人的权利，对人体冷冻这一灰色领域进行法律界定，批准阿尔科等机构在全球范围内合法进行医学研究范畴内的人体冷冻及解冻业务。

尘埃落定。女儿在此时递交了解冻申请书。

她从无梦的深睡中醒来。解冻过程很顺利，她只遭遇了轻微的记忆混乱，那是脆弱的脑神经元在人体死亡过程中的自然损失，几乎不可避免。最大的麻烦是，由于医学伦理尚未对自体医用克隆开放禁令，机械身体又尚未成熟，想要获得一具健康的身体，必须等待遗体捐赠。那意味着漫长的等待，以及一具不属于自己的陌生身体。

她觉得有必要跟女儿聊聊。

三

"现在阿尔科基金会的会员费还是要交的吧？"她挪开眼光，"负担重吗？如果负担不重的话，我想再睡些年，现在的科技还是不够发达，不能让我用自己的身体站起来。"

女儿答："会费还好，能给得起，放心。你是说……你想再冰冻一段时间吗？几年后再解冻？"

她垂下眼睑："现在这副模样，我受不了。这个时候醒来，可能不是最合适的时候吧。对不起，老是麻烦你。"

屋里静了。她紧张地等待女儿的回复，不敢抬眼看那陌生老妇人的脸，怕看久了，会忘掉心中二十七岁女儿的模样。

女儿叹口气："瞧您说的，你是我妈，我做什么都应该。但你这次一睡，咱们就再也见不着了。"

她愣了。对她来说，时间是件不太具有意义的事情，正如年龄失去了准则。她记得在病榻上挣扎了大半年时间，托关系联系美国阿尔科基金会，并安排后事，眼睛一闭一睁，就到了现在。按照医生的话，只是去往更远的未来，不会比当初接受冷冻手术更难，以现在的技术，冷冻只是一瞬间的事，睡眠、醒来，脑中的最后一个念头都不会丢失，就像做了一个按下暂停键的梦。

但这次一睡，她再也见不着的不单是女儿，还有这个世上所有尚且在世的亲人和朋友。

她在出版社工作，做过科幻小说的编辑，早想过这个问题。如今面对女儿的话，她无言以对。

这时柔和的灯光亮起，提示音发声："为了冯女士的健康考虑，今天的探视时间到了。"

白发苍苍的女儿凑近她，慢慢欠身，用额头触了一下她的脸颊："老冯，我先走了，明天再来，那时再给我个决定吧。别操心钱的事儿，能解决。"

"嗯，有人来接你吧。你慢点。"

"知道了。"

女儿滑动指点杆，轮椅沿虚拟轨迹线滑出病房，屋门关闭，灯光慢慢暗下来。她望向窗子，窗子逐渐变成透明，外面暮色苍茫，北京城浸在灰黄的雾里，看起来比五十年前高了一点儿、亮了一点儿，又毫无改变。

她闭上眼睛，感受温热的体液被泵入血管。她想哭，却哭不出来，或许是泪管缺乏水分，又或者是大脑受到损伤，忘记了该用哪块肌肉来挤出泪水。

她死过一回，现在活了，又不算真正活着。

她还是想到能真正活着、走在街上的那一天去看看。

四

女儿驾驶轮椅驶出 CCC[①]大楼，将轮椅挂载在无障碍系统上，升入轨道站。在等待胶囊列车的时间里，她用视网膜显示屏翻看人体冷冻的最新报价：阿尔科基金会，五十年，三百万元人民币。中国医疗冷冻研究会，五十年，两百万元人民币。

列车停在站台，她驱车进入车厢，轮椅自动锁止在锚位。舱门关闭，列车开始平稳加速，几分钟后达到每小时一千零五十公里的最高速度。两小时后，她从北京到达深圳，从那里换乘海底高速铁路前往吉隆坡。她要在那里同一位商人见面。

小型的人体冷冻公司，五十年，二十万元人民币。在马来西亚新山科技园区的地下仓库里，停放着十万具以上的铝合金冰棺，每具棺材里都躺着一个不同身份的人。他们之中，有癌症晚期的病人，有怀揣秘密准备登船去往未来的投机家，有车祸濒死的伤员，有缴纳一百万元年冷冻费用的大冒险家，有埋好古董等待升值的艺术品掮客等。

这里躺着她的丈夫和大儿子。脑出血导致瘫痪的丈夫，还有被同学欺凌而选择自尽的儿子。

这是一个唾弃死神的时代。快速冷冻，分子修复，生与死的界限模糊了，对所有人来说，那只是一次略显漫长的仲夏之梦罢了。在这个时代必将去世的人，会在下一个时代复活。生命被拉长为条状，人和人的频率彼此交错，告别现实，切断与真实世界的联系，却说不定会在未来某个未知的时刻与亲人相逢。

全世界上千个地下冷冻仓库里，同样的事情正在发生。

她走出吉隆坡高速铁路站，驾驶轮椅穿过熙熙攘攘的人群。地球上的人口正在减少，不知是否有人注意到了这一点。每个人的心底深处都有名为"逃避"的小兽，若食粮充分，它能吞食天地。

"您好！您又来照顾我的生意了。"商人殷勤地笑着，迎上前来。

"也许是两单生意呢。"她说。